누나는 벽난로에 산다

지금의 나를 있게 해 준 부모님에게

누나는
벽난로에 산다

My Sister Lives on the Mantelpiece

애너벨 피처 지음 | 김선희 옮김

내인생의책

로즈 누나는 벽난로 위 선반에 살고 있다. 아니, 누나의 일부만 그곳에 산다. 손가락 세 개, 오른쪽 팔꿈치하고 무릎뼈는 런던에 있는 묘지에 묻혀 있으니까. 경찰이 누나의 유골 열 조각을 찾아냈을 때 엄마하고 아빠는 크게 다투었다. 엄마는 로즈 누나가 보고 싶어지면 언제라도 찾아갈 수 있게 유골을 묘지에 묻으려 했고, 아빠는 화장을 해서 바다에 뿌리고 싶어 했기 때문이다. 그건 재스민 누나가 나한테 말해 주었다. 재스민 누나는 나보다 그때를 더 잘 기억하고 있다. 그 일이 일어났을 때 난 고작 다섯 살이었고, 재스민 누나는 열 살이었으니까. 재스민 누나는 로즈 누나와 쌍둥이였다. 아니, 엄마 아빠 말대로라면 여전히 쌍둥이다. 로즈 누나의 장례식을 치르고 나서도 몇 년 동안이나 엄마 아빠는 재스민 누나에게 예전의 로즈 누나가 입던 것처럼 똑같이 옷을 입혔다. 로즈 누나가 좋아하던 꽃무늬 원피스, 카디건, 장식 달린 플랫 슈즈 같은 것으로……. 재스민 누나는 열다섯 번째 생일에 머리카락을 싹둑 자르고 분홍색으로 염색한 뒤 코에 피어싱까지 하고 나타났다. 이제 더 이상 재스민 누나가 로즈 누나처럼 보이지 않자, 엄마 아빠는 그걸 견딜 수 없어 했다. 내가 생각하기엔 그것 때문에 엄마가 71일 전에 치유 모임에서 만난 그 남자와 눈이 맞아 집을 나간 것 같다.

엄마 아빠는 로즈 누나의 유골을 각자 다섯 조각씩 가져갔다. 엄마는 화려한 장식이 달린 하얀 관 안에 유골을 넣고, '나의 천사'라고 새긴 하얗고 멋진 묘비를 세웠다. 아빠는 쇄골 하나, 갈비뼈 두 개, 두개골 일부, 발가락 하나를 화장해서 번쩍번쩍 빛나는 유골함에 넣었다. 그렇게 각자 원하는 대로 했지만, 이상하게도 엄마 아빠 둘 다 썩 흡족해지지는 않았다. 엄마는 묘지에 가는 게 너무 슬프다고 했다. 아빠는 매년 추모일마다 유골을 바다에 뿌리려 했지만 항상 마지막 순간에 마음을 바꿨다. 로즈 누나를 바다에 뿌리려 할 때마다 무슨 일이 일어났기 때문이다. 언젠가 데본 바다에 유골을 뿌리려 하는데 은빛 물고기 떼가 바다 가득 나타났다. 그것들이 꼭 우리 누나 유골을 먹어 치울 것만 같았다. 그리고 또 한 번은 콘월에서 아빠가 유골함을 막 열려고 했을 때, 갈매기 한 마리가 그 위에 똥을 쌌다. 난 웃음이 터져 나오려고 했는데 재스민 누나가 슬퍼 보여서 웃음을 꾹 참았다.

우리 가족은 그 모든 것으로부터 벗어나려고 런던에서 이사를 왔다. 아빠가 알고 지내던 사람이 레이크 디스트릭트에 있는 건설 현장 일자리를 소개해 준다고 했다. 런던에 있을 때 아빠는 한동 안 일을 하지 못했다. 불경기였으니까. 그건 나라에 돈이 없어서 새 로 건물을 지을 여력이 거의 없다는 걸 뜻했다. 아빠가 앰블사이드 에 일자리를 구했을 때, 우리는 아파트를 팔고 전원주택을 빌려 엄 마가 있는 런던을 떠나왔다. 나는 엄마가 배웅하러 올 거라는 데 내 전 재산 5파운드를 걸고 재스민 누나와 내기했다. 내가 내기에 서 졌는데도 재스민 누나는 나한테 돈을 달라고 하지 않았다. 차 안에서 재스민 누나가 말했다.

"단어 알아맞히기 게임하자."

그런데 재스민 누나는 R로 시작하는 단어를 생각해 내지 못했 다. 우리 고양이 로저가 내 무릎 위에 앉아서 힌트라도 주는 양, 가 르랑거리고 있었는데도 말이다.

여기는 내가 살던 런던과는 아주 달랐다. 하느님 엉덩이를 찌르 고도 남을 정도로 높고 거대한 산도 있고, 수백 그루의 나무가 있 는데다가 아주 조용했다. 나는 우리가 살 새집이 구불구불한 길 저쪽에 있는 걸 발견하고는 함께 놀 사람은 있는지 차창 밖을 두 리번거렸다. "사람이 아무도 없어요."라고 내가 말하자, 아빠는 "모 슬렘이 없지."라고 내 말을 정정해 주면서 그날 처음으로 미소를 지었다. 나와 재스민 누나는 아빠 말에 웃어 보이지 않고 차에서 내렸다.

우리가 살 집은 런던 핀즈베리파크에 있던 우리 아파트하고는 완전히 달랐다. 우리가 살던 아파트는 갈색이었고 작았는데, 이제부터 살 집은 하얀색이고 꽤 컸다. 그리고 오래된 집이었다. 난 미술 과목을 좋아하는데 이 집을 사람으로 그리라고 하면, 이가 몽땅 빠진 채 웃는 괴상한 할머니로 그릴 거다. 런던에 있는 아파트를 그릴 때는 깔끔하게 생겼지만 표정이 굳어 있는 군인 얼굴을 다닥다닥 붙여 그려야지. 엄마는 내가 그린 그림을 정말로 좋아할 거다. 우리 엄마는 미대에서 학생들을 가르친다. 엄마한테 내 그림을 보여 주면, 엄마는 그걸 자신의 학생들한테 보여 줄 게 틀림없다.

엄마가 아직 런던에 있지만 그래도 아파트를 벗어난 건 좋았다. 런던에 있는 내 방은 아주 작았는데도, 엄마 아빠는 내가 로즈 누나 방을 쓰지 못하게 했다.

"로즈 방은 신성해, 제임스. 들어가지 마라, 제임스. 거긴 신성한 곳이야."

이게 바로 내가 방을 옮겨도 되느냐고 물을 때마다 들은 대답이었다. 낡아 빠진 인형 한 무더기와 냄새 폴폴 나는 깃털을 넣은 분홍색 누비이불, 털이 숭숭 빠져나간 곰 인형이 뭐가 신성한지 난 모르겠다. 한번은 엄마 아빠 몰래 로즈 누나 침대에서 껑충껑충 뛰어 봤는데, 신성함은 조금도 느껴지지 않았다. 재스민 누나가 그런 나를 말렸지만 엄마 아빠한테는 이르지 않겠다고 약속했다.

차에서 내린 뒤 우리는 서서 새집을 바라보았다. 해가 뉘엿뉘엿 기울면서 산이 주홍빛으로 물들고, 집 창문에 우리 모습이 비쳤다. 아빠, 재스민 누나 그리고 로저를 안고 있는 나. 천 분의 1초 동안 희망이 차올랐다. 이제부터 진짜 새로운 생활이 시작되고, 모든 것이 다 잘될 것 같은 그런 희망이……

아빠는 여행 가방을 움켜쥐고 주머니에서 열쇠를 꺼내고 나서 마당에 난 길을 따라 걸어 들어갔다. 재스민 누나는 나를 향해 씩 웃고 로저를 한 번 쓰다듬고는 아빠를 따라갔다. 나는 로저를 내려놓았다. 로저는 덤불로 곧상 쪼르르 기어가더니 나뭇잎을 뚫고 들어가 꼬리만 내민 채 살랑살랑 흔들어 댔다.

"어서 와."

재스민 누나가 현관에서 몸을 돌려 소리쳤다. 내가 달려가자 누나가 손을 내밀어 주었다. 우리는 함께 새집으로 걸어 들어갔다.

재스민 누나가 먼저 그것을 보았다. 누나의 팔이 경직되는 걸 느낄 수 있었다.

"차 드실래요?"

누나가 말했다. 목소리 톤은 높았고, 눈으로는 아빠 손에 든 뭔가를 뚫어져라 바라보고 있었다. 아빠는 바닥에 웅크리고 있었다.

옷을 여기저기 던져 놓았는데, 마치 여행 가방을 허둥지둥 쏟아 낸 것 같았다.

"주전자 어디 있어요?"

재스민 누나가 평상시처럼 행동하려 애쓰며 물었다. 아빠는 유골 함에서 고개를 들지 않았다. 아빠는 유골함을 어루만지며, 유골함 의 금색 빛이 반짝반짝 빛나도록 침을 뱉어 가며 소맷부리로 광을 냈다. 이윽고 벽난로 선반 위에 로즈 누나를 올려놓았다. 벽난로는 런던의 우리 아파트에 있던 것과 똑같이 먼지가 뿌옇게 덮어 있었 다. 그러고 나서 아빠가 자그마한 목소리로 속삭였다.

"새집에 온 걸 환영한다, 우리 딸."

재스민 누나는 제일 큰 방을 골랐다. 방구석에 벽난로와 붙박이 옷장이 하나 있었는데, 거기에 누나는 검은색 새 옷을 전부 넣었 다. 누나가 천장 기둥에 풍경을 걸자 마치 누가 바람이라도 일으킨 것처럼 풍경에서 딸랑딸랑 소리가 났다. 나는 내 방이 맘에 들었 다. 창밖으로 뒷마당이 보이는데, 거기에 앙상한 사과나무 한 그루 와 연못이 있었다. 그리고 꽤 넓은 창턱 위에는 재스민 누나가 쿠 션을 놓아 주었다. 이사 온 첫날 밤, 우리는 그 창턱에 앉아 오랫동 안 별을 바라보았다. 런던에서는 별을 본 적이 없었다. 빌딩과 자동 차에서 내뿜는 불빛이 너무 밝아서 하늘에 있는 건 아무것도 보이 지 않았다. 여기는 별이 진짜 밝았다. 재스민 누나는 내게 밤하늘 에 보이는 별자리를 전부 알려 주었다. 누나는 별자리 점에 푹 빠져 있어서 매일 아침 인터넷으로 별자리 운세를 본다. 별자리 운세가 그날 일어날 일을 정확하게 알려 준다고 누나는 믿었다.

"그럼 깜짝 놀랄 일이 없어지잖아?"

런던에 살았을 때, 내가 물어본 적이 있었다. 그때 누나는 별자리 운세에 그날 예기치 않은 일이 일어날 거라고 했다고 아픈 척하며 집 밖을 나가지 않았다.

누나는 "그게 좋은 거야."라고 대답하더니, 침대로 돌아가 머리 위까지 이불을 끌어당겼다.

누나는 쌍둥이자리다. 더 이상 쌍둥이도 아닌데 이상하다. 난 사자자리다. 누나는 쿠션 위에 무릎을 꿇고 앉아 창밖으로 사자자리를 가리켰다. 그다지 사자 모양처럼 보이지는 않았다. 누나는 나에게 화날 때마다 머리 위에 있는 은빛 사자를 생각하라고 했다. 그러면 모든 게 괜찮아질 거라고 했다. 아빠가 우리한테 '새 출발'을 약속했는데, 누나가 왜 이런 말을 하는지 묻고 싶었다. 하지만 벽난로 선반 위에 놓인 유골함을 생각하니 누나가 뭐라고 답할지 너무 겁이 났다. 다음 날 아침, 쓰레기통에 있는 텅 빈 보드카 병을 발견하고, 레이크 디스트릭트에서의 생활이 런던에서의 생활과 그다지 다르지 않으리라는 걸 난 깨달았다.

2주 전이었다. 유골함 다음으로, 아빠는 낡은 사진 앨범과 아빠 옷가지를 풀었다. 이삿짐 아저씨들은 침대, 소파 같은 커다란 물건을 풀었다. 그리고 나와 누나가 나머지 짐들을 전부 다 풀었다. '신성한'이라고 적힌 커다란 상자들만 풀지 않고, 혹시 홍수라도 일어날까 봐 비닐봉지에 싸서 지하실에 놔두었다. 우리가 지하실 문을 닫을 때, 재스민 누나의 얼굴은 눈물로 얼룩져 있었다. 누나가 내게 괜찮으냐고 물었다. 괜찮다고 대답했더니 누나가 어떻게 괜찮을 수 있느냐고 했다. "로즈 누나는 죽었잖아."라고 내가 대답하자 누나는 얼굴을 찡그렸다.

"그런 말은 하면 안 돼. 제임스."

왜 그런 말을 하면 안 되는지 난 모르겠다. 누나는 죽었다. 죽었다, 이미 죽었단 말이다. 엄마는 "저세상으로 갔다."고 말했다. 아빠는 "더 나은 곳으로 갔다."고 했다. 아빠는 교회를 다니지 않는다. 그런데도 왜 그런 말을 하는지 난 모르겠다. 아빠가 말하는 더 나은 곳은 천국이 아니라, 관 안이라든지 금빛 유골함이 아닐까?

런던에 있을 때 의사 선생님은 내가 아직도 로즈 누나의 죽음을 부정하는 상태이고, 충격에서 벗어나지 못했다고 했다. 그리고 그 의사 선생님은 내게 "나중에 어떤 계기가 생기면 눈물이 갑자기 터져 나올 수도 있단다."라고 말했다. 나는 5년 전 9월 9일 이후로 울어 본 적이 없다. 그러니까 그 일이 일어났던 날 이후로 말이다. 작년에 엄마 아빠는 내가 로즈 누나 때문에 울지 않는 게 이상하다고 생각해서 그 의사 선생님한테 나를 보냈다. 난 기억도 나지 않는 누군가 때문에 사람들이 울기도 하느냐고 되묻고 싶었지만 입을 굳게 다물었다.

난 로즈 누나가 기억나지 않는다. 진짜로 기억나지 않는다. 그런데 이 사실을 아무도 모른다. 휴가 때 누나들이 바닷가에서 뛰어놀던 모습은 생각나지만 로즈 누나가 그때 무슨 말을 했는지, 또 즐거워했는지는 생각나지 않는다. 누나들이 이웃의 결혼식에서 들러리를 섰던 것도 알고는 있다. 하지만 로즈 누나가 뭘 입고 있었는지, 결혼식장 한가운데로 걸어가는 모습이 어땠는지, 뭐 그런 것들은 하나도 기억나지 않는다. 그때 엄마가 나한테 사탕을 줬던 것만 생각난다. 난 제일 좋아하는 빨간색 사탕을 손바닥이 온통 붉게 물들도록 꼭 쥐고 있었다. 장례식을 치르고 나서, 내가 재스민 누나한테 로즈 누나는 어디 있느냐고 묻자, 재스민 누나는 벽난로 선반 위에 놓인 유골함을 가리켰다.

"저렇게 작은 데에 어떻게 로즈 누나가 들어갈 수 있어?"

내가 그렇게 말하자 재스민 누나는 울음을 터뜨렸다. 어쨌든 그게 재스민 누나의 대답이었다. 난 진짜 하나도 기억나지 않는다.

하루는 숙제로 특별한 사람에 대해 써야 해서, 축구 선수 웨인 루니에 대한 이야기를 15분 동안 한 페이지에 꽉 채워 쓴 적이 있다. 엄마는 내게 그걸 찢어 버리게 하고는 로즈 누나에 대해 쓰라고 했다. 난 쓸 말이 하나도 없었다. 그러자 엄마는 울어서 시뻘게진 얼굴로 내 맞은편에 앉아서 이거 써라, 저거 써라 미주알고주알 알려 주었다. 엄마는 눈물 젖은 미소를 지으며 이렇게 말했다.

"네가 태어났을 때, 로즈는 네 고추를 가리키며 그게 벌레냐고 물었단다."

그래서 난 대답했다.

"그건 안 쓸 거야."

그러자 엄마 얼굴에서 미소가 싹 사라졌다. 엄마 콧등의 눈물이 뺨을 타고 뚝뚝 떨어지는 게 너무 불쌍해서 난 그냥 불러 주는 대로 받아 적었다. 며칠 뒤, 선생님이 교실에서 내 숙제를 큰 소리로 읽어 주었다. 선생님은 나한테 황금 별 스티커를 주었지만 아이들은 나를 '고추벌레'라고 놀려 댔다.

고추벌레.

아이들은 날 그렇게 불렀다.

2

내일은 내 생일이고 영국 국교회 계통의 앰블사이드 초등학교로 전학한 지 일주일이 되는 날이다. 학교는 우리 집에서 3킬로미터 정도 떨어져 있어서 아빠가 차로 데려다 주어야 한다. 여기는 런던하고 다르다. 아빠가 술을 마셔 차를 운전할 수 없으면, 버스나 지하철도 탈 수가 없다. 재스민 누나네 학교는 우리 학교보다 1.5킬로미터 정도 더 멀리 있다. 누나는 우리가 차를 타고 갈 수 없을 때는 같이 걸어가 주겠다고 했다. 누나가 말했다.

"우리 살은 빠지겠네."

난 내 팔을 내려다보며 말했다.

"남자애들은 살 빠지는 걸 좋아하지 않아."

재스민 누나는 살을 뺄 필요가 전혀 없다. 그런데도 쥐꼬리만큼 먹으면서 포장지 뒤에 적힌 칼로리표를 한참이나 살펴본다. 오늘은 누나가 내 생일 케이크를 만들었다. 누나는 버터 대신 마가린을 넣고, 설탕은 거의 넣지 않은 웰빙 케이크라며 아마도 아주 희한한 맛이 날 거라고 했다. 그래도 모양은 괜찮았다. 우리는 내일 케이크를 먹을 거다. 그리고 케이크는 내가 잘라야지. 내 생일이니까.

　나는 일찌감치 우편물을 확인했다. '카레하우스'에서 온 광고지 말고는 특별한 건 없었다. 내가 그 광고지를 숨겼으니 아빠가 화낼 일은 없을 거다. 엄마가 보내온 생일 선물은 없었다. 카드도 없었다. 아직 내 생일까지 하루가 남았다. 엄마가 내 생일을 잊을 리 없다. 런던을 떠나기 전, "저희 이사 갑니다."라고 적힌 이사 안내 카드를 사서 엄마한테 보냈다. 난 카드에 새로 이사할 집 주소와 내 이름만 적었다. 그거 말고 뭘 적어야 할지 몰랐다. 지금 엄마는 치유 모임에서 만난 아저씨와 햄스테드에 살고 있다. 그 아저씨 이름은 나이젤인데 나는 그 아저씨를 런던 시내에서 열린 추모식에서 만난 적이 있다. 아무렇게나 쭉쭉 길게 뻗은 수염에 매부리코 영감처럼 코가 굽은 그 아저씨는 파이프 담배를 피웠다. 나이젤 아저씨는 책을 쓴 사람들에 관한 책을 쓴다고 했지만 내 생각에 그건 별 쓸모가 없을 것 같다. 그 아저씨 부인도 5년 전 9월 9일에 죽었다. 아마 엄마는 그 아저씨랑 결혼할 거다. 둘은 아기를 낳아 로즈라고 부르면서, 나와 재스민 누나, 나이젤 아저씨의 전 부인을 잊어버릴지도 모른다. 아저씨는 부인의 유골 일부라도 찾았는지 모르겠다. 아마 그 아저씨네 벽난로 선반 위에도 유골함이 있을 거다. 그리고 아저씨는 결혼기념일에 꽃을 살 거다. 엄마는 그걸 싫어하겠지만.

　로저가 방금 내 방에 들어왔다. 라디에이터가 내 방에 있으니까. 로저는 밤에 따뜻한 라디에이터 옆에 웅크리고 있는 걸 좋아한다. 런던에서는 도로에 차가 많아서 로저를 항상 집 안에만 있게 했는데 여기에서는 로저가 마음대로 돌아다닐 수 있고 정원에는 사냥할 작은 동물도 많았다. 이사 온 셋째 날 아침, 문간 앞 계단에 회색의 자그마한 뭔가가 죽어 있었다. 난 그게 쥐라고 생각했다. 손가락으로 집어 올릴 수가 없어서 종이 한 장을 가져와 막대기로 밀어 올려 쓰레기통에 던져 버렸다. 그러다 문득 내가 너무 심한 것 같아서 그걸 다시 쓰레기통에서 꺼내 울타리 아래 놓아두고 풀로 덮어 주었다. 로저는 자기가 갖은 고생을 해서 잡아 온 것을 내가 그렇게 하니까 믿을 수 없다는 듯 야옹거렸다. 난 로저에게 죽은 것을 보면 속이 매스껍다고 말해 주었다. 로저는 연갈색 몸을 내 오른쪽 다리에 비비댔다. 그건 로저가 내 말을 알아들었다는 거다. 난 정말 시체는 딱 질색이다. 좀 심하게 들릴 수도 있겠지만, 로즈 누나가 어차피 죽어야 했다면, 로즈 누나의 시신이 일부라도 발견되어서 난 기쁘다. 로즈 누나가 사진 속에서 본 그 모습 그대로 딱딱하고 차가운 땅속에 묻혔다면 기분이 훨씬 더 나빴을 거다.

　내 생각에 우리 가족은 한때 행복했던 것 같다. 사진을 보면 얼굴에 미소가 가득하고 웃느라 눈이 가늘어져 있다. 정말 재미있는 농담이라도 들은 것처럼 얼굴 가득 웃음이 넘쳐 난다. 아빠는 런던에서 그런 가족사진을 몇 시간씩이고 하염없이 바라보았다. 수백 장이나 되는 사진은 전부 다 9월 9일 이전에 찍은 거다. 사진은 각양각색의 상자 다섯 개 안에 뒤섞여 있었다. 로즈 누나가 죽고 나서 4년 동안, 아빠는 최근에 찍은 사진을 맨 앞에 그리고 옛날 사진을 맨 뒤로 정리하려 했다. 그래서 가죽 표지 위에 금박 글씨가 적힌 아주 화려한 앨범 열 개를 샀다. 아빠는 몇 달 동안 매일 저녁, 말 한마디 하지 않고 그냥 술을 마시고, 마시고, 또 마시면서 사진을 순서대로 정리했다. 다만 술을 마시면 마실수록 점점 똑바로 붙일 수가 없어서 다음 날이면 사진의 절반 정도를 뜯어서 다시 붙여야 했다. 아마도 그즈음 엄마가 '바람피우기'를 시작한 것 같았다. 그건 내가 텔레비전 드라마 〈이스트엔더스〉에서나 들었던 말인데, 우리 아빠가 그 말을 소리치게 되리라고는 전혀 생각도 못했다. 그건 충격이었다. 난 짐작도 못 했다. 엄마가 치유 모임에 일주일에 두 번 나가다가 세 번씩, 그러다 나중엔 틈만 나면 뻔질나게 나갈 때에도…….

이따금 잠에서 깨어났을 때 엄마가 가 버렸다는 걸 까먹고 있다가 깨닫게 될 때가 있다. 그럴 때면 계단을 헛디디거나 발끝에 뭔가 걸려 앞으로 꼬꾸라진 것처럼 심장이 아래로 뚝 떨어지는 것 같다. 모든 게 거꾸로 되감기며 재스민 누나 생일에 일어났던 일까지 너무나 선명하게 떠오른다. 마치 내 뇌가 HD 고화질 텔레비전이라도 되는 것처럼. 엄마는 작년 크리스마스에 내가 HD 고화질 텔레비전을 사 달라고 하자 그건 돈 낭비라고 했다.

재스민 누나는 자기 생일 파티에 한 시간이나 늦게 왔다. 엄마랑 아빠는 다투고 있었다.

"크리스틴이 그러는데 당신하고 같이 있지 않았다고 하더군. 내가 전화로 확인했어."

내가 부엌으로 들어갔을 때 아빠가 말했다.

엄마는 샌드위치가 놓인 바로 옆 의자에 푹 파묻혀 앉아 있었는데, 나는 엄마가 자리를 잘 잡았다고 생각했다. 마음에 드는 샌드위치를 맨 먼저 고를 수 있을 테니까. 쇠고기 샌드위치와 치킨 샌드위치 그리고 노란색 샌드위치가 있었다. 나는 그 노란색 샌드위치가 달걀에 마요네즈를 넣은 샌드위치가 아니라 치즈 샌드위치이길 바랐다. 엄마는 파티 모자를 쓰고 있었지만 얼굴이 축 처져 있어서 서커스에 등장하는 슬픈 광대 같았다. 아빠가 냉장고 문을 열어 맥주를 꺼내고 나서 문을 도로 쾅 닫았다. 식탁 위에는 이미 빈 맥주 깡통이 네 개나 놓여 있었다.

"도대체 어디 있었던 거야?"

아빠가 물었다. 엄마가 말을 하려고 입을 열려는 순간 내 배가 꼬르륵 요동쳤다. 엄마랑 아빠가 둘 다 몸을 돌려 나를 바라보았다. 내가 말했다.

"소시지 롤 먹어도 돼요?"

아빠가 투덜거리며 접시를 움켜잡았다. 화가 나긴 했어도 아빠는 조심스럽게 케이크를 자르고는, 소시지 롤과 샌드위치와 감자튀 김을 함께 담았다. 아빠는 리베나 주스 한 잔을 컵에 따라 물과 섞 어 내가 딱 좋아하는 맛을 만들었다. 접시를 받으려고 두 손을 내 밀었지만 아빠는 나를 지나쳐 곧장 거실에 있는 벽난로 선반 쪽으 로 걸어갔다. 난 화가 났다. 죽은 사람이 배고프지 않을 거라는 건 누구나 알고 있다. 배고파 죽겠다는 생각을 하는 그 순간, 현관문 이 덜컹하고 열렸다.

"왜 이렇게 늦었어!"

아빠가 소리쳤지만 엄마는 한숨을 푹 내쉬었다. 재스민 누나가 피어싱한 코를 찡그리며 짜증스럽게 웃었다. 누나의 코에서 다이아 몬드 장식이 반짝 빛났다. 머리카락은 풍선껌보다 더 분홍색이었 다. 나도 누나를 따라 웃었다. 그때 아빠가 접시를 바닥에 떨어뜨 리는 바람에 '픽' 하는 소리가 났다. 엄마는 자그맣게 말했다.

"무슨 짓을 한 거야?"

재스민 누나의 얼굴이 붉어졌다. 아빠는 유골함을 가리키면서 로즈 누나에 대한 뭔가를 소리치고 있었다. 그 바람에 리베나 주 스가 카펫 위로 쏟아졌다. 엄마는 여전히 잠자코 앉아 재스민 누 나의 얼굴만 빤히 바라보았는데 두 눈엔 눈물이 가득했다. 나는 입안에 소시지 롤 두 개를 쑤셔 넣고 티셔츠 속에 빵 한 개를 후 다닥 숨겼다.

"대단한 가족이군."

아빠가 재스민 누나한테서 시선을 거두어 엄마를 바라보며 내뱉 듯이 말했다. 아빠 얼굴은 내가 이해하지 못할 슬픔으로 굳어졌다. 고작 머리카락을 잘랐을 뿐인데 뭐가 잘못된 건지 난 이해할 수가 없었다. 로저는 카펫에 떨어진 케이크를 핥고 있었다. 아빠가 로저 목덜미를 잡고 복도로 내몰자 로저는 야옹거렸다. 재스민 누나는 후다닥 자기 방으로 들어가 방문을 꽝 닫아 버렸다. 내가 샌드위 치 하나와 빵 세 개를 먹어 치우는 사이, 아빠는 난장판이 된 거실 을 정리했다. 로즈 누나의 생일 찻잔을 들어 올릴 때는 아빠 손이 바르르 떨렸다. 엄마는 카펫 위의 케이크를 물끄러미 바라보며 중 얼거렸다.

"다 내 잘못이야."

나는 고개를 저었다.

"아빠가 쏟았어, 엄마가 아니라……"

나는 리베나 주스 얼룩을 가리키며 조그맣게 속삭였다.

아빠가 음식을 너무 세게 쓰레기통에 던지는 바람에 쓰레기통 이 덜컹 흔들렸다. 아빠는 다시 고함을 질렀다. 나는 귀가 아파서 부엌에서 빠져나와 재스민 누나 방으로 갔다. 누나는 거울 앞에 앉 아 분홍색 머리칼을 만지작거리고 있었다. 나는 내 셔츠 속에 숨겨 두었던 빵을 꺼내 누나에게 주었다.

"누나 진짜 예뻐."

내가 말하자 누나는 울음을 터뜨렸다. 여자들은 이상하다.

엄마는 그날 모든 걸 시인했다. 나와 재스민 누나는 누나 침대에서 듣고 있었다. 듣고 싶지 않아도 너무 잘 들렸으니까. 엄마는 울고 아빠는 고래고래 소리쳤다. 누나 눈에는 눈물이 그렁그렁했지만 난 눈물이 나지 않았다.

"바람을 피우다니."

아빠는 그 말을 반복하고 또 반복했다. 마치 실컷 고함치면 그 말이 가라앉아 버릴 것처럼……

엄마가 말했다.

"당신은 이해 못 해."

아빠가 말했다.

"나이젤은 이해하겠지."

"당신보다는 나아. 우리는 서로 대화를 했어. 그 사람은 내 말을 잘 들어 줘. 그 사람은 나를……"

아빠가 큰 소리로 욕을 퍼부으며 말을 잘라 버렸다.

그렇게 한참 동안 엄마 아빠의 싸움이 이어졌다. 내 왼발에 쥐가 났다. 아빠는 수백 가지 질문을 퍼부었고, 엄마는 점점 더 심하게 흐느꼈다. 아빠가 엄마한테 '나쁜 년', '거짓말쟁이'라고 부르더니, "아주 대단하시군, 그래!"라고 말했다. 엄마가 무슨 말인가를 하려고 했다. 그러자 아빠가 엄마를 향해 고함쳤다.

"우리 가족을 얼마나 더 괴롭히려는 거야?"

아빠가 으르렁거렸다. 그리고 어느 순간 울음소리가 그쳤다. 엄마가 뭐라고 했지만 우리는 알아들을 수 없었다.

"뭐? 뭐라고?"

아빠가 충격받은 목소리로 말했다.

복도에서 발걸음 소리가 났다. 방문 밖에서 다시 엄마 목소리가 들리다가 잠잠해졌다.

"더 이상은 안 되겠어."

엄마가 그 말을 반복했다. 폭삭 늙은 목소리였다. 누나가 내 손을 움켜잡았다.

"내가 이 집을 나가는 게 낫겠어."

누나가 내 손을 너무 꽉 잡아서 손가락이 아팠다.

"누구한테 낫다는 거야?"

아빠가 물었다.

"모두한테."

엄마가 대답했다.

이제 아빠가 울 차례였다. 아빠는 엄마에게 제발 가지 말라고 매달렸다. 미안하다고 했다. 아빠는 현관문을 막았지만 엄마가 말했다.

"저리 비켜."

아빠는 한 번만 더 기회를 달라고 했다. 사진을 치우고 일자리도 찾고 더 열심히 노력하겠다고 약속했다. 아빠가 말했다.

"난 로즈를 잃었어. 당신마저 잃을 수는 없어."

엄마가 집 밖으로 나가 길을 향해 걷자 아빠는 "우린 당신이 필

요해."라고 소리쳤다. 엄마는 "내가 나이젤을 필요로 하는 만큼은
아니겠지."라고 말했다. 그렇게 엄마는 떠났다. 아빠가 벽을 쾅 쳤
다. 그 바람에 손가락을 다쳤다. 그래서 손가락에 4주하고도 사흘
동안 붕대를 감고 있어야 했다.

3

　우편물은 도착하지 않았다. 열 시하고도 13분이 지났고, 내가 열 살이 된 지도 벌써 197분이나 지났다. 조금 전 현관 앞에서 무슨 소리가 들렸는데 그냥 우유 배달부였다. 런던에서는 우리가 직접 우유를 사 와야 했다. 아빠가 모슬렘이 운영하는 가까운 가게에는 가지 않으려 해서 차로 15분 거리에 있는 슈퍼마켓에 가야 했다. 그래서 우리 집은 수시로 우유가 떨어졌다. 난 시리얼에 우유를 넣지 않고 먹는 데 익숙해졌지만, 엄마는 밀크티를 먹을 수 없다며 불만을 터뜨렸다.

　이번 생일날 받은 선물은 아직까지 별로 대단한 게 없었다. 아빠는 축구화를 선물했는데 한 치수 반이나 작았다. 지금 그 축구화를 신고 있는데 발가락이 꼭 쥐덫에 걸린 것 같다. 내가 그 축구화를 신었을 때 아빠는 오랜만에 웃어 보였다. 아빠가 분명 영수증을 아무렇게나 처박아 두었을 것 같아서 큰 치수로 바꿔야 할 것 같다는 말은 하지 않았다. 그냥 잘 맞는 척했다. 축구부에 들어가지 않았으니까 축구화를 신을 일은 그렇게 자주 없을 거다. 런던에 있을 때는 해마다 학교 축구부에 들어가려고 했지만 한 번도 뽑힌 적이 없었다. 딱 한 번 골키퍼가 아픈 바람에 잭슨 선생님이 나를 골키퍼 자리에 끼워 주셨을 때를 제외하고는……. 내가 아빠한테 축구 경기를 보러 오라고 했을 때 아빠는 자랑스러운 듯 내 머리를 쓰다듬었다. 경기하는 날 아빠 모습이 보이지 않아서 나는 기분이 몹시 상했다. 하지만 끝날 무렵에는 아빠가 오지 않은 게 다행이다 싶었다. 우리 팀이 13대 0으로 졌는데 6점은 내가 실책으로 먹은 거였다.

로즈 누나는 내게 책을 한 권 선물했다. 내가 거실에 들어설 때 로즈 누나의 선물은 여느 때처럼 유골함 옆에 있었다. 선물이 거기 있는 걸 보고 마구 웃음이 터져 나오려고 했다. 유골함에서 팔과 다리, 머리가 나와 선물을 사러 가게에 걸어가는 모습이 떠올랐으니까. 아빠는 진지한 표정으로 나를 바라보았다. 그래서 나는 포장을 풀고 벌써 읽었던 책이라는 걸 알면서도 실망한 티를 내지 않으려고 했다. 난 책을 많이 읽는 편이다. 런던에서는 점심시간마다 학교 도서관에 들르곤 했다.

"책이 사람보다 더 좋은 친구지."

사서 선생님이 그렇게 말했다. 하지만 그게 맞는 말 같지는 않다.

루크 브란스톤은 나흘 동안 내 친구였다. 그때 루크는 딜론 사이크가 가지고 있는 아스널 구단의 자를 부러뜨려 사이가 틀어져 있었다. 루크는 식당에서 나랑 같이 앉았고, 운동장에서 나랑 같이 카드 게임도 했다. 그래서 그 일주일 동안에는 누구도 나를 '고추벌레'라고 부르지 않았다.

재스민 누나가 아래층에서 나를 기다리고 있다. 우리는 곧 축구 경기를 하러 공원에 갈 거다. 누나는 아빠한테도 가자고 했다.

"아빠, 제임스가 새 축구화 신고 공 차는 거 같이 보러 가요."

하지만 아빠는 그냥 툴툴거리며 텔레비전을 켰다. 술을 마셔 나른해 보였다. 쓰레기통에 빈 보드카 병이 하나 처박혀 있는 게 보였다. 누나가 자그맣게 속삭였다.

"어쨌거나 아빠는 없어도 되니까."

그러더니 큰 소리로 말했다. 그게 이 세상에서 제일 신 나는 일인 것처럼.

"가서 놀자."

누나가 준비됐느냐고 계단을 향해 소리쳤다.

"거의 다 됐어."

난 그렇게 소리쳤지만 사실 계속 창턱에 붙어 있었다. 난 우편물을 기다리고 싶었다. 우편물은 보통 열 시에서 열한 시 사이에 온다. 엄마가 잊었을 리 없다. 생일같이 중요한 건 내 머리에 아예 딱 적혀 있는 것 같다. 우리 선생님이 화이트보드에 가끔 실수로 사용하는 유성 매직 같은 것으로 말이다. 하지만 엄마는 이제 나이젤 아저씨랑 함께 사니까 좀 다를지도 모르겠다. 나이젤 아저씨는 자기 자식이 있으니 엄마는 우리 대신 그 아이들의 생일을 챙겨 줄지도 모르겠다.

엄마한테 아무것도 못 받는다 해도 분명 할머니한테는 뭔가를 선물 받을 거다. 할머니는 스코틀랜드에 사는데 거긴 아빠 고향이기도 하다. 할머니는 여든한 살이지만 절대 뭘 잊어버리는 법이 없다. 할머니는 아빠가 무서워하는, 또 아빠가 술 먹는 걸 끊게 할 유일한 사람인 것 같았다. 그래서 난 할머니를 좀 더 자주 볼 수 있길 바랐다. 하지만 아빠가 우리를 할머니한테 절대 데려가 주지도 않고, 또 할머니는 나이가 들어 운전을 할 수 없게 되어서 우리를 찾아오지도 못한다. 난 할머니를 아주 많이 닮은 것 같다. 할머니는 밝은 갈색 머리칼에 주근깨가 있는데 나도 밝은 갈색 머리칼에 주근깨가 있다. 그리고 할머니는 나처럼 굳세다. 로즈 누나의 장례식 때, 교회 안에서 나 빼고 울지 않은 유일한 사람이 할머니였다. 어쨌든 그것도 재스민 누나가 나한테 알려 주었다.

집에서 1.5킬로미터 정도 떨어진 공원까지 우리는 거의 전력 질주를 했다. 누나가 몸무게를 줄이려고 애쓰는 걸 알 수 있었다. 누

나는 텔레비전을 볼 때면 가끔씩 다리를 들어 올렸다 내렸다 하고, 매일 학교에서 돌아오면 윗몸 일으키기를 수백 개씩 한다. 밝은 분홍색으로 머리를 염색한 누나가 아주 어두운 색 코트를 입고서 양 떼를 지나쳐 후다닥 달려 나가는 모습이 왠지 우스꽝스러웠다. 나는 계속 우편배달부 아저씨가 오나 두리번거렸다. 열한 시가 다 되었는데도 우편배달부 아저씨는 도착하지 않았다. 우리가 집을 완전히 떠날 때까지도.

공원에 도착하니 그네 위에 여자아이 셋이 앉아서 우리가 공원에 들어서는 걸 쳐다봤다. 아이들 눈초리가 쐐기풀처럼 가시로 가득해서 내 얼굴이 새빨개졌다. 재스민 누나는 전혀 신경 쓰지 않았다. 누나는 곧장 그 애들 쪽으로 걸어가 검은색 워커를 신은 채 그네 하나에 올라섰다. 그 애들은 누나를 괴물 보듯 바라보았지만 누나는 진짜 높고 진짜 빠르게 그네를 구르며 하늘을 향해 미소 지었다. 이 세상에 자기를 겁주는 건 아무것도 없다는 듯이.

재스민 누나는 축구보다 음악을 잘한다. 그래서 나는 7대 2로 누나를 아주 쉽게 이겼다. 내가 넣은 골 중에 최고로 멋진 건 왼쪽 발로 발리슛을 쏜 거였다. 누나는 내가 올해는 축구팀에 들어갈 수 있을 거라고 평가했다. 누나는 내 축구화가 마법의 축구화라 나를 웨인 루니만큼 멋진 선수로 만들어 줄 거라고 했다. 내 발가락이 마법에라도 걸린 것처럼 콕콕 쑤셨다. 아주 잠깐 누나 말이 맞는 것 같다고 생각했지만 곧 발가락에 피가 통하지 않아서 그런 거란 걸 깨달았다. 누나가 물었다.

"축구화가 너무 작은 거 아니야?"

"아냐, 꼭 맞아."

집으로 가는 길에 난 신이 났다. 누나는 피어싱을 더 하는 것에 대해서만 줄곧 이야기했지만, 난 우리 집 현관에 놓인 발판만 생각했다. 머릿속으로 그 위에 소포 상자 하나가 있는 모습을 떠올렸다. 반짝반짝 빛나는 종이에 축구 카드가 붙어 있는 두툼한 상자. 나이젤 아저씨는 카드에 서명도 하지 않았을 테지만, 엄마는 그 안에 엄청난 입맞춤을 해서 넣었을 거다.

현관문을 열자, 난 뭔가 잘못됐다는 걸 알았다. 문이 너무 쉽게 열렸다. 처음에는 감히 바닥을 내려다보지도 못하고 할머니가 항상 하던 말을 떠올리려고 했다.

"원래 좋은 건 작기 마련이란다."

난 엄마가 보낼 수 있을 만한, 좋지만 문을 가로막지 않을 정도로 작은 선물을 모두 떠올려 보려 했다. 하지만 무슨 이유에서인지 난 로저가 물어다 놓은 죽은 쥐만 생각났고, 그 생각을 하니 갑자기 속이 매스꺼워져 순간 멈칫했다.

바닥의 발판을 내려다보았다. 카드 하나가 있었다. 겉봉투에 할머니의 손 글씨가 적혀 있는 걸 볼 수 있었다. 그 아래 아무것도 없다는 걸 알 수 있었지만 그래도 난 발가락으로 그 카드를 툭 쳐 보았다. 엄마가 보낸 선물이 정말, 정말 작을지도 모르니까. 맨체스터 유나이티드 배지라든가 지우개 뭐 그런 것처럼……

재스민 누나가 날 바라보고 있는 걸 느낄 수 있었다. 난 누나를 흘끗 올려다보았다. 한번은 강아지가 차가 많이 다니는 도로로 뛰어드는 걸 본 적이 있다. 그때 강아지가 자동차와 부딪힐 거라 생각하고 내 어깨가 귀까지 닿을 만큼 올라오고 눈썹은 일그러졌다. 내가 발판을 확인했을 때 재스민 누나가 딱 그 모습이었다. 나는 얼른 허리를 구부려 할머니 카드를 뜯었다. 카펫 위로 20파운드가 흩어져 떨어지자 난 크게 웃음을 터뜨렸다.

"그 돈으로 좋은 거 뭐 살 수 있는지 생각해 봐."

누나가 말했다. 내 목 안에 하늘만큼 땅만큼 커다란 무언가가 콱 막혀 있었는데 누나가 아무것도 묻지 않아서 난 기뻤다.

거실에서 맥주 캔 따는 소리가 들려왔다. 재스민 누나는 아빠가 특별한 날이라 술을 마시고 있는 것처럼 생각하려는 듯 헛기침을 했다.

"케이크 먹자."

누나가 나를 부엌으로 끌어당기며 말했다. 초가 하나도 없어서 누나는 스펀지 같은 케이크 위에 향을 꽂았다. 나는 눈을 꼭 감고 엄마 선물이 얼른 도착하기를 빌었다. 이 세상에서 가장 커다란 선물을 빌었다. 우편배달부 아저씨 등이 휠 정도로 커다란 선물을……. 마침내 눈을 떴다. 재스민 누나가 나를 보고 웃고 있었다. 좀 이기적인 것 같아서 숨을 깊이 들이쉬기 전에 이렇게 덧붙였다.

"그리고 재스민 누나가 배꼽에 피어싱할 수 있게 해 주세요."

연기가 사방으로 퍼졌지만 향을 입으로 불어 끌 수는 없었다. 그러니 내 기도는 아무 효력이 없겠다.

나는 케이크를 아주 조심조심 잘랐다. 지저분해지는 게 싫었으니까. 요크셔푸딩 맛이 났다.

"진짜 맛있다."

내가 말하자 누나가 웃었다. 내가 거짓말한다는 걸 누나는 알고 있었다. 누나가 큰 소리로 말했다.

"아빠, 케이크 좀 드실래요?"

하지만 답이 없었다. 이윽고 누나가 말했다.

"한 살 더 먹으니 어때?"

난 그냥 똑같다고 대답했다. 아무것도 달라진 게 없으니까. 이제 열 살이 되었지만, 아홉 살 때랑 똑같은 것 같다. 런던에 있을 때랑 똑같다. 누나도 그대로다. 아빠도 그대로다. 어떤 사람이 2주 동안 다섯 번이나 자동 응답기에 메시지를 남겼는데도 아빠는 건설 현장에 갔다 오지도 않았다.

누나는 케이크 조각 귀퉁이를 조금 잘라서 야금야금 먹고는 나한테 선물 받고 싶으냐고 물었다. 누나가 누나 방문을 열자, 풍경이 딸랑딸랑 소리를 냈다. 누나가 말했다.

"포장은 못 했어."

그러면서 나한테 하얀색 비닐봉지를 내밀었다. 안에 스케치북하고 색연필 몇 개가 있었다. 지금껏 내가 본 것 중 최고였다.

"누나를 제일 먼저 그릴게."

누나는 혀를 쏙 내밀며 눈동자를 한쪽으로 모아 사팔뜨기 눈을 만들어 보였다.

"이렇게 그리고 싶다면 그려 봐."

점심을 먹고 우리는 〈스파이더맨〉 영화를 보았다. 〈스파이더맨〉은 언제나 최고다. 우리는 커튼을 치고 쿠션이랑 누비이불을 두른 채 방바닥에 앉았다. 아직 오후 서너 시밖에 안 되었는데도 말이다. 로저는 내 무릎 위에 앉았다. 로저는 사실 내 고양이다. 내가 바로 로저를 돌보는 사람이니까. 하지만 로저는 로즈 누나한테 길들여졌다. 로즈 누나가 일곱 살 때 애완동물을 사 달라고 조르고 졸라서 엄마가 허락해 주었다. 엄마는 로저를 상자 안에 넣은 뒤 상자에 리본을 묶어서 로즈 누나에게 주었고, 로즈 누나는 선물 상자를 열어 보고는 좋아서 울음을 터뜨렸다고 한다. 엄마는 그 이야기를 한 백 번은 들려주었다. 전에 엄마가 들려주었다는 걸 잊었는지 아니면 그냥 다시 얘기하는 걸 좋아하는 건지 모르겠다. 하지만 그 이야기를 할 때면 엄마가 웃었기에, 나는 입을 꾹 다물고 엄마가 이야기를 마칠 때까지 내버려 뒀다. 엄마가 내 생일에 동물을 보내 주면 정말 좋을 것 같다. 거미라면 최고로 좋겠다. 거미가 날 물지도 모르고, 그러면 스파이더맨처럼 나한테도 특별한 힘이 생길지도 모르니까.

영화를 보고 나서 아래층으로 내려가 보니 케이크가 거의 다 사라져 버리고 없었다. 접시 위에 딱 한 조각이 남았는데 내가 깔끔하게 잘랐던 삼각형 모양이 아니었다. 아무렇게나 마구 잘려 있었다. 거실로 가 보니 아빠는 이중 턱에 케이크를 묻힌 채 소파 위에서 코를 골고 있었다. 마룻바닥에는 빈 맥주 캔 세 개가 나뒹굴고 있었고 쿠션 사이로는 보드카 병이 툭 튀어나와 있었다. 분명 너무 취해서 케이크 맛도 제대로 몰랐을 거다. 막 위층으로 다시 올라가려는데 벽난로 위 모습이 눈에 들어왔다. 유골함 옆에 케이크 한 조각이 있었다. 무슨 이유인지 그걸 보니 그냥 심술이 났다. 나는 로즈 누나한테 걸어갔다. 죽었다는 걸 알지만, 누가 말해도 듣지 못한다는 걸 알지만, 나는 작은 목소리로 속삭였다.

"내 생일이야, 누나 생일이 아니고."

그러고는 그 케이크를 내 입속에 쑤셔 넣었다.

이틀 뒤, 나는 뒷마당에서 연못에 있는 금붕어를 그리면서 우편배달부 아저씨 소리에는 신경 쓰지 않으려 했다. 속으로 마음을 다잡고 또 다잡았다. 선물은 안 올 거라고. 하지만 발걸음 소리를 듣자마자 나는 집 안으로 후다닥 달려갔다. 편지 봉투 몇 개가 발판 위로 떨어졌다. 엄마한테 온 것은 없었다. 그런데 갑자기 노크 소리가 들렸다. 나는 잽싸게 문을 열었다. 우편배달부 아저씨가 깜짝 놀랐다. 우편배달부 아저씨는 "제임스 매튜 씨한테 소포가 왔습니다."라고 했다. 그 상자를 받아들 때 내 손이 덜덜 떨렸다.

"여기 서명."

우편배달부 아저씨가 지루한 목소리로 말했다. 아저씨는 뭔가 놀라운 일이 일어나고 있다는 걸 알지 못하는 것 같았다. 웨인 루니가 된 기분으로 나는 내 이름을 사인처럼 마구 휘갈겨 썼다. 마침내 우편배달부 아저씨가 등을 돌려 걸어갔다. 다행이었다. 잠깐 동안 난 걱정스러웠다. 내 소원이 진짜 이루어졌다면 우편배달부 아저씨 등은 휘어 부러졌을 테니까.

난 선물을 가지고 위층으로 올라갔지만 10분 동안 선물을 뜯지 않았다. 주소는 또박또박 대문자로 적혀 있었다. 나는 손가락으로 갈색 종이 위의 글자를 쓰다듬으며 엄마가 예쁘게 내 이름을 쓰는 모습을 그려 보았다. 그러다 더 이상 기다릴 수가 없어서 헐레벌떡 포장지를 뜯고 갈기갈기 찢어 바닥에 내동댕이쳤다. 안에는 평범한 상자가 하나 있는데 아무것도 적혀 있지 않았다. 아빠가 그러는데 로즈 누나는 어렸을 때 선물보다 선물 상자를 더 좋아했다고 한다. 로즈 누나가 상자로 우주선, 성, 터널을 만들곤 했다고 아빠는 말했다.

나는 로즈 누나가 아니니까 상자를 흔들었을 때 뻣뻣한 상자 안에 흔들리는 뭔가가 들어 있어서 마음이 놓였다. 내 심장은 마치 시골길을 가다 자동차 헤드라이트 불빛 속에 보이는 야생 토끼 같았다. 야생 토끼는 겁이 나서 처음에는 바짝 얼어붙어 움직이지도 못하다가 나중에야 깜짝 놀라 잽싸게 달아나 버린다. 상자 안에는 빨갛고 파란 물건이 있었다. 나는 야자나무에 걸린 해먹처럼 입이 귀에 걸릴 정도로 싱글벙글 웃으며 그걸 침대 위로 쏟아 냈다. 그건 부드러웠다. 앞에 박음질한 검은색 거미는 크고 무시무시했다. 나는 스파이더맨 티셔츠에 머리를 쑤셔 넣고 거울을 들여다보았다. 제임스 매튜는 사라지고 없었다. 그 대신 슈퍼영웅, 스파이더맨이 서 있었다.

공원에 새 티셔츠를 입고 갔다면, 난 그 여자아이들을 무서워하지 않았을 텐데. 재스민 누나를 쫓아 달려가 그네에 올라타서 비틀거리지도 않고 한 발로 섰을 거다. 세상 그 누구보다 더 높이 더 빠르게 그네를 탔을 거다. 그러고 나서 훌쩍 뛰어올라 허공을 가르면, 그 여자아이들이 '와' 하고 감탄했겠지. 그러면 나는 아주 큰 소리로 '하하하' 하고 웃었을 거다. 그리고 분명 영웅처럼 멋진 말을 날렸을 거다. 겁쟁이처럼 얼굴이 시뻘게져 10미터 밖에서 몸을 덜덜 떨며 서 있지도 않았을 거다.

카드에는 아스널 팀 유니폼을 입은 축구 선수 하나가 있었다. 엄마는 아마도 그것이 맨체스터 유나이티드 유니폼이라고 생각했나 보다. 둘 다 빨간색 유니폼을 입으니까. 카드에 엄마는 이렇게 썼다.

열 번째 생일을 맞은 우리 멋진 아들에게. 즐겁게 보내렴.

- 사랑을 담아서 엄마가

그리고 그 아래 커다란 입맞춤을 세 번 넣었다. 아래쪽 추신을 보고는 난 최고로 행복했다.

추신 : 네 티셔츠 입은 모습 곧 보러 갈게.

그 문장을 읽고 또 읽어서 지금 그 말이 내 머릿속을 빙글빙글 돌아다닌다. 마치 자기 꼬리를 쫓아다니는 강아지처럼. 난 창문 옆 쿠션 위에 앉아 있고, 로저는 기분 좋게 가르랑거리고 있다. 오늘이 좋은 날이라는 걸 로저는 알고 있다. 별은 그 어느 때보다 훨씬 더 밝게 빛나서 검은색 생일 케이크 위에 떠 있는 수백 개의 초처럼 보였다. 내가 저 초를 전부 다 끌 수 있다 하더라도 난 다른 건 아무것도 빌지 않을 거다. 오늘은 완벽했다.

엄마가 벌써 기차 예약을 했는지 궁금했다. 아니면 나이젤 아저씨 차가 있으니까 엄마한테 빌려 줄지도 모르겠다. 그래도 엄마가 여기까지 운전해서 오지는 않을 것 같다. 엄마는 차 막히는 걸 엄청나게 싫어해서 런던에서도 항상 걸어 다녔으니까. 어떻게든 엄마는 여기에 올 거다. 왜냐하면 엄마는 내가 새로운 학교생활을 시작하기 전에 나한테 "행운을 빈다."거나 "착하게 굴어야 한다." 같은 말을 해 주고 싶을 테니까. 그리고 분명 엄마는 새 티셔츠를 입은 나를 보고 싶어 할 거다. 혹시 모르니까 엄마가 여기 도착할 때까지 티셔츠를 벗지 말아야겠다. 이걸 입고 잠도 잘 거다. 슈퍼영웅은 쉬는 날이 없으니까. 기차가 연착되거나 차가 막혀서 엄마가 늦게 도착할지도 모르겠다. 어쩌면 오늘 밤, 내일 혹은 그다음 날에도 엄마는 못 올지 모른다. 그래도 엄마가 '곧'이라고 했으면, 그건 '곧'이라는 뜻이다. 엄마가 여기 도착할 때 엄마를 맞이할 준비를 하고 있어야겠다.

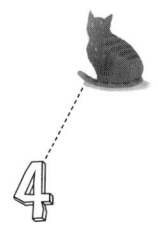

4

우리 선생님은 나를 학교에서 단 한 명뿐인 모슬렘 바로 옆에 앉혔다. 선생님이 말했다.

"이 애는 수냐란다."

내가 자리에 앉지 않자 선생님은 나를 물끄러미 바라보았다. 파머 선생님의 눈동자에는 아무런 색깔이 없다. 눈동자는 회색보다 더 흐릿하다. 눈동자는 수신 상태가 불량해 지지직거리는 텔레비전 같다. 턱에 사마귀가 하나 있는데, 그 한가운데에 털이 두 개 나 있다. 그걸 뽑는 건 그리 어렵지 않을 거다. 아마 선생님은 털이 나 있는 걸 모르나 보다. 아니면 그 털을 좋아하든가.

"무슨 문제라도 있니?"

파머 선생님이 묻자 반 아이들 전부가 몸을 돌려 나를 바라보았다. 나는 소리치고 싶었다.

"모슬렘들이 우리 누나를 죽였단 말이에요."

하지만 "안녕."이라든가, "난 제임스야." 또는 "난 열 살이야." 같은 말을 하기 전에, 그런 말은 할 말이 아닌 것 같았다. 그래서 그냥 멀찌감치 책상 끝쪽으로 바싹 붙어 앉아 수나 쪽을 바라보지 않으려 했다.

아빠가 알면 아마 미쳐 버릴 거다. 아빠는 모슬렘에게서 벗어나려면 런던을 떠나는 게 최선이라고 생각했으니까. 아빠는 이렇게 말했다.

"레이크 디스트릭트에는 그런 외국인은 하나도 없어. 그저 자기 일 열심히 하는 진짜 영국인만 있을 뿐이지."

전에 살던 핀즈베리파크에는 그런 외국 사람이 수천 명이나 있었다. 여자들은 유령 분장, 아니면 핼러윈 복장을 한 것처럼 머리 위에 긴 천을 뒤집어썼다. 우리 아파트 길 아래쪽에 이슬람 사원이 있어서 우리는 그 사람들이 기도하러 가는 걸 내내 보곤 했다. 난 사원 안을 정말 들여다보고 싶었다. 하지만 아빠가 가까이 가지 못하게 했다.

새 학교는 아주 작다. 학교는 산과 나무로 둘러싸여 있고 시냇물이 정문 앞으로 흐르고 있어, 운동장에 있으면 물이 욕조 수챗구멍 아래로 흘러가는 것 같은 소리가 난다. 런던에 있는 우리 학교는 큰길가에 있어서 듣고 보고 냄새 맡을 수 있는 거라곤 고작 왔다 갔다 하는 자동차뿐이었다.

내가 필통을 꺼내고 나니 파머 선생님이 말했다.

"우리 학교에 온 걸 환영한다."

모두가 박수를 보내 주었다. 선생님이 말했다.

"이름이 뭐지?"

"제임스요."

"어디에서 전학 왔니?"

그러자 누군가 "루저 동네."라고 속삭였고, 나는 "런던."이라고 말했다.

파머 선생님은 자기도 런던에 정말 가 보고 싶지만, 차를 몰고 가기엔 너무 멀다고 말했다. 엄마가 그렇게나 멀리 떨어져 있다는 생각을 하니 갑자기 배가 아파졌다. 선생님이 말했다.

"네 생활기록부가 예전 학교에서 아직 도착하지 않았단다. 그러니 직접 네 이야기 좀 해 줄래?"

할 말이 단 한 마디도 생각나지 않았다. 그러자 파머 선생님이 말했다.

"형제는 몇 명이니?"

로즈 누나를 넣어야 할지, 말아야 할지 몰라서 그것도 대답할 수가 없었다. 반 아이들이 전부 키득거리자 파머 선생님이 말했다.

"쉿! 여러분, 조용!"

그러고 나서 선생님이 물었다.

"음, 애완동물은 있니?"

"로저라는 고양이 한 마리가 있어요."

파머 선생님이 빙그레 웃으며 말했다.

"쥐를 잡는 고양이 로저라니 이름이 참 멋지구나."

우리는 수업 시간에 '멋진 여름 방학'이라는 주제로 두 장짜리 작문을 해야 했다. 마침표와 대문자, 소문자 같은 맞춤법까지 정확히 쓰라고 했다. 맞춤법에 맞게 쓰는 건 아주 쉬웠지만, 무엇이 멋진 것인지 생각해 내기가 퍽 어려웠다. 기껏해야 스파이더맨 영화를 본 거랑, 엄마와 재스민 누나한테 선물 받은 게 이번 여름 방학 때 있었던 좋은 일이었다. 글씨를 아주 크게 써서 그나마 그걸로 한 페이지를 겨우 채울 수 있었다. 그러고 나서 자리에 앉아 내 작문 연습장을 물끄러미 바라보며 아이스크림이라든가 공원, 바다 수영에 관한 것을 쓸 수 있으면 얼마나 좋을까 하는 생각을 했다.

"5분 남았다."

파머 선생님이 커피를 마시고 시계를 들여다보며 말했다.

"모두 두 페이지는 채워야 한다. 누구는 세 페이지를 쓸지도 모르겠구나."

남자아이 하나가 고개를 들었다. 파머 선생님이 그 아이에게 한쪽 눈을 찡그려 보이자 그 남자아이는 의기양양한 표정을 지었다. 그러더니 그 아이가 아주 바짝 몸을 숙였다. 코가 거의 책상에 닿을 정도였다. 그 아이는 엄청나게 빨리 써 내려가기 시작했다. 그 아이는 자기의 멋진 방학을 묘사하느라 수천 개의 단어를 연필에서 쉴 새 없이 쏟아 냈다.

"3분 남았다."

파머 선생님이 말했다. 내 연필은 두 번째 페이지 위에 딱 달라붙어, 7분 동안 움직이지 않아서 종이에 얼룩이 생겼다.

"지어서 써."

이 말이 하도 조용하게 속삭이듯 들려와, 난 내가 헛것을 들었나 생각했다. 나는 수녀를 바라보았다. 그 애 눈은 햇빛을 받은 물웅덩이처럼 맑고 반짝반짝 빛났다. 짙은 갈색, 거의 검정에 가까웠다. 그 애는 머리 위에 흰색 천을 둘러서, 머리카락 하나만 빼놓고 전부 다 가렸다. 머리카락 하나가 뺨에 대롱대롱 매달려 있는데 무척이나 빛나는 검은색 직모였다. 그 애는 왼손잡이였다. 글을 쓸 때 손목에 찬 팔찌 여섯 개가 찰랑찰랑 소리를 냈다.

"지어서 쓰라고."

수녀가 다시 말하며 미소 지었다. 갈색 피부 옆으로 하얀 이가 쪼르르 빛났다.

난 뭘 어떻게 해야 할지 몰랐다. 모슬렘이 우리 누나를 죽였다. 하지만 학교 첫날부터 문제를 일으키고 싶지는 않았다. 수녀의 충고가 말도 안 된다는 듯 나는 눈을 흘겼다. 그때 파머 선생님이 소리쳤다.

"2분 남았다."

그래서 나는 최대한 빨리 쓰기 시작했다. 나는 롤러코스터와 바닷가 여행 그리고 바위틈에 고인 물에서 게를 잡는 걸 재빨리 지어냈다. 갈매기가 '피시 앤 칩스'를 먹으려 하자 엄마가 고개를 흔들며 웃는 모습, 아빠가 나를 위해 이 세상에서 제일 커다란 모래성을 쌓아 주는 이야기를 지어냈다. 모래성이 엄청나게 커서 우리 가족 전부가 들어갈 수 있었다고 썼다. 하지만 그건 너무 꾸며 낸 이야기 같아서 지우개로 싹 지워 버렸다. 재스민 누나는 물집이 생길 정도로 살을 태웠지만 로즈 누나는 알맞게 선탠을 했다고 썼다. 마지막 문장을 썼을 때, 천 분의 1초 동안 잠시 멈추었다. 왜냐하면, 다른 모든 게 거짓말이기는 했지만, 그 모든 것 중에서도 그게 가장 큰 거짓말이었으니까. 그때 문득 파머 선생님이 소리쳤다.

"60초 남았다."

그러자 내 연필은 종이 위를 종횡무진으로 움직였다. 나도 모르는 사이에 로즈 누나에 관해 한 단락을 다 썼다.

파머 선생님이 소리쳤다.

"시간 다 됐다. 누가 반 친구들에게 방금 쓴 걸 읽어 줄래?"

수녀의 손이 허공을 향해 번쩍 올라갔다. 팔찌가 가게 문을 들어갈 때 소리 나는 벨처럼 딸랑딸랑 울려 퍼졌다. 파머 선생님이 수녀하고 그 의기양양한 표정의 남자아이를 가리키고 그러고 나서 여자아이 두 명, 이윽고 나를 가리켰다. 나는 손도 안 들었는데……. 나는 "괜찮습니다."라고 말하고 싶었다. 하지만 그 말이 목구멍 안에 콱 갇히고 말았다. 내가 움직이지 않자, 선생님이 살짝 화난 것처럼 말했다.

"어서, 제임스."

그래서 나는 자리에서 일어나 교실 앞으로 걸어 나갔다. 내 신발이 평상시보다 더 무겁게 느껴졌다. 누군가 내 스파이더맨 티셔츠에 묻은 얼룩을 가리켰다. 코코팝스가 밀크초콜릿색으로 변해 있었다. 코코팝스는 마실 때는 좋지만, 흘리면 엉망이 된다.

그 의기양양한 표정의 남자아이가 먼저 읽었는데 끝나질 않았다. 파머 선생님이 물었다.

"몇 페이지나 썼니, 다니엘?"

"세 페이지하고 반이요."

그 아이 눈알이 거의 튀어나올 것 같았다. 엄청나게 잘난 척하는 얼굴이었다. 이윽고 알렉산드라라는 여자아이와 메이지라는 여자아이가 자기의 방학 이야기를 읽었다. 파티, 새 강아지 그리고 파리 여행으로 가득 채워져 있었다. 이제 수냐 차례가 되었다.

수냐는 목소리를 가다듬었다. 반짝이던 두 눈을 가늘게 뜨고 수냐가 말했다.

"멋진 방학이었어야 했다."

수냐는 마치 연극처럼 잠깐 멈추더니 교실을 둘러보았다. 바깥 어딘가에서 트럭이 털털거리며 지나갔다.

"인터넷에서 본 그 호텔은 멋져 보였다. 그 근처 몇 킬로미터까지 집이 하나도 없는 아름다운 숲이었다. 휴식을 취하기에 완벽한 장소라고 엄마가 말했다. 하지만 그 말은 완전히 빗나갔다."

다니엘이 눈을 부라렸다.

"첫 번째 밤에 폭풍 때문에 나는 잠을 잘 수 없었다. 창문을 똑똑똑 두드리는 소리가 들렸다. 나는 그저 나뭇가지가 바람에 흔들리는 거로 생각했다. 하지만 바람이 잦아들었을 때도 그 소리는 멈추지 않았다. 그래서 나는 침대에서 기어 나와 커튼을 열었다."

갑자기 수녀가 목청껏 비명을 질러 대는 바람에 파머 선생님은 의자에서 넘어질 뻔했다. 이윽고 수녀는 최대한 빨리 읽어 내려갔다.

"나뭇가지가 아니라 거기에는 죽은 손이 유리창을 두드리고 있었다. 문득 얼굴 하나가 나타났다. 이가 하나도 없고 머리카락은 마구 헝클어져 있었다. 그 얼굴이 말했다. '얘야, 들여보내 줘, 들여보내 줘.' 그래서 나는……."

파머 선생님이 손을 가슴에 얹은 채 자리에서 일어났다.

"여느 때처럼 아주 재미있구나, 수녀. 고맙다."

끝까지 읽지 못하게 하니 수녀는 기분이 썩 좋지 않은 것 같았다. 드디어 내 차례였다. 나는 아주 빨리 읽어 내려갔다. 로즈 누나에 관한 건 전부 얼버무렸다. 사실은 로즈 누나가 벽난로 선반 위유골함에 있는데, 해변에서 재미있게 놀았다고 모두에게 말을 하고 있으니 죄책감이 들었다.

"네 누나들은 몇 살이지?"

파머 선생님이 물었다.

"열다섯 살이요."

"아, 두 사람 쌍둥이니?"

선생님은 쌍둥이가 대단한 것이라도 되는 것처럼 물었다. 내가 고개를 끄덕이자 선생님이 말했다.

"어머나, 참 좋겠구나."

내 얼굴은 분홍색 형광펜만큼이나 붉어졌다. 수녀가 지나치게 오랫동안 나를 뚫어져라 바라보고 있었다. 내 이야기의 어느 부분을 지어낸 것인지 알아내려고 애쓰고 있다는 걸 알 수 있었다. 그게 신경에 거슬려 나도 그 애를 뚫어져라 바라보았다. 수녀는 당황하지 않고, 우리가 서로 무슨 비밀이라도 나눈 것처럼 하얀 이를 드러내고 활짝 웃었다. 파머 선생님이 말했다.

"아주 잘했다. 너희들 모두 천국에 한 계단 더 가까워졌구나."

다니엘의 얼굴이 기쁨으로 빛났지만 참 바보 같다는 생각이 들었다. 우리 작문은 괜찮았다. 하지만 하느님을 감동시키지는 못했을 것 같다. 그런데 갑자기 파머 선생님이 책상 위로 몸을 뻗었다. 나는 처음으로 칭찬판을 쳐다봤다. 거기에는 열다섯 개의 보슬보슬한 구름이 비스듬히 벽 위로 올라가고 있었다. 오른쪽 귀퉁이 꼭대기에는 금빛 두꺼운 도화지로 만든 천국이라는 글자가 적혀 있었다. 왼쪽 귀퉁이 바닥에는 천사 30명이 각자 커다란 은빛 날개를 달고 있었다. 천사들의 오른쪽 날개마다 교실 안에 있는 아이들의 이름이 적혀 있었다. 머리에 박아 놓은 핀만 없다면 천사들은 정말 신성하게 보였을 거다. 파머 선생님은 통통한 손으로 내 천사를 첫 번째 구름 위로 옮겼다. 그리고 나서 알렉산드라와 메이지의 천사도 옮겼다. 그런데 다니엘의 천사는 첫 번째 구름을 지나 곧장 두 번째 구름 위에 올려놓았다.

점심시간에 난 친구를 사귀려고 애썼다. 런던에서처럼 되는 게 싫었다. 예전 학교에서는, 모두들 내가 미술을 좋아한다고 계집애라고, 내가 영리하다고 괴짜라고, 모르는 사람한테 말 거는 걸 힘들어한다고 희한한 놈이라며 나를 놀렸다. 오늘 아침 재스민 누나가 말했다.

"이번에는 친구 좀 잘 사귀어 봐."

누나가 그렇게 말해서 마음이 불편했다. 누나는 내가 런던에 있을 때 점심시간마다 운동장보다는 도서관에 있었던 걸 알고 있는 것 같았다.

나는 이야기를 나눌 친구를 찾아서 이리저리 돌아다녔다. 수냐만 혼자 있었다. 우리 반 아이들은 모두 잔디밭에 모여 있었다. 여자아이들은 꽃반지를 만들고, 남자아이들은 어울려 공을 차고 있었다. 나는 정말로 공을 차고 싶었지만 끼워 달라고 감히 말을 꺼낼 수 없었다. 대신 누군가 나를 불러 주길 바라면서 근처에 누워 햇볕을 쬐는 척했다. 나는 눈을 감고 시냇물이 콸콸 흐르는 소리, 남자아이들이 웃는 소리, 공이 아주 가까이 다가올 때 여자아이들이 깜짝깜짝 놀라는 소리에 귀 기울였다.

갑자기 그림자가 생기기에 구름이 태양을 가렸나 보다 생각했다. 고개를 들어 올려다보니 반짝반짝 빛나는 눈동자 두 개와 짙은 갈색 피부가 보였다. 머리카락 하나가 바람에 부드럽게 휘날렸다. 내가 말했다.

"저리 가."

"멋진데."

수냐가 그렇게 말하더니 쿵 하고 내 옆에 주저앉으며 씩 웃었다.

"왜 그러는데?"

"스파이더맨과 한마디 나누려고."

수냐가 말했다. 그러더니 손바닥을 폈다. 놀랍게도 손바닥은 분홍색이었고, 그 위에 블루택접착제의 일종 반지 하나가 있었다.

"나도 너랑 똑같아."

혹시라도 누가 엿듣지 않는지 주위를 살피며 수냐가 속삭였다. 나는 못 들은 척하고 싶었지만 호기심이 일어 물어봤다.

"뭐가?"

그러고 나서 그 대답이 정말로 궁금하지는 않은 것처럼 보이려고 일부러 하품을 했다.

"뻔하지 않아?"

수냐가 자기 머리와 어깨를 감싼 천을 가리키며 말했다. 나는 벌떡 일어나 앉았다. 파리 한 마리가 내 입안으로 들어와 내 혀 위에 앉은 걸 보니, 분명 내 입이 헤벌어졌나 보다. 나는 기침을 해서 파리를 뱉어 냈다. 수냐는 웃음을 터뜨리며 말했다.

"우린 똑같아."

"안 똑같아."

내가 소리쳤다.

친구들과 잔디밭에 앉아 있던 다니엘이 우리를 돌아봤다. 수냐가 웃으면서 그 반지를 내밀었다.

"받아."

나는 엉거주춤 뒤로 물러나며 고개를 설레설레 저었다. 학교에서 라마단에 대해 공부했을 때 블루택 반지를 주고받는다는 걸 들어 보지는 못했지만, 이건 분명 모슬렘들의 무슨 전통일 거다.

"어서."

수냐가 오른쪽 가운뎃손가락을 꼼지락거리며 말했다. 가운데 손가락에는 블루택 반지의 얇은 선이 둘려 있고, 그 위에는 다이아몬드 같은 자그마한 갈색 보석이 박혀 있었다. 수냐가 말했다.

"네가 반지를 끼지 않으면 마법은 일어나지 않아."

나는 "우리 누나는 폭탄 때문에 산산조각이 났어."라고 말하고는 자리에서 일어나 달려갔다.

마침 운 좋게도 뚱뚱한 학교 식당 아주머니가 호루라기를 불어 교실까지 돌아가는 내내 전력 질주를 했다. 내 자리에 앉자, 뇌가 두개골에 쿵쿵 부딪히며 빙글빙글 돌아서 목이 말랐다. 손에 땀이 흥건해서 책상에 자국이 남았다. 잔디밭에 있던 아이들이 걸어 들어오자 복도에 웃음소리가 들렸다. 한 명도 빠짐없이 전부 손목에 꽃팔찌를 두르고 있었다. 남자아이들도 마찬가지였다. 멍청하게 보이긴 했지만, 나도 저런 꽃팔찌를 하고 싶었다. 수냐가 마지막으로 들어왔다. 수냐의 손목에도 나와 마찬가지로 아무것도 없었다. 수냐는 나를 보고 씩 웃더니 내 얼굴 앞에서 손가락을 까딱까딱 움직여 보였는데, 가운뎃손가락에는 블루택 반지가 번쩍거렸다.

우리는 수학 문제를 조금 풀었고 지리 시간을 마지막으로 수업을 마쳤다. 그동안 나는 수냐를 한 번도 쳐다보지 않았다. 내가 마치 아빠를 배신한 것처럼 혼란스럽고 당황스러웠다. 내 피부는 하얀색이고, 영국식 억양을 가지고 있고, 모슬렘이 누군가의 누나를 폭파시킨 게 잘못된 거라 생각하고 있는 데도 수냐는 내가 모슬렘 액세서리를 가지고 싶어 한다고 생각했다. 그렇다면 분명 나는 수냐가 오해할 만한 뭔가를 한 게 틀림없다.

"가방 챙겨라."

선생님이 말했다. 나는 사물함 안에 지리책을 넣으러 갔다. 앞에 '제임스 매튜'라고 적혀 있고, 내 이름 옆에 사자 그림이 있었는데 그걸 보니 하늘에 떠 있는 은사자가 떠올랐다. 서랍을 여니 뭔가 작고 하얀 것이 작문 연습장 아래 있었다. 꽃잎. 흘끗 올려다보니 다니엘이 나를 향해 웃고 있었다. 다니엘이 고개를 끄덕이며 좀 더 가까이 보라는 손짓을 했다. 나는 작문 연습장을 한쪽으로 치웠다. 심장이 가슴 밖으로 튀어나올 것 같았다. 꽃팔찌. 다니엘이 허

51

공을 향해 엄지손가락을 치켜세웠다. 나도 따라 엄지손가락을 들어 올릴 때는 손이 떨렸다. 얼른 집으로 가서 재스민 누나한테 오늘 일을 죄다 얘기하고 싶어졌다. 수녀가 내 쪽에 나타나서 이상한 표정으로 그 팔찌를 들여다보았다. 수녀는 질투하는 거다. 나는 꽃팔찌를 조심스럽게 들어 내 손목에 얼른 차고 싶었지만, 팔찌가 뚝 끊어졌다. 다니엘이 웃음을 터뜨렸다. 내 심장이 가슴 속으로 다시 쪼그라들어가 시커멓게 커다란 구멍을 만들고, 행복했던 마음이 그 구멍을 통해 교실 바닥 여기저기로 새어 나오는 것만 같았다. 그건 팔찌가 아니었다. 팔찌인 적도 없었다. 그냥 꽃을 한 뭉치 뭉개 놓은 것이었다. 수녀는 질투가 난 게 아니었다. 수녀는 화가 난 거였다. 수녀는 아주 반짝이는 눈으로 다니엘을 노려보았다. 반짝이던 눈동자는 깨진 유리처럼 날카롭게 변했다.

다니엘은 라이언이라는 남자아이의 어깨를 툭 쳤다. 그러고는 라이언의 귀에 뭐라고 소곤거렸다. 두 사람은 나를 향해 씩 웃더니 허공에 자기들 엄지손가락을 높이 들어 올렸다. 그러더니 낄낄거리며 교실 밖으로 걸어 나갔다. 하늘의 은사자가 땅으로 내려와 저 애들의 머리통을 물어뜯었으면 좋겠다.

"반지가 널 보호해 줄 거야."

수녀가 속삭였다. 나는 바닥에서 백만 미터는 튀어 올랐다. 교실에는 우리 둘만 남아 있었다.

"방금도 반지가 마법을 부린 거야."

"난 보호 따위 필요 없어."

그러자 수녀가 웃음을 터뜨렸다.

"스파이더맨도 가끔은 약간의 도움이 필요해."

태양이 창문을 뚫고 수녀 머리 위 스카프에 부딪혔다. 그리고 천분의 1초 동안 나는 천사, 후광, 예수님 그리고 케이크를 덮은 하얀색 크림처럼 순수한 것에 대해 생각했다. 하지만 그때 문득 아빠 얼굴이 내 마음을 가득 채우더니 다른 모든 생각을 쫓아내 버렸다. "모슬렘은 전염병처럼 이 나라를 전염시키고 있어."라고 말할 때의 아빠의 얇은 입술과 가는눈이 떠올랐다. 솔직히 그건 사실이 아니다. 모슬렘은 전염병을 일으키지도, 수두처럼 붉은 반점을 생기게 하지도 않는다. 내가 아는 한 모슬렘은 고열을 일으키지도 않는다.

나는 한 걸음 뒤로 물러서고 이윽고 또 한 걸음 뒤로 물러섰다. 내 눈이 수녀의 얼굴을 뚫어져라 바라보느라 나는 의자에 쾅 부딪히고 말았다. 내가 문으로 다가가자 수녀가 말했다.

"이해하지 못하겠니?"

"그래, 못 해."

내가 말했다. 수녀는 잠자코 있었다. 대화가 멈추자 난 조금 겁이 났다. 나는 수녀가 세상에서 가장 지루한 사람인 양 한숨을 내쉬고, 이제 막 가려는 것처럼 등을 돌렸다. 그때 수녀가 말했다.

"음, 넌 이해해야 해. 왜냐하면 우리는 똑같으니까."

나는 걸음을 멈추고 분명하게 말했다.

"난 모슬렘이 아니야."

수녀의 웃음소리가 손목에 찬 팔찌처럼 찰랑찰랑 울려 퍼졌다. 수녀가 말했다.

"아니지. 그렇지만 넌 슈퍼영웅이잖아."

난 고개를 휙 돌렸다. 내 눈동자는 조약돌에서 당구공처럼 커졌다. 갈색 손가락 하나로, 수녀가 자기 머리를 감싸고 있는 옷감을 가리키고는 목소리를 낮추어 말했다.

"스파이더맨, 난 엠걸M Girl이야."

그러더니 내 쪽으로 걸어와서 내 손을 잡았다. 내가 미처 손을 빼내기도 전에 수녀는 사라졌다. 입이 바짝 마르고 눈은 혹성만큼 커졌다. 나는 수녀가 복도를 달려 내려가는 모습을 바라보았다. 수녀의 몸에서 펄럭거리는 스카프가 꼭 슈퍼영웅의 망토처럼 보인다는 걸 그때 처음 깨달았다.

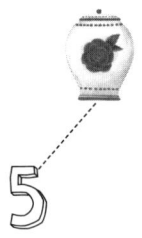

5

그 일은 5년 전 오늘 일어났다. 텔레비전은 온통 그 사건으로 도배되었다. 프로그램마다 9월 9일에 대한 이야기뿐이었다. 오늘은 금요일이라 학교에 가야 해서 바닷가에는 갈 수 없었다. 하지만 내일은 바다에 갈 것 같다. 아빠가 아무 말도 하지 않았지만, 인터넷으로 여기에서 가장 가까운 해변인 세인트 비즈를 찾아보고 있는 걸 알았다. 어젯밤에 아빠는 마치 작별 인사라도 하듯 유골함을 어루만졌다.

아빠는 이번에도 분명 작별 인사를 하지 못할 거다. 그러니까 나도 지금 작별 인사를 하진 않을 거다. 아빠가 정말로 로즈 누나의 유골을 꺼내 바다에 뿌리면, 그때 작별 인사를 해야겠다. 2년 전, 아빠는 유골함을 어루만지며 내게 마지막 인사를 건네라고 속삭였다. 로즈 누나가 내 말을 들을 수 없다는 걸 알아서 그건 좀 멍청한 짓 같았다. 게다가 로즈 누나가 바로 그다음 날 다시 벽난로 선반 위에 나타났기 때문에 내 작별 인사는 아무 의미가 없어졌다. 내가 더 바보가 된 것 같았다.

재스민 누나는 너무 기분이 안 좋다고 학교를 쉬었다. 나는 가끔 로즈 누나가 재스민 누나와 쌍둥이라는 걸 까먹는다. 그리고 둘이 10년을, 엄마 배 속에 있던 시간까지 합치면 10년하고도 9개월을 함께했다는 걸 까먹는다. 둘이 엄마 배 속에 있을 때 서로 마주 보고 있었을까? 내 생각에 분명 재스민 누나가 로즈 누나를 살짝 훔쳐보았을 것 같다. 재스민 누나는 참견하기를 정말 좋아한다. 언젠가 재스민 누나가 내 방에서 내 책가방을 뒤지고 있는 걸 본 적이 있다.

"그냥 네가 숙제 다했나 확인해 보는 거야."

재스민 누나는 이렇게 말했는데, 그건 엄마가 흔히 하는 일이었다.

분명 엄마 배 속에서 그 둘이 너무 꽉 눌려졌을 거다. 그랬기 때문에 둘이 그렇게 친하지 않았을 거다. 재스민 누나는 로즈 누나가 거만하고, 항상 사람들의 관심을 독차지하려 하고, 자기 맘대로 안 되면 울고불고 난리를 친다고 말했다.

"재스민 누나가 아니라 로즈 누나가 죽어서 난 좋아."

내가 살짝 웃으며 말했다. 재스민 누나는 눈살을 찌푸렸다.

"내 말은, 그러니까, 둘 중 한 명이 꼭 죽었어야 한다면 말이야."

재스민 누나의 아랫입술이 부르르 떨렸다.

"로즈 누나가 없는 게 조금은 더 좋지 않아?"

난 화가 나서 물었다. 재스민 누나는 나 때문이 아니라 로즈 누나 때문에 짜증 난다고 말했다.

"그림자는 있는데 사람이 없다고 생각해 봐."

재스민 누나가 대답했다.

난 피터 팬을 떠올렸다. 피터 팬의 그림자는 피터 팬이 없을 때 웬디의 방에서 훨씬 더 재밌게 보냈다. 난 그걸 재스민 누나한테 이야기해 주고 싶었지만, 재스민 누나가 울음을 터뜨렸다. 그래서 난 재스민 누나에게 티슈를 가져다주고 텔레비전을 켰다.

오늘 아침 내가 코코팝스를 먹고 있는데, 재스민 누나는 나보고 도 학교에 가기 싫으냐고 물었다. 난 고개를 가로저었다.

"정말이야?"

누나가 노트북으로 자기 별자리 운세를 확인하며 물었다.

"너도 기분 별로 안 좋으면 학교에 안 가도 돼."

난 재스민 누나가 만들어 준 샌드위치를 싱크대에서 집어 들었다.

"금요일에는 내가 제일 좋아하는 미술 시간이 있어. 그리고 오늘 은 우리 학년이 매점에 갈 차례라고."

내가 말했다. 그러고는 위층으로 전속력으로 달려가 할머니가 준 20파운드를 챙겼다.

조회 시간에 선생님이 9월 9일에 희생된 모든 가족들을 위해 기도하자고 말했다. 사람들의 시선이 내게로 쏠리는 것 같았다. 런던에서도 나는 9월 9일을 싫어했다. 내게 무슨 일이 있었는지 학교에 있는 모두가 알고 있었으니까. 다들 1년 내내 나한테 아무 말도 하지 않다가, 바로 그날만 내 친구가 되려고 했다. 사람들은 말했다. "분명 로즈가 그리울 거야." 또는 "로즈 보고 싶겠구나." 나는 그렇다고 말하고는 슬픈 듯 고개를 끄덕일 수밖에 없었다. 하지만 이곳에서는 아무도 모른다. 그래서 나는 거짓으로 꾸밀 필요가 없다. 그리고 앞으로도 계속 아무도 몰랐으면 좋겠다.

우리 모두 "아멘." 하고 말했을 때, 난 기도하는 사람들 위를 흘끗 올려다보았다. 천 분의 1초 동안 나는 '바보 같으니!'라고 생각했다. 하지만 그때 나는 두 개의 반짝거리는 눈동자를 보았다. 수녀가 다리를 꼬고 앉아, 왼손으로 턱을 괴고, 자그마한 손가락 끝을 깨물면서 내 쪽을 바라보고 있었다. 난 "우리 누나는 폭탄에 맞아 산산조각이 났어."라고 말했던 게 갑작스레 떠올랐다. 그리고 나를 바라보는 눈빛으로 수녀도 그 말을 기억하고 있다는 걸 알 수 있었다.

수녀가 슈퍼영웅이라는 걸 알고 난 뒤로 난 수녀와 이야기를 나누지 않았다. 엠걸에 대해 꼬치꼬치 물어보고 싶었지만, 입을 열려고 할 때마다 아빠를 생각했다. 그러면 내 입술이 얼른 닫혀 내 말을 가두었다. 내가 모슬렘과 이야기하고 싶어 한다는 걸 아빠가 안다면, 아빠는 나를 집 밖으로 내던질 것이고, 그러면 난 오갈 데 없는 신세가 될 거다. 엄마는 나이젤 아저씨와 살고 있으니까……

엄마가 선물을 보낸 지 2주가 되었는데도 아직 엄마는 날 보러 오지 않았다. 스파이더맨 티셔츠는 점점 더러워지고 있지만 난 옷을 벗을 수가 없었다. 내가 그 옷을 벗으면 엄마 성의를 무시하는 거니까. 어쨌든, 엄마가 런던에 계속 눌러앉아 있는 건 엄마의 잘못이 아니다. 워커 씨 잘못이다. 워커 씨는 엄마의 미술 대학교 상사인데, 내가 생각할 수 있는 가장 비열한 인간들보다 훨씬 더 비열한 사람이다. 지금 떠오르는 가장 비열한 인간은 스파이더맨에 나오는 '그린 고블린'이다. 언젠가 한번은 워커 씨가 엄마를 친구 결혼식에 가지 못하게 했다. 엄마가 아주 정중하게 부탁했는데도 말이다. 그리고 또 언젠가 워커 씨는 엄마가 베스트 할머니 장례식에 참석하기 위해 하루 쉬려는 것도 못하게 했다. 엄마는 베스트 할머니가 바보 같은 참견쟁이라서 장례식에 못 가도 괜찮다고 했다. 하지만 엄마는 장례식에 가려고 고급 상점에 가서 검정 드레스를 샀었다. 그 옷은 우리 고양이 로저가 영수증을 먹어 버려서 결국 환불도 못 했다.

텔레비전에서 방영되는 다큐멘터리에 9월 9일 조카딸을 잃은 사람이 나와 이야기를 했다. 그 사람은 네 마디 이상을 못 잇고 이내 눈물을 터뜨렸다. 기자들은 엄마와 아빠한테도 끈질기게 전화를 걸어왔다. 엄마와 아빠는 절대로 인터뷰를 하지 않았다. 나는 누가 나를 촬영하고 인터뷰한다 해도 상관없다. 하지만 난 엄청난 폭발과 크게 울부짖던 것 말고는 그날에 대해 기억나는 게 아무것도 없다.

내 생각에 아빠가 엄마를 비난한 것 같다. 그게 두 사람이 서로 미워하기 시작한 이유일 것이다. 엄마 아빠는 서로 말도 하지 않았다. 난 그게 이상하지는 않았다. 내가 루크네 집에 가기 전까지는 말이다. 그때 우리는 나흘 동안 친구였다. 그 아이 부모님은 서로 손을 잡고 웃으며 도란도란 이야기를 나누었다. 우리 엄마와 아빠는 꼭 필요한 이야기만 나누었다. 예를 들어 "소금 좀 줘요."라든가 "로저 먹이 줬어?"와 "더러운 신발 벗어요. 막 카펫 청소 마쳤단 말이야." 같은 말······.

재스민 누나는 엄마 아빠가 예전에 어땠는지 기억하고 있어서, 이런 침묵에 화를 냈다. 하지만 나는 그 차이를 전혀 몰랐기에 아무렇지도 않았다. 어느 크리스마스 날, 우리는 스크래블 게임을 하다가 크게 싸웠다. 나는 보드 판으로 재스민 누나 머리를 내리쳤고, 재스민 누나는 내 점퍼 속으로 알파벳을 쑤셔 넣으려고 했다. 엄마와 아빠는 그런 우리를 보고도 그만두라는 말조차 하지 않았다. 재스민 누나가 엄마 아빠한테 자기 코 위에 생긴 멍을 보여 주었지만, 두 분은 그저 거실에 앉아 서로 다른 방향을 물끄러미 바라볼 뿐이었다.

"우리는 눈에 보이지도 않아."

나중에 재스민 누나가 내 옷 안에서 알파벳 Q를 꺼내며 말했다. 난 그 말이 사실이었으면 했다. 내가 초능력을 선택할 수 있다면,

'사람들 눈에 보이지 않는 초능력'을 제일 먼저 고를 거다. 심지어 하늘을 나는 능력보다 먼저.

"우리도 죽은 거나 마찬가지야."

재스민 누나가 내 소맷자락 아래에서 알파벳 T를 찾으며 계속 말을 이었다.

그 일이 일어났을 때 우리는 트래펄가 광장에 있었다. 그곳에 가자는 건 엄마 생각이었다. 아빠는 공원으로 소풍 가고 싶어 했지만 엄마는 시내에서 전시회를 보고 싶어 했다. 아빠는 스코틀랜드 고지대에서 자랐기에 시골을 좋아한다. 아빠는 런던으로 이사 와서 엄마를 만났다.

"도시에서 살아야 잘 사는 거야."

언젠가 엄마가 말했다. 이 말을 듣고 나는 런던 스펠링의 첫 대문자 L에 앉아 있는 엄마의 모습을 떠올렸다.

재스민 누나는 그날 하루를 시작할 때는 좋았다고 내게 말해 주었다. 날은 화창했지만 추웠다. 그래서 숨 쉬는 게 담배 연기처럼 다 보일 정도였다. 난 빵 조각을 땅바닥에 던졌다. 비둘기들이 빵 조각을 쪼아 먹으려 했을 때 난 웃고 있었다. 재스민 누나와 로즈 누나는 비둘기 사이로 후다닥 달려가 비둘기가 후두둑 날아오르게 했다. 엄마는 웃고 있었지만, 아빠는 "저 애들 좀 말려요!"라고 말했다. 엄마는 "해를 입히는 게 아니잖아요."라고 말했다. 하지만 재스민 누나는 문제를 일으키는 걸 싫어했기에 아빠한테로 뛰어서 되돌아왔다. 로즈 누나는 그다지 착하지는 않았다. 사실 로즈 누나는 아주 못됐다. 재스민 누나 말만 들으면, 로즈 누나는 학교에서 말썽꾸러기였다. 하지만 누나가 죽고 난 지금 아무도 그걸 기억하는 것 같지 않다. 아빠가 "로즈, 이리로 돌아와."라고 소리쳤을 때 재스민 누나는 아빠 손을 잡고 있었다. 하지만 엄마는 그저 "아, 그냥 놔둬요."라고 말했다. 로즈 누나는 머리를 뒤로 젖히고 그 자리에서 빙글빙글 돌며 깔깔 웃었다. 비둘기가 로즈 누나 주위를 빙글빙글 돌았다. 엄마는 "좀 더 빨리 돌아 봐."라고 외쳤다. 그러고 나서 굉음이 들리고 로즈 누나의 몸이 산산조각 나고 말았다.

재스민 누나는 연기가 자욱했기에 세상이 시커멓게 변했다고 말했다. 그리고 폭발 소리가 너무 커서 귀가 이상해졌다고 했다. 하지만 재스민 누나의 귀청이 떨어져 나갔다 할지라도, 아빠가 "로즈! 로즈! 로즈!" 하며 질러 대는 비명은 또렷하게 들려왔다고 했다.

나중에 사람들은 그것이 테러범들의 공격이라고 했다. 런던의 이곳저곳, 쓰레기통 15곳에 폭탄을 숨겨 놓고, 9월 9일 똑같은 시간에 터지게 맞추었다. 그중 3개는 작동하지 않아서 쓰레기통 12개만 폭발했지만, 그것만으로도 62명의 생명을 앗아 가기에 충분했다. 로즈 누나는 사망자 가운데 가장 어렸다. 누가 그런 짓을 했는지 아무도 몰랐다. 그런데 인터넷에서 어떤 모슬렘 조직이 자신들이 알라의 이름으로 그 일을 저질렀다고 주장했다. 알라는 모슬렘 말로 신이라는 뜻이다. 그건 내가 마법사가 되고 싶어 했던 일곱 살 하고 반이었을 적 자주 외치던 '브알라Voila'와 발음이 비슷하다.

텔레비전에서 어떤 프로그램이 그 사건을 영화처럼 보이게 만들었다. 9월 9일 폭탄 테러를 그대로 다시 재연해 낸 것이다. 엄마나 아빠의 허락을 받지 못했기에, 로즈 누나는 그 프로그램에 나오지 않았다. 하지만 도시 곳곳에서 일어난 폭발로 무슨 일이 벌어졌는지 보는 건 흥미진진했다. 폭탄 테러로 희생된 어떤 남자는 원래 런던에 있어야 할 사람이 아니었다. 그 남자가 타기로 되어 있던, 유스턴 역에서 맨체스터 피카디리로 가는 기차가 신호 고장으로 운행이 취소되었다. 다음 기차를 기다리는 대신, 그 남자는 코벤트 가든을 구경하기로 마음먹었다. 그러다 그 남자는 배가 고파서 샌드위치를 샀고, 포장지를 쓰레기통에 넣으려다 죽었다. 만약 신호 고장이 나지 않았다면, 아니 그 남자가 샌드위치를 사지 않았다면, 아니 샌드위치를 조금 늦게 또는 조금 일찍 먹었다면, 그 남자는 폭탄이 터진 바로 그 순간에 포장지를 쓰레기통에 넣지 않았을 거다. 나는 그 프로그램을 보고 불현듯 무언가를 깨달았다. 만약 우리가 트래펄가 광장에 가지 않았다면, 아니 만약 비둘기들이 없었다면, 아니 만약 로즈 누나가 장난꾸러기가 아니라 말 잘 듣는 소녀였다면, 그렇다면 로즈 누나는 여전히 살아 있을 거고, 우리 가족은 행복했을 거다.

그 생각을 하니 기분이 이상해져서 나는 채널을 돌렸다. 광고 말고는 볼 게 없었다. 재스민 누나가 어깨를 잔뜩 구부린 채 나타나서 말했다.

"이제 아빠 주무셔."

그러고 나서 누나는 안도의 한숨을 내쉬었다. 하지만 나는 기분
이 안 좋았다. 난 누나를 하나도 도와주지 못했다. 난 단지 아픈
아빠가 변기 물 내리는 소리가 들리지 않게 텔레비전 볼륨을 최대
로 키워 놓았을 뿐이다. 재스민 누나는 "내일이면 아빠도 괜찮아
질 거야."라고 말했다. 난 "광고 알아맞히기 놀이하자."라고 말했다.
그건 내가 만들어 낸 게임인데, 텔레비전에서 무슨 광고인지 끝까
지 나오기 전에 먼저 큰 소리로 알아맞히는 거다. 재스민 누나는
고개를 끄덕였지만, 그 순간 우리가 처음 보는 광고가 나와서 우리
는 게임을 할 수 없었다. 광고에 커다란 무대가 보이고, 한 남자가
말했다.

"영국 최고의 탤런트 쇼가 당신의 꿈을 실현시켜 드립니다. 당신
의 삶을 바꾸고 싶다면 지금 이 번호로 전화하세요."

난 어른처럼 전화기를 들고 다른 삶을 주문하는 게 얼마나 멋질
까 생각했다. 마치 피자 따위를 주문하는 것처럼 말이다. 난 술 마
시지 않는 아빠 그리고 집을 나가지 않는 엄마를 달라고 할 거다.
하지만 재스민 누나를 바꾸지는 않을 거다.

"너 내일은 그 옷 입지 마."

재스민 누나가 내 티셔츠를 보고는 고개를 까닥이며 말했다.

"우리는 로즈 유골을 뿌리러 갈 거야. 아빠는 우리보고 검정 옷

을 입으라고 하겠지."

텔레비전에 켈로그 광고가 막 나왔기에 난 "코코팝스."라고 큰
소리로 외쳤다.

분명 런던에서 이사 온 뒤로 내 키가 자란 게 틀림없다. 옷이 다
너무 작았다. 난 스파이더맨 티셔츠 위에 검정 바지와 검정 점퍼
를 입었다. 그런데 옷깃 사이로 울긋불긋한 게 살짝 비쳤다. 재스
민 누나는 나를 보자마자 눈을 흘겼다. 하지만 아빠는 알아차리지
못했다. 아빠는 아침 먹는 내내 식탁 위에 놓아둔 유골함을 그저
물끄러미 바라보기만 했다. 유골함이 꼭 큼지막한 소금통처럼 보였
다. 하지만 감자튀김 위에 뿌리면 그다지 맛있을 것 같진 않았다.

세인트 비즈까지 가는 데 2시간이 걸렸다. 우리는 로즈 누나 기
일이면 언제나 듣는 테이프를 들었다. 반복하고, 반복하고, 또 반복
해서. 재생. 멈춤. 되감기. 재생. 멈춤. 되감기. 테이프에서는 계속 딱
딱 소리가 났지만, 아직까진 엄마가 피아노를 치고 누나들이 '하늘
을 나는 용기' 노래를 부르는 소리를 들을 수는 있었다.

"네 미소가 내 영혼을 하늘로 솟구치게 하네. 네 힘이 내게 하늘
을 날 수 있는 용기를 주네. 연이여, 나는 하늘로 솟구쳐 올라 이제
자유롭네. 네 사랑이 내 안에 잠재된 장점을 발휘하게 하네."

로즈 누나가 죽기 약 석 달 전, 엄마와 누나들은 아빠 생일을 축하하기 위해 이 노래를 녹음했다.

"완벽해. 천사의 목소리야."

아빠가 목이 메는 듯 로즈 누나의 솔로 파트에서 말했다.

귀가 있는 사람이라면 누구나 재스민 누나가 노래를 훨씬 더 잘한다는 걸 알 수 있다. 나는 우리가 자동차에 타고 있을 때 재스민 누나한테 그렇게 말했다. 그 말을 하는 건 어렵지 않았다. 우리는 뒷자리에 찌부러져 있었으니까. 로즈 누나는 앞자리를 차지했다. 아빠는 심지어 유골함 둘레에 안전벨트를 매주기까지 했다. 하지만 나한테는 안전벨트를 매라는 말을 하지 않았다.

우리는 도로에서 벗어나 언덕을 내려갔다. 갑작스레 그곳에 바다가 나타났다. 온통 파란색의 해안선이 곧게 펼쳐져 반짝반짝 빛났다. 마치 누군가 반짝이는 펜과 자로 그림을 그려 놓기라도 한 것 같았다. 우리가 가까이 더 가까이 다가갈수록, 해안선은 점점 더 짙어졌다. 그런데 아빠는 안전벨트를 너무 꽉 맸나 보다. 안전벨트 때문에 숨쉬기가 곤란하기라도 한 듯 아빠는 안전벨트를 풀어헤치기 시작했다. 주차장에 차를 댔을 때, 아빠는 옷깃을 힘껏 잡아당겼다. 단추가 퍽 소리를 내며 떨어져 나가 핸들 정중앙에 맞았다. 나는 "명중이다."라고 소리쳤지만 아무도 웃지 않았다. 아빠가 손가락으로 계기판을 톡톡 두드리는 소리가 말이 전속력으로 달리는 소리 같았다. 나는 해변에 말이 있나 궁금했다. 그때 재스민 누나가 자동차 문을 열었다. 아빠가 움찔했다. 재스민 누나가 주차 기계로 걸어가 동전 몇 개를 넣었다. 주차권이 나왔을 때, 아빠는 유골함을 가슴에 꼭 껴안고 주차장에 서 있었다. 아빠가 "서두르자."고 말했다. 나는 안전벨트를 풀고 문밖으로 기어 나갔다. 세인트 비즈는 '피시 앤 칩스' 같은 냄새가 났다. 배에서 꼬르륵 소리가 났다.

조약돌을 밟으며 바다로 걸어가는 중에 나는 멋진 조약돌 다섯 개를 찾았다. 이 조약돌은 평평해서 물에 제대로 던지면 통통 튀기며 나아간다. 재스민 누나가 내게 이걸 가르쳐 준 적이 있다. 나는 조약돌을 집어 들어 놓고 싶었다. 하지만 아빠를 화나게 할까 무서웠다. 아빠가 해초를 밟고 미끄러지는 바람에, 유골함이 해변 위로 떨어질 뻔했다. 그랬으면 끔찍했을 거다. 로즈 누나의 유골은 모래 입자만큼이나 고와서, 모래하고 유골이 모두 뒤범벅이 됐을 거다. 사실, 누나의 유골에 대해서 내가 알면 안 되는 거였다. 하지만 여덟 살 때, 나는 유골함 안을 들여다보았다. 그다지 흥미롭지는 않았다. 난 유골이 모두 각양각색일 거라고 생각했었다. 설마 그렇게나 밋밋하리라고는 생각지도 못했다.

바람이 불어 파도가 해변을 세게 내리치더니 이내 거품으로 사라졌다. 마치 콜라를 흔들어 놓은 것 같았다. 난 신발을 벗고 철벅거리고 싶었지만, 그렇게 하는 건 올바른 행동이 아닌 것 같았다. 아빠가 작별 인사를 하기 시작했다. 아빠는 작년에 그리고 재작년에 했던 것과 똑같은 말을 했다. 절대로 잊지 못할 거라는. 이제 자유롭게 놓아주겠다는. 곁눈으로 슬쩍 보니, 주황색과 녹색의 물체가 공중에서 획 하고 후다닥 내려앉는 게 보였다. 태양이 눈부셔 나는 눈을 가늘게 뜨고 위를 쳐다보았다. 연 하나가 구름을 지나 획획 날아가는 게 보였다. 바람을 맞으며 아름답게 날고 있었다.

"뭐라도 말해 봐."

재스민 누나의 말에 나는 고개를 들었다. 아빠는 나를 빤히 쳐다보고 있었다. 내가 말하기를 아빠가 얼마나 오랫동안 기다리고 있었는지 몰랐다. 난 진지한 표정으로 유골함에 손을 얹고 "안녕, 로즈 누나. 누나는 좋은 누나였어."라고 말했다. 이것은 거짓말이었다. "누나가 보고 싶을 거야."라고도 말했는데, 이것은 더더욱 큰 거짓말이었다. 난 얼른 로즈 누나에게서 벗어나고 싶었다.

아빠가 정말 유골함을 열었다. 내가 기억하는 한 지금까지 우리가 기일에 유골함을 연 적은 없었다. 재스민 누나는 침을 꿀꺽 삼켰다. 나는 숨을 멈추었다. 아빠의 손가락과 로즈 누나의 유골 그리고 하늘을 나는 다이아몬드 모양의 연을 빼고는 아무것도 보이지 않았다. 난 아빠의 가운뎃손가락에 난 깊은 상처를 발견했다. 나는 아빠가 손가락이 아픈데 유골을 어떻게 꺼낼지 궁금했다. 아빠는 손가락을 유골함 입구 속으로 밀어 넣으려 했지만, 손가락이 너무 컸다. 아빠는 몇 차례 눈을 깜빡이고는 입을 꽉 다물었다. 아빠가 손바닥을 폈는데, 손바닥이 떨렸다. 아빠 손바닥은 노인의 손처럼 바싹 마른 듯했다. 아빠는 유골함을 한쪽으로 기울이더니, 이

내 마음을 바꾸었다. 유골함을 두 번 기울였는데, 이번에는 아까보다 더 심하게 기울였다. 유골함 입구가 아빠 손바닥에 거의 닿았다. 잿빛 작은 가루가 조금 떨어졌다. 아빠는 숨을 크게 몰아쉬며 유골함을 다시 원상태로 홱 움직였다. 난 아빠 손바닥에 놓인 유골을 물끄러미 바라보았다. 저건 로즈 누나의 어느 부위일까 궁금했다. 두개골일까? 발가락일까? 갈비뼈일까? 그건 어느 부분이든 다 될 수 있었다. 아빠는 엄지손가락으로 유골을 부드럽게 어루만지며 뭐라고 속삭였는데, 난 무슨 말인지 하나도 알아들을 수 없었다.

아빠의 손가락이 유골 주위에서 꼼지락거렸다. 유골을 헤치느라 아빠의 손가락 마디가 하얗게 변했다. 아빠는 고개를 들어 하늘을 쳐다보았다. 그러더니 고개를 숙여 해변을 바라보았다. 아빠는 고개를 내 쪽으로 돌리고는 이내 재스민 누나를 물끄러미 바라보았다. 마치 누군가 "그러지 마세요!"라고 외쳐 주기를 바라는 것처럼 보였다. 하지만 아빠는 아무 말 없이 가만히 있었다. 내 생각에 아빠는 손을 벌려 유골이 바람에 휘날리도록 하려는 것 같았다. 하지만 아빠는 유골함을 재스민 누나한테 주고는 앞으로 한 발짝 걸어 나갔다. 파도가 아빠 신발 주위에서 소용돌이쳤다. 내 뺨이 붉게 달아올랐다. 아빠는 제정신이 아닌 것 같았다. 재스민 누나도 당황스러운 듯 헛기침을 했다. 파도가 아빠의 정강이에 부딪혀 청바지를 흠뻑 적셨다. 아빠는 한발 더 나아갔다. 바닷물이 아빠의 무릎 주위에 거품을 일으켰다. 천천히, 아빠는 허공에 팔을 들어 올리고는 주먹을 폈다. 우리 뒤쪽 어딘가에서 한 소녀가 연이 솟구치는 걸 보고 환호성을 질러 댔다.

아빠가 손가락을 펴자마자, 바람이 세차게 휙 불어왔다. 바람은 연을 하늘에서 낚아채고, 유골을 아빠의 얼굴로 날려 버렸다. 아빠가 재채기하며 로즈 누나를 뱉어 냈을 때, 소녀는 비명을 질러 댔고 한 남자가 강한 악센트로 소리쳤다.

"떨어진다."

아빠가 고개를 재빨리 해변 쪽으로 돌렸다. 나는 아빠의 시선을 쫓아갔다. 커다란 갈색 손이 연줄을 조종하려고 버둥거리는 게 보였다.

아빠는 큰 소리로 욕을 퍼부으며 고개를 저었다. 연은 땅에 고꾸라지고, 그 남자는 웃음을 터뜨렸다. 남자가 두 팔로 소녀를 안아 주었다. 소녀도 낄낄거리며 웃었다. 아빠는 해변에 털썩 주저앉아 재스민 누나한테서 유골함을 낚아챘다. 재스민 누나가 유골함 뚜껑을 닫았는데도, 아빠는 뚜껑을 단단히 눌러놓고는, 바람 부는 게 그 남자 잘못이라도 되는 것처럼 그 남자를 노려보았다.

"아빠 괜찮아요?"

재스민 누나가 중얼거렸다. 아빠의 눈에 눈물이 솟아올랐다. 그 모습을 보니 약국에서 파는 점안제가 생각났다. 눈병에 걸리거나 꽃가루 알레르기가 있거나 당근을 충분히 먹지 않았을 때 눈에 넣는 약 말이다.

"아빠, 제가 할까요? 아빠가 허락하면 제가 할게요. 제가 뿌릴 수……"

하지만 재스민 누나가 그 말을 끝마치기도 전에, 아빠는 자리를 떴다. 말 한마디 없이, 아빠는 왼쪽 손으로 유골함을 단단히 부여잡은 채 자동차로 걸어갔다. 나는 재빨리 조약돌 하나를 집어 들어 냅다 바다를 향해 내던졌다. 조약돌이 다섯 번 튕겨 나갔다. 그건 내 최고 기록이었다.

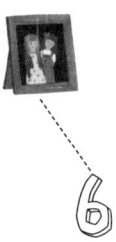

6

월요일 아침, 파머 선생님은 자리에 앉아 공지 사항을 큰 소리로 읽었다. 원예 클럽에 관한 것 하나, 녹음실에 관한 것 하나 그리고 축구팀에 관한 것 하나가 있었다. "교장 선생님이 축구부를 뽑을 거야. 수요일 3시 학교 운동장으로 축구화 가지고 모이렴."이라고 말했을 때 내 귀가 쫑긋했다. 그리고 나서 선생님이 출석을 불렀다. 모두가 "네, 선생님." 하고 답했지만, 다니엘은 "네, 파머 선생님." 하고 대답했다. 다니엘이 고개를 숙여 인사하지 않아서 나는 깜짝 놀랐다. 다니엘의 천사는 이미 다섯 번째 구름 위에 있었다. 수녀의 천사는 네 번째 구름 위에 있었고, 아이들의 천사 대부분은 세 번째 구름 위에 있었다. 내 천사는 아직도 첫 번째 구름 위에 있었다.

"주말에 뭐 했니?"

파머 선생님이 물어보자 모두가 한꺼번에 소리쳤다. 나는 잠자코 있었다.

"한 사람씩! 제임스가 먼저 얘기해 볼래? 뭐가 제일 재미있었니?"

파머 선생님이 내 쪽을 가리키며 말했다.

나는 바다를 생각했다. 그리고 유골을 생각했다. 그리고 로즈 누나가 다시 벽난로 선반 위로 돌아오자 아빠가 붙였던 초를 생각했다. 내가 지난주에 뭘 했는지 설명하기란 너무 어려웠다. 내가 물었다.

"화장실 가도 돼요?"

선생님이 한숨을 푹 내쉬더니 대답했다.

"이제 막 수업 시작했어."

그건 '예스'도 '노'도 아니었다. 그래서 난 어찌할 바를 몰랐다. 나는 엉거주춤 일어났다가 다시 앉았다.

"지난 주말에 대해 이야기해 줄래?"

내가 일부러 그러는 줄 알고 선생님이 날카롭게 말했다.

쇠붙이가 찰랑대는 소리가 나더니 수나가 천정을 향해 총알처럼 손을 번쩍 들어 올리며 말했다.

"파머 선생님, 제가 얘기해도 돼요?"

대답을 기다리지도 않고 수나가 말했다.

"저는 제임스 누나들을 만났어요."

내 턱이 거의 책상까지 떨어져 내릴 뻔했다.

"아, 쌍둥이들."

파머 선생님이 웃으며 의자에 앉은 채로 몸을 앞으로 기울였다. 수녀는 고개를 끄덕였다.

"둘 다 정말 착해요."

파머 선생님이 흐릿한 눈동자로 나를 바라보며 말했다.

"누나들 이름이 뭐라고 했지?"

나는 목소리를 가다듬었다.

"재스민이요."

그러고 나서 나는 머뭇거렸다.

"그리고 로즈요."

수녀가 덧붙였다.

"우리는 같이 바닷가에 가서 아이스크림도 먹고 초콜릿도 먹고 조개껍데기도 주웠어요. 그리고 인어도 봤어요. 인어가 우리한테 물속에서 어떻게 숨 쉬는지도 가르쳐 주었어요."

파머 선생님이 눈을 깜빡였다.

"정말 좋았겠구나."

그러고는 수업을 시작했다.

"진짜 웃긴 녀석이야."

쉬는 시간에 다니엘이 말하자 모두가 웃음을 터뜨렸다.

나는 혼자 운동장에 앉아 신발만이 이 세상에서 가장 흥미로운 것처럼 내 신발을 물끄러미 바라보고 있었다.

"네 여자 친구도 웃기는 짬뽕이고."

모두가 다시 와르르 웃음을 터뜨렸다. 수백 명은 있는 것처럼 들렸다. 나는 감히 돌아볼 엄두가 나지 않았다. 나는 아무 이유 없이 운동화 끈을 풀었다.

"희한한 놈! 일어나 찾아 다니고, 냄새나는 저 티셔츠나 만날 입다니."

다니엘이 외쳤다.

나는 운동화 끈을 다시 묶으려고 했지만, 손가락이 떨려서 제대로 하지 못했다. 이빨로 무릎을 꽉 눌렀다. 아픈 게 시원했다.

"난 그 애 티셔츠가 맘에 들어."

누군가 소리쳤다. 내 심장이 멎었다. 수냐는 숨이 가쁜 듯했다. 마치 나를 구하러 몇 킬로미터를 달려온 듯했다. 그 생각을 하니 기분이 좋으면서도 화가 났다.

"너 완전 계집애구나."

다니엘이 이어 말했다. 모두가 "맞아.", "호모인가 봐." 뭐 그런 비슷한 말을 했다.

다니엘은 아이들이 잠잠해질 때까지 기다렸다.

"사내처럼 나한테 맞서는 대신에 자신을 보호할 계집아이나 데려오고……."

기도 안 찼다. 내 머리가 얻어터질지도 모른다는 두려움만 없었다면, 나는 웃음을 터뜨렸을지도 몰랐다.

"남자는 꽃팔찌를 안 차지."

수냐가 소리치자 아이들은 "와우." 하며 환호성을 질렀다.

다니엘은 대답을 찾지 못했다. 나는 주위를 돌아보았다. 수냐가 허리에 손을 얹고 있었다. 머리에 한 스카프가 바람 속에서 휘날렸다. 엠걸이다.

"뭐라는 거야, 쳇!"

다니엘이 한숨을 쉬며 지겹다는 투로 내뱉었다. 하지만 얼굴은 그 애의 쥐색 머리칼처럼 창백했다. 다니엘은 자기가 졌다는 걸 알았다. 그리고 내가 그걸 안다는 것도 알았다. 다니엘은 이글이글 불타는 증오심으로 나를 바라보았는데, 그걸 보니 온몸이 떨렸다.

"두 명청이끼리 잘 해보라고 내버려 두자."

다니엘은 걸어갔다. 그러면서 라이언이 농담할 때는 엄청나게 크게 웃어 댔다. 이윽고 수냐와 나만 남았다. 너무 조용해서 내가 텔레비전 안에 들어가 있는데 누가 소리가 나지 않도록 버튼을 누른 것 같은 느낌이 들었다.

난 말하고 싶었다. "너 참 용감하구나." 난 또 말하고 싶었다. "고마워."라고. 무엇보다도 나는 내 블루택 반지를 아직도 가지고 있느냐고 묻고 싶었다. 하지만 그 말은 내가 여섯 살 때 삼켰던 닭고기 뼈처럼 내 목구멍에 꽉 걸렸다. 수냐는 신경 쓰지 않는 것 같았다. 나를 바라보고 웃으며 눈을 깜박이더니 스카프를 가리키고는 멀리 뛰어갔다.

엄마가 떠나고 나서 처음으로, 엄마랑 더 이상 함께 살지 않는 게 다행이라고 생각했다. 왜냐하면 교장 선생님이 오늘 저녁에 전화할 테니까. 교장 선생님이 말했다.

"앰블사이드 초등학교에서는 도둑놈을 절대 가만 놔두지 않는다."

파머 선생님은 첫 번째 구름 위에서 내 천사를 떼어 내 다시 왼쪽 구석 바닥에 놓았다.

그 일은 점심시간이 지나고 나서 일어났다. 다니엘과 라이언이 자기들 시계가 없어졌다고 했다. 그러자 알렉산드라와 메이지도 자기들 귀고리가 없어졌다고 했다. 처음에 난 그 말에 신경 쓰지도 않았다. 런던에서는 늘 물건이 사라지곤 했다. 그건 큰일이 아니었다. 하지만 여기에서는 그게 가장 심각한 문제인 듯했다. 모두가 숨을 몰아쉬었다. 파머 선생님은 깜짝 놀랐다. 선생님의 사마귀 위에 난 털도 군대 영화에 나오는 군인들처럼 긴장한듯 뻣뻣해 보였다.

선생님은 우리 서랍을 전부 비우라고 했다. 주머니도 전부 뒤집으라고 했다. 체육복 가방에 있는 것도 전부 바닥에 꺼내라고 했다. 없어진 물건이 내 가방에서 뚝 떨어져 나왔다. 수냐는 하도 크게 욕을 해서 교실에서 쫓겨났다. 나는 교장 선생님에게로 곧장 불려 갔다.

"하느님께서는 항상 우리를 내려다보고 계신단다."

교장실로 가는 길에 도서실을 지나치며 파머 선생님이 말했다.

"우리가 혼자 있다고 생각할 때에도, 하느님은 우리가 무엇을 하는지 볼 수 있지."

난 화장실 변기 위에 앉아 있는 걸 생각했다. 그게 사실이 아니길 바랐다. 파머 선생님은 학습서, 교양서가 꽂혀 있는 책꽂이 앞에서 멈추더니 나를 향해 돌아섰다. 선생님은 계속 눈을 깜빡거렸고, 숨에서는 커피 냄새가 났다.

"선생님은 네게 실망했어, 제임스 매튜."

그러면서 내 얼굴 앞에 통통한 손가락 하나를 흔들었다.

"충격적이고 실망스러워. 우리는 네가 우리 학교, 우리 동네에 온 걸 진심으로 환영했어. 런던에서는 이런 일이 일어나는지 몰라도, 그건……."

나는 발을 쾅 굴렀다. 책꽂이가 흔들리더니 《전기의 편리함》이라는 제목의 책이 바닥으로 쿵 떨어졌다. 나는 고함쳤다.

"내가 안 그랬어요. 내가 아니에요."

파머 선생님은 입술을 앙다물었다.

"알게 되겠지."

내가 도둑이라면, 체육복 가방에 훔친 시계를 넣을 만큼 멍청하지 않았을 거다. 대신 바지에 넣어 집으로 가져갔을 거다. 난 이걸 교장 선생님한테 설명하려고 했지만, 말이 제대로 안 나와서 꼭 미친놈 같았다.

수냐는 수업이 끝나고 나를 기다렸다. 수냐가 교장실 밖에 앉아 있었다. 수냐가 말했다.

"다니엘이 꾸민 짓이야."

나는 대답했다.

"알아."

갑자기 불안해졌다. 수냐가 다니엘을 화나게 하지 않았다면 다니엘은 자기 시계를 내 체육복 가방에 넣지 않았을 거다. 그러면 나는 곤경에 처하지도 않았을 거다. 수냐가 위로의 말을 하려고 했지만 나는 소리쳤다.

"그냥 나 좀 내버려 둬."

'복도에서는 조용히 걷기'라고 적힌 표지판이 있었지만 나는 냅다 뛰었다.

내가 집에 도착하기 전에 교장 선생님이 전화를 걸까 봐 겁이 나서 집까지 내내 전속력으로 달려갔다. 우리 집 현관문을 열 즈음에는 앞머리가 이마에 달라붙어 있었다. 나는 '불꽃 축제'에서 불꽃이 막 터지려 할 때처럼 긴장했다. 하지만 집 안에서는 코 고는 소리밖에 들리지 않았다. 어찌나 마음이 놓이는지 무릎에 힘이 빠졌다.

아빠가 온종일 술을 마셨다면 밤새도록 주무실 테고, 그러면 내가 먼저 전화를 받게 될 거다. 내가 아빠인 척 전화를 받으면 우리 아빠는 새 학교의 교장 선생님이 나를 도둑으로 생각한다는 걸 절대 알지 못할 거다. 굵은 목소리로 나는 이렇게 말할 거다.

"우리 아들이 그럴 리가 없습니다. 그 아이가 모함당한 거라는 걸 분명히 알게 되실 겁니다."

그러면 교장 선생님이 말하겠지.

"정말 죄송합니다."

그러면 난 이렇게 말할 거다.

"괜찮습니다."

교장 선생님은 말할 거다.

"제가 어떻게 하면 좋을까요?"

그러면 나는,

"수요일에 선생님께서 제임스를 축구부로 뽑아 주신다면, 없던 일로 하지요."

재스민 누나가 집에 돌아와 내가 부엌 벽에 달린 전화기 옆에 딱 붙어 있는 걸 보았다. 나는 자연스럽게 보이려고 애썼다. 딱딱한 벽에 뒤통수를 기대고 있는 게 엄청나게 편안한 것처럼……. 하지만 누나는 속아 넘어가지 않았다.

"왜 그래?"

누나가 물어서 나는 얼떨결에 모든 걸 털어놓았다. 내가 다니엘에 대해 말할 때 누나는 얼굴을 찡그렸지만 내가 '남자는 꽃팔찌를 차지 않아.'라고 소리쳤노라고 말할 때는 웃음을 터뜨렸다. 사실 수녀가 한 말이지만 누나가 나를 자랑스러워하니 기분이 좋았다.

교장 선생님은 자기가 엄마가 아닌 열다섯 살 먹은 우리 누나랑 얘기하고 있다는 걸 전혀 눈치 채지 못했다. 누나 목소리는 어른처럼 들렸다. 누나가 교장 선생님한테 말했다. 내가 체육복 가방에 그 시계를 넣는 걸 본 사람이 없다면 나를 벌주는 게 불공정하다고. 교장 선생님이 머뭇거리는 게 들렸다. 내가 반 친구로부터 모함을 당한 게 아니라고 100퍼센트 확신하지 못한다면, 나를 방과 후에 학교에 남겨 두는 건 잘못된 것이라고 누나가 말했다. 교장 선생님은 대답조차 하지 못했다. 누나가 말했다.

"이 문제를 알려 주셔서 고맙습니다. 하지만 저는 제임스가 결백하다고 확신합니다."

그러자 교장 선생님이 "시간 내어 주셔서 고맙습니다. 매튜 부인." 하고 말하니까 누나가 "그럼 이만." 하고 전화기를 내려놓았다. 그러고 나서 우리 둘 다 웃음을 까르르 터뜨렸다. 웃음을 그칠 수가 없었다. 우리는 차를 마셨고, 텔레비전을 보면서 치킨 너겟과 감자튀김을 먹었다. 재스민 누나가 별로 안 먹어서 내가 누나 것까지 먹었다. 누나가 말했다.

"너 그거 전부 다 못 먹을걸."

하지만 나는 누나 말을 무시했다. 나는 내가 아는 그 누구보다 많이 먹을 수 있다. 내가 만약 '무한 리필' 피자집에 가게 된다면 열세 조각이나 열네 조각을 쑤셔 넣을 수 있을 거다. 피자 가장자리를 먹지 않는다면 말이다. 재스민 누나가 나한테 "넌 돼지야."라고 말했다. 나는 "쉿." 하고 대답했다. '영국 최고의 탤런트 쇼' 광고가 또 나왔으니까. 그걸 보고 나는 곰곰이 생각했다.

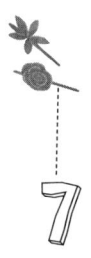

7

　자동차 엔진 소리가 우리 집 밖에서 막 멈추었다. 그 순간, 나는 엄마가 차를 타고 왔다고 생각했다. 뭔가 덜커덩거리는 소리가 길가에서 들려오는 걸 줄곧 듣고 있었지만, 그냥 억지로 침대에 누워 있었다. 그동안 수시로 창가로 달려가 엄마가 왔나 살펴보았는데, 우유병을 들고 있는 우유 배달부이거나 트랙터를 모는 농부이거나 일을 끝내고 집으로 돌아오는 이웃 사람들이었다. 또 속고 싶지 않았다. 하지만 이번에는 자동차가 우리 집을 지나쳐 달려가지 않았다. 우리 집 진입로로 들어왔다. 워커 씨가 엄마가 쉴 수 있게 마침내 허락한 게 분명했다. 나는 침대에서 껑충 뛰어내려 티셔츠를 매만지고 손에 침을 묻혀 머리를 쓰다듬었다. 엄마가 아무리 운전을 싫어한다 해도, 내가 너무 보고 싶어서 수백만 킬로미터나 되는 캄캄한 고속도로를 전속력으로 달려왔나 보다.

방문 쪽으로 달려가는데, 로저가 나를 쫓아왔다. 내가 막 방문 손잡이를 돌리려는 순간, 바닥 널빤지에서 삐걱 소리가 났다. 재스민 누나가 발끝으로 살금살금 걸으며, 웃으면서 휴대폰으로 통화하고 있었다.

"여기 와 있다니 믿을 수 없어."

난 누나가 내 방문을 노크하기를 기다렸다. "엄마가 밖에 차를 댔어."라고 말해 주길 바랐지만, 누나는 내 방을 지나쳐 곧장 아래층으로 사라져 버렸다.

나는 재스민 누나를 따라갔다. 로저는 연신 내 발목에 몸을 비비고 있었다. 내가 이렇게 늦은 밤에 침대에서 나온 게 흥분되는 모양이다. 로저 때문에 걷기가 힘들었다. 그래서 로저를 들어 올렸는데, 로저는 기분 좋은 듯 가르랑거렸다. 나는 로저를 가슴에 안고 누나를 살금살금 뒤쫓아 갔다. 마침내 계단 맨 아래에 도착해 가슴이 아프기 시작해서야 그때까지 내가 숨죽이고 있었다는 걸 알았다. 재스민 누나는 현관 밖에 있었는데, 유리창에 그림자가 비쳤다. 누나가 엄마를 팔로 감싸 안았다. 엄마 얼굴이 재스민 누나 어깨에 파묻혀 있었다.

할머니가 그랬는데 사람들은 샘이 나면 얼굴이 초록색으로 된다고 했다. 난 거짓말이라고 생각한다. 초록색은 차분하고도 싱싱한 색이다. 초록색은 박하 향 나는 치약처럼 깨끗하고 상쾌하다. 질투는 붉은색이다. 샘이 나면 혈관이 뜨거워지고 배에 불이 붙는다.

나는 발을 질질 끌며 현관문의 우편함 구멍으로 걸어갔다. 로저가 버둥거려서 바닥에 내려놓으니 복도 쪽으로 냅다 달아났다. 재스민 누나와 엄마는 몸을 흔들기 시작했다. 내 귀에 들리지 않는 노래에 맞추어 디스코 장에서 마지막 춤을 추기라도 하는 것처럼……. 우편함 틈을 벌리자 차가운 공기가 문틈으로 세차게 들어왔다. 담배 냄새가 났다. 나이젤 아저씨의 파이프 냄새.

　　"여기까지 오다니 정말 믿기지 않아. 깜짝 놀랐어."

　　재스민 누나가 한숨 돌리며 말했다. 뽀뽀하는 소리가 들려서, 나는 엄마가 재스민 누나의 뺨에 입을 맞추는구나 생각했다. 눈을 가늘게 뜨고 우편함을 들여다보았지만 내 눈에 보이는 거라고는 코트 입은 사람뿐이었다. 나는 손가락을 내밀어 그 검정 물체를 잡고 싶었지만 꾹 참았다. 엄마가 다시 사라질까 두려웠다.

　　"여기 오래 있지는 못해. 아빠가 알면 가만두지 않을 거야."

　　재스민 누나가 낄낄거렸다. 다시 입 맞추는 소리가 났다.

　　"이제 가야 해."

　　재스민 누나가 말했다.

　　"먼저 제임스한테 인사하고."라는 말을 하길 난 기다렸다. 하지만 그 말은 나오지 않았다. 나는 몸을 앞으로 내밀고 더 바짝 귀를 기울였다. 온몸이 차가워지는 느낌이었다. 재스민 누나는 엄마가 온 걸 비밀로 하려고 했다.

　　"이제 가야 해."

재스민 누나가 신음하듯 말했다. 나는 벌떡 일어섰다. 엄마가 내 티셔츠를 보지도 않고 가면 안 된다. 내 피는 행진 악대처럼 마구 뛰었다. 내 심장과 머리와 목을 요란하게 돌아다니며 붐 붐 붐 소리를 냈다. 재스민 누나가 현관 쪽으로 주춤 떠밀렸다.

"아, 베이비."

재스민 누나가 말했다. 누나가 엄마를 그렇게 부르니 좀 이상하긴 했다. 하지만 난 이미 손을 내밀어 손잡이를 돌리고 있어서 그런 말 따위를 생각할 시간이 없었다.

문을 벌컥 열었더니 재스민 누나가 현관 카펫에 발라당 자빠졌다. 난 입을 벌려 '배신자'라고 말하려 했지만 아무 말도 나오지 않았다. 이번에는 농부도, 우유 배달부도, 일을 끝내고 집으로 돌아오는 이웃 사람도 아니었기 때문이었다. 뾰족뾰족한 초록색 머리에, 입술에 피어싱을 한, 검정 가죽 재킷을 입은 남자였다. 난 입을 다물고 말았다. 그러고는 다시 한 번 입을 달싹거렸다. 그러자 그 남자가 "너 물고기 같구나."라고 말했다. 나는 "초록색 고슴도치보다는 낫지."라고 대꾸했다. 내가 지금껏 말한 것 중 최고로 재미난 말일 것 같다. 그 남자는 하하 웃었는데 담배 냄새가 났다.

"난 레오야."

레오 형은 마치 내가 주요 인사라도 되는 듯 손을 내밀었다. 난 악수를 하며, 마치 다 아는 것 같은 표정을 지으려 노력하며 말했다.

"제임스라고 해요."

난 언제 악수를 멈추어야 할지 몰랐다. 레오 형이 손을 놓자, 손이 내 쪽으로 흔들거렸다. 손가락이 뻐근했다.

재스민 누나는 이 모든 것을 현관 카펫에 앉은 채로 바라보았다. 나는 이를 드러내고 활짝 웃었다. 누나가 배신자가 아니라서 행복했다.

"이 비열한 꼬마 악당 같으니라고."

누나가 말했다. 화장하지 않아서 누나 눈이 더 커 보였다. 누나는 연신 계단을 흘끔거리고 있었다. 아빠가 내려오지는 않을까 두려웠던 거다. 우리 둘 다 아빠가 침대에 뻗어 있다는 걸 잘 알고 있었지만 말이다.

레오 형이 재스민 누나를 일으켜 세웠다. 레오 형은 키가 크고 힘이 세고 멋졌다. 재스민 누나의 머리는 레오 형의 겨드랑이 정도에 닿았다. 레오 형은 누나 어깨를 팔로 감쌌다.

"말하지 마."

누나가 몸을 레오 형 쪽으로 바짝 붙이면서 속삭였다. 나는 약간 우물쭈물했다. 로저가 내 다리를 비비댔다. 나는 로저를 들어 올려 꼭 움켜쥐었다.

둘은 입 맞추기 시작했다. 나는 약 15초 정도 동안 지켜보았다. 하지만 그러고 나서 "말똥말똥 쳐다보는 건 무례한 거야."라는 할머니 말을 기억해 냈다. 그래서 뒤로 물러섰다. 자정도 12분이나 지난 시간에 누나가 집 앞 현관에서 키스하는 게 그다지 큰 문제가 아니라는 듯 말이다. 달빛이 부엌을 비추었는데, 아무런 색이 없었다. 마치 파머 선생님의 눈동자 같았다. 선생님이 나를 도둑이라고 비난한 것이 화가 났다. 난 슈퍼마켓에서 포도를 훔친 것 말고는 아무것도 훔친 적이 없었다. 엄마와 함께 자주 쇼핑하던 때였는데, 엄마가 보고 있지 않을 때, 나는 포도송이에서 포도 한 알을 따서 내 입에 넣고 혀로 물었다. 그래서 엄마는 내가 포도 알을 씹으며 음미하는 걸 볼 수 없었다.

로저가 내 팔에서 빠져나갔다. 나는 뒷문을 열고 마당으로 걸어나갔다. 발가락 아래 풀이 무척 차갑게 느껴졌다. 차가운 공기에 살갗이 아팠다. 수백만 개의 별들이 엄마의 결혼반지에 박힌 보석들처럼 반짝거렸다. 엄마는 더 이상 그 반지를 끼고 있지 않을 거다. 나는 하늘을 물끄러미 쳐다보았다. 하느님이 지켜보고 있을지도 모른다는 생각에 가운뎃손가락을 들어 올렸다. 난 누군가 나를 몰래 감시하는 게 싫다.

로저의 털이 달빛을 받아 반짝반짝 빛났다. 로저는 살금살금 기어 어딘가로 다가갔다. 아마도 쥐 같은 걸 잡으려나 보다. 나는 로저가 문간 층계에 남기고 간 죽은 쥐를 떠올리지 않으려고 했다. 연못으로 걸어가 물끄러미 물을 바라보았다. 자그마한 회색 동물만 보였다. 온통 차갑고 딱딱하고 죽은 것. 차라리 로즈 누나가 자그마한 조각으로 산산조각 난 게 다행스러웠다. 로즈 누나가 땅속에 묻힌 걸 생각하는 게 싫다. 특히 이렇게 차가운 밤에는 더더욱…….

첨벙 물 튀기는 소리가 들렸다. 나는 무릎을 꿇고 앉아 몸을 구부렸다. 마침내 코가 시커먼 물에 닿았다. 물에 떠 있는 식물과 빙글빙글 소용돌이치는 잡초들 사이, 그곳에 금붕어 한 마리가 있었다. 금붕어의 비단 같은 피부는 내 머리색하고 똑같다. 나는 금붕어 색이랑 똑같은 주황색 색연필로 우리 둘을 스케치북에 그렸다. 연못 안을 들여다보는 그 시간 동안, 다른 건 아무것도 보이지 않았다. 물고기는 혼자였다. 난 그게 어떤 느낌인지 아주 잘 안다.

아빠는 화요일 아침 식사 시간에 일어났다. 열여섯 시간 동안이나 침대에 누워 있었던 거다. 땀 냄새와 술 냄새가 풀풀 풍겼다. 아빠는 아무것도 먹지 않고 차만 한 주전자 끓였다. 나는 차를 그다지 좋아하지 않지만 그래도 한 잔 마셨다. 재스민 누나는 자기 별자리를 확인하며 네 번이나 하품했다.

"왜 그렇게 피곤해하니?"

아빠가 묻자, 재스민 누나가 아빠에게 어깨를 으쓱해 보이고 나한테는 윙크를 날렸다. 나는 코코팝스를 먹으며 미소를 지어 보였다. 레오 형이 곧 다시 오면 좋겠다.

밖에는 비가 퍼붓고 있었다. 재스민 누나는 아빠한테 차로 데려다 줄 수 있느냐고 물었다. 아빠는 그러겠노라며 슬리퍼를 신은 채 우리를 학교까지 태워 줬다. 나는 아빠가 수녀를 보면 어쩌나 겁이 났지만, 아이들 모두 모자라든가 우산 속에 숨어 있어서, 누가 누군지 전혀 알 수가 없었다. 내가 차 밖으로 껑충 뛰어내리자, 재스민 누나는 내게 비옷을 주며 비 맞고 다니지 말라고 했다.

"젖은 티셔츠 입고 온종일 앉아 있으면 감기 걸려."

나는 교실로 걸어 들어갔다. 난 처음으로 늦지 않았다. 파머 선생님은 아직 오지 않았다. 수녀는 우리 책상에 앉아서 그림을 그리고 있었다. 왼쪽 손과 콧등에 온통 잉크가 묻어 있었다. 나는 수녀에게 말을 건네고 싶었지만, 아빠가 내게 손을 들어 보이며 "좋은 하루 보내렴."이라고 말했던 게 생각났다. 아빠가 다정해지려고 노력하는데, 모슬렘과 이야기하는 것은 좀 치사한 것 같았다.

"도둑놈, 도둑놈, 도둑놈, 도둑놈, 도둑놈."

그건 처음엔 속삭임 같았다. 하지만 이윽고 더 많은 아이가 끼어들면서 자꾸만 반복해서 말했다. 곧 소리는 점점 커지고 또 커지더니, 아이들이 손으로 책상을 두드려 댔다.

다니엘은 한가운데 서서 야유를 퍼붓는 아이들 전부를 지휘하고 있었다. 나는 수녀를 쳐다보며 수녀가 나를 구해 주러 오기를 바랐다. 하지만 빨간색 펠트펜만 앞뒤로 왔다 갔다 할 뿐 수녀는 고개를 들어 쳐다보지도 않았다.

파머 선생님이 교실로 들어왔다. 아이들의 야유가 즉각 멈추기는 했지만, 선생님은 분명 복도에서부터 그 소리를 들었음이 틀림없다. 선생님이 아이들한테 그만하라고 말해 주길 바랐지만, 선생님은 그저 나를 쳐다보기만 했다. 내가 그런 취급받는 게 당연한 것처럼……. 선생님이 누가 출석부를 가져오겠느냐고 묻자, 다니엘이 제일 먼저 손을 번쩍 들었다. 선생님이 다니엘을 보고 미소 짓자, 다니엘의 얼굴이 의기양양해졌다. 다니엘의 천사는 여섯 번째 구름으로 껑충 뛰어올랐다.

쉬는 시간에 비가 많이 내려 우리는 건물 밖으로 나가지 못했다. 나는 화장실에 앉아 5분, 복도에 걸린 미술 작품을 바라보며 3분 그리고 머리가 아픈 척하며 4분을 허비했다. 학교 양호 선생님은 이마에 젖은 종이타월을 얹어 주고 나를 돌려보냈다. 파머 선생님이 교무실에서 돌아오기 전까지, 난 2분간 교실에 있었다. 그건 야유가 시작되기에 충분히 긴 시간이었지만, 야유하는 소리가 커지기까지는 너무 짧은 시간이었다.

역사 시간 중간쯤에 창문이 덜컹거리는 게 잠잠해졌다. 이제 비는 보슬비로 바뀌었다. 나는 빅토리아 시대에 집중하려 노력했지만 무척 힘이 들었다. 나는 수업 시간에 파머 선생님이 말한 것처럼 글쓰기에 최선을 다하지도 못했다. 굴뚝 청소부의 삶에 대해 쓰고 있었는데, 점심시간에 우리가 밖으로 나갈 수 있을지 걱정하느라 달랑 세 문장만 썼다. 분명 아이들이 내 머리를 박살 낼 거다.

호루라기를 든 뚱뚱한 학교 식당 아주머니가 수업이 끝나자 우리 교실에 들어와 말했다.

"운동장에 나가 놀아도 된다."

모두가 환호성을 지르며 내게서 뿔뿔이 흩어졌다.

그런데 내가 밖에 나가자마자 시작되었다. 아이들이 내 쪽으로 전속력으로 뛰어와서는 떼 지어 내게 몰려들었다. 나는 할머니가 왜 친구들이 위험할 수 있다고 말했는지 그 이유를 갑자기 깨달았다. 내가 아이들을 밀치고 나가려 할 때마다, 한 쌍의 손이 나를 뒤로 잡아당겼다. 아이들은 발을 쿵쿵 굴렀다. 아이들은 손뼉을 쳤다. 야유는 이전보다 훨씬 더 커졌다. 나는 학교 식당 아주머니를 찾아 주위를 두리번거렸다. 아주머니는 운동장 맞은편에서 축축한 풀밭에 들어가려는 사내 녀석들에게 소리치고 있었다. 나는 수녀가 있나 주위를 둘러보았다. 하얀 스카프가 계단을 뛰어 내려오는 게 보였는데 우리 교실 근처의 문을 지나 자취를 감추어 버렸다. 수녀는 이내 시야에서 사라져 버렸다.

나는 손가락으로 귀를 막았다. 나는 눈을 가늘게 떴다. 티셔츠가 크게 느껴지고, 소맷자락이 내 팔에서 펄럭거렸다. 나는 용감하지 못했다. 게다가 나는 스파이더맨이 아니었다. 엄마가 지금 내 모습을 볼 수 없는 게 유일한 위안이 되었다.

라이언이 먼저 흥미를 잃고서 내 정강이를 걷어차며 말했다.

"나중에 보자, 루저."

라이언이 저 멀리 걸어가 버리자 아이들도 모두 따라가, 10초 뒤에는 다니엘만 남았다.

"모두 널 싫어해."

다니엘이 이렇게 말할 때 나는 땅을 물끄러미 바라보았다. 다니엘은 내 발을 힘껏 밟고는 내 얼굴에 침을 뱉으며 재수 없다는 듯 야유를 퍼부었다.

"우리 학교에서 꺼져, 런던으로 돌아가."

난 그럴 수 있으면 좋겠다고 생각했다. 바로 그 순간 내가 당장 런던으로 떠날 수 있기를, 엄마가 나를 보고 아주 기뻐하기를 바랐다.

"런던으로 돌아가."

다니엘이 다시 한 번 말했다. 마치 그게 쉬운 일이기라도 되듯, 내가 런던에서는 환영받을 수 있기라도 하듯.

머리를 땋은 여자아이 하나가 다니엘 어깨를 톡 쳤다.

"파머 선생님이 교실로 오래."

그 여자아이는 분홍색 막대 사탕을 쪽쪽 빨며 말했다.

"왜?"라고 다니엘이 묻자 그 여자아이는 "모르겠는데."라고 답할 뿐이었다. 다니엘은 어깨를 으쓱해 보이고는 저만치 걸어 나갔다. 난 얼굴에 묻은 침을 닦아 냈다. 이제 끝났다. 나는 벤치에 앉아 떨리는 몸이 좀 잦아들기를 기다렸다. 다니엘은 뚱뚱한 학교 식당 아주머니한테 안으로 들어가도 되는지 물어봤다. 아주머니는 고개를 끄덕였다. 나는 다니엘이 계단을 올라 문 안으로 사라지는 모습을 지켜보았다.

점심시간이 끝난 뒤 파머 선생님은 우리를 바닥에 앉으라고 했다. 몸이 욱신거렸지만 나는 아픈 내색을 하지 않으려 애썼다. 수냐가 마지막으로 앉았는데, 눈동자가 평소보다 훨씬 더 밝았다. 난 뒤쪽에 앉았다. 수냐는 다른 모두의 발을 넘어 내 바로 옆에 털썩 주저앉았다. 수냐는 이를 드러내고 웃었지만 나는 그 이유를 몰랐다. 머리에 한 스카프에서 머리카락 네 가닥이 삐죽 삐져나왔는데, 수냐는 붉은 잉크로 더럽혀진 손가락으로 그것을 빙빙 꼬았다.

숫자 퍼즐 몇 개가 전자 칠판 위에 나타났다. 나는 다니엘을 바라보았다. 다니엘은 뚱한 얼굴을 하고 있진 않았다. 그러니 다니엘은 파머 선생님과 잘 지낼 수밖에 없었다. 메이지가 어려운 문제에 답했을 때, 파머 선생님은 선생님 책상 위에 놓인 칭찬판 위로 걸어갔다. 수냐의 손가락이 움직임을 멈추었다. 수냐는 숨을 참고 있는 것처럼 보였다.

"잘했다, 메이지."

파머 선생님이 메이지의 천사를 향해 손을 내밀며 말했다.

"넌 천국에 한 단계 더 가까워졌어……"

그러더니 파머 선생님이 숨을 헐떡거렸다. 모두 움찔 놀랐다. 선생님 손이 허공을 맴돌았다. 선생님 입이 크게 떡 벌어졌다. 눈은 벽에 붙은 무언가에 고정되었다.

그곳에, 칭찬판의 왼쪽 모서리 아래쪽에, 글자가 적혀 있었다. 지옥. 그리고 지옥이라는 글자 안에는 악마의 그림이 있고, 깔끔한 손 글씨로 꼼꼼하게 이름표가 붙어 있었다. 파머 선생.

"누가 이런 짓을 한 거지?"

파머 선생님이 말했다. 선생님 목소리가 잘 들리지 않았다. 선생님은 악마 그림에서 눈을 떼지 못했다. 나 또한 마찬가지였다. 그건 정말 멋졌다. 끝에 뾰족한 뿔이 있고, 사악한 눈에 기다란 꼬리가 있었다. 악마는 아주 짙은 붉은색이었다. 끝이 뾰족한 턱 위에 갈색 동그라미가 어딘지 모르게 사마귀하고 닮았다.

파머 선생님이 허둥지둥 교실을 빠져나갔을 때 입을 여는 사람은 아무도 없었다. 2분도 채 지나지 않아, 파머 선생님이 뚱뚱한 학교 식당 아주머니와 교장 선생님과 함께 돌아왔다. 교장 선생님은 검은색 양복에 반짝반짝 빛나는 신발을 신고 실크 넥타이를 매고 있어 아주 멋져 보였다.

"분명 점심시간에 그랬을 거예요."

파머 선생님이 씩씩거리며 말했다.

"점심시간에 누가 운동장을 빠져나갔나요?"

교장 선생님이 내 쪽을 바라보면서 학교 식당 아주머니에게 물었다. 학교 식당 아주머니는 목걸이를 만지작거리며 우리 얼굴을 하나하나 쳐다보았다. 수녀의 팔이 약간 떨렸다. 학교 식당 아주머니가 고개를 끄덕였다.

"저 아이예요, 교장 선생님."

학교 식당 아주머니는 다니엘을 똑바로 가리켰다.

"날 따라오너라."

교장 선생님이 말했지만, 다니엘은 꼼짝하지 않았다.

"파머 선생님이 저를 보자고 하셨어요. 그래서 제가 교실 안으로 들어온 거예요."

다니엘이 새하얗게 질린 얼굴로 이의를 제기했다. 교장 선생님은 그 말이 사실이냐고 파머 선생님에게 물었다. 파머 선생님은 고개를 가로저었다.

"저 애한테 물어보세요. 그때 제임스가 거기 있었어요."

다니엘이 흥분한 채 내 쪽으로 손을 뻗었다.

수냐가 팔꿈치로 나를 살짝 밀었다. 그건 아주 자그마한 움직임이었다. 나는 즉각 그게 무슨 뜻인지 이해했다. 다니엘의 목소리는 이제 애원하는 투였다. 다니엘은 겁을 잔뜩 먹고 있었다.

"말해 줘, 제임스. 머리를 땋은 그 여자아이가 뭐라고 말했는지 선생님들한테 말해 주라고."

그날 처음으로, 나는 다니엘의 눈을 똑바로 바라보았다.

"미안해, 다니엘. 난 네가 지금 무슨 말 하고 있는지 모르겠어."

파머 선생님은 너무 화가 나 우리를 가르칠 수 없었다. 그래서 뚱뚱한 학교 식당 아주머니가 대신 우리에게 책을 읽어 주었다. 집에 돌아갈 시간이 되자 모두 교실 밖으로 우르르 달려갔다. 수냐만 빼고 모조리. 난 수냐에게 뭔가 말하고 싶었지만 어디서부터 어떻게 말을 시작해야 할지 몰랐다. 그래서 그냥 필통을 열어 내 연필이 모두 같은 방향으로 잘 있는지 확인했다. 딱히 할 일이 없어지자 고개를 들었는데, 수녀가 분홍색 막대 사탕을 핥으면서 나를 지켜보고 있었다. 그 막대 사탕은 그 여자아이가 다니엘에게 학교 안으로 들어가라고 말했을 때 핥아 먹던 것과 같은 것이었다.

"뇌물."

수녀가 어깨를 으쓱해보였다. 마치 그 아이디어가 이 세상에서, 아니 어쩌면 우주에서 최고로 멋진 계획이라기보다는 그냥 아무것도 아닌 것처럼……. 파머 선생님은 우주는 멈추지 않고 계속해서 영원히 돈다고 말했었다.

나는 고개를 끄덕였다. 머리가 핑핑 돌았다. 마치 롤러코스터에 올라타려고 할 때처럼 무섭기도 하고 어지럽기도 했다. 수녀는 자기 주머니에 손을 넣어 블루택 반지 두 개를 꺼냈다. 그중 하나는 한가운데에 갈색 보석이 박혀 있었다. 다른 하나에는 하얀색 보석이 있었다. 아무 말 없이, 수녀는 내게 걸어왔다. 반짝반짝 빛나는 수녀의 눈이 스포트라이트처럼 내 얼굴에 박혔다. 이윽고 갈색 반지를 자기 가운뎃손가락에 밀어 넣고, 내게 하얀색을 건네주었다. 수녀의 얼굴은 아주 진지했다. 천 분의 1초 동안 잠시 머뭇거리고 나서 나는 그것을 내 손가락에 끼워 넣었다.

8

물웅덩이 속 잎사귀가 꼭 죽은 금붕어 같았다. 게다가 풀밭이 온통 갈색과 자주색으로 변해서, 마치 언덕에 멍이 든 것 같았다. 난 이런 풍경이 좋다. 여름은 나에게는 지나치게 밝다. 그리고 좀 지나치게 행복해 보인다. 자연이 거대한 파티를 연 것처럼, 꽃이 춤추고 새들이 노래한다. 나는 가을이 훨씬 좋다. 모든 것이 약간 축 처져 있어 세상 모든 기쁨에서 나만 소외된 것 같은 기분이 들지 않아서다.

10월도 얼마 안 남았다. 이제 내가 일 년 중 가장 좋아하는 때가 온다. 크리스마스와 부활절 같은 휴일을 통틀어, 난 핼러윈이 제일 좋다. 옷을 잘 차려입고 사탕 받으러 다니는 게 좋다. 게다가 난 핼러윈 장난을 꽤 잘한다. 어렸을 때, 엄마는 나한테 핼러윈에 쓸 장난 도구를 못 사게 했다. 그래서 난 직접 장난 도구를 만들어야 했다. 엄마는 "사람들 모두가 너한테 사탕을 줄 거야. 그리고 누구도 네게 장난을 치라고 말하지는 않을 거야."라고 말했다. 그건 아빠에 대해 했던 거짓말을 빼면 엄마 최고의 거짓말이었다. 로즈 누나가 죽고 나서 세 번째 기일에, 아빠는 술을 마시고 엄마한테 주정을 부렸다. 언제나처럼 같은 말이었다. 트래펄가 광장과 비둘기 그리고 엄마가 좀 더 엄했으면 그런 일은 일어나지 않았을 거라고……. 엄마는 부엌에서 그림을 그리고 있었는데, 엄마 눈에 고인 눈물 때문에 색깔을 제대로 보지 못했다. 엄마는 실수로 심장을 새까맣게 칠해 버렸다. 나는 그걸 가리키며, 붓을 들어 거기 테두리를 가장 밝은 붉은색으로 칠했다. 색칠을 다하고서 물었다.

"엄마, 아빠랑 끝낼 거야?"

엄마는 훌쩍거렸다. 들릴락 말락 작은 목소리로 말했다.

"우리는 이미 끝났어."

나는 들고 있던 붓을 개수대에 떨어뜨렸다.

"그거 아니라는 말이지?"

나는 다시 확인하려고 물었다. 엄마는 머뭇거리더니 고개를 끄덕였다. 그건 가장 큰 거짓말이었다. 핼러윈에 대한 거짓말도 그 정도로 심했다. 장난 도구를 준비하지 않아서 곤란했으니까.

무시무시한 불도그를 기르는 이웃 사람이 "장난쳐 봐라." 하고 외쳤을 때, 나는 어떻게 해야 할지 몰랐다.

"너 귀 먹었니?"

그 이웃집 남자가 그렇게 말하기에 내가 고개를 저었다. 그러자 그 남자가 말했다.

"그럼 한 번 장난쳐 봐라."

그래서 그 남자한테 눈을 감으라고 말하고는 그 남자의 팔을 꼭 꼬집어 버렸다. 내가 도망치자 그 남자는 욕을 퍼부어 대고, 불도 그는 크게 짖어 댔다. 그 해, 나는 더 이상 다른 집을 돌아다닐 엄두가 나지 않았다. 그런 일이 또 생길지도 모르니까. 하지만 그다음 해, 사탕을 놓치고 싶지 않아서 나만의 핼러윈 장난을 만들어 냈다.

이번 핼러윈은 그 어느 때보다 더 근사할 거다. 수녀는 내가 생각해 낼 수 있는 가장 상상력이 풍부한 사람인 윌리 웡카보다 더 상상력이 풍부했다. 나는 아직도 그 장난이 이해가 안 된다. 그걸 꾸민 게 수녀였다는 걸 알아차린 사람이 아무도 없었다. 다니엘은 사흘 동안 정학 처분을 받았다. 다니엘의 천사는 칭찬판에서 떼어져 재활용 상자에 처박혔다.

난 모슬렘도 핼러윈을 기념하는지 몰랐다. 나는 수녀에게 말했다.

"난 핼러윈이 크리스마스랑 관계있는 거라 생각했어."

그러자 수녀가 웃기 시작했다. 수녀는 한 번 웃기 시작하면, 도저히 멈추지 못한다. 그래서 다른 사람까지 웃게 한다. 우리가 그랬다. 운동장 벤치에 앉아서 우리는 고개를 젖히고 웃어 댔다. 그런데 난 뭐가 웃긴 건지 전혀 몰랐다. 수녀가 말했다.

"핼러윈은 영국 전통이고, 그건 크리스마스하고는 전혀 상관없는 거야."

나는 하마터면 "그럼 넌 왜 핼러윈을 기념하는데?"라고 말할 뻔했다. 난 수녀가 영국에서 태어났다는 사실을 항상 잊어버린다.

"우리 또 만났군, 스파이더맨."

수녀가 말했다. 내가 물었다.

"엠겉, 오늘은 얼마나 많은 사람을 구했니?"

수녀는 손가락으로 숫자를 세는 척했다.

"9백 명하고도 37명. 오늘은 조용한 날이었어."

수녀가 어깨를 으쓱해 보였다. 우리는 깔깔거리며 웃기 시작했다.

"넌 어땠니? 스파이더맨."

나는 머리를 긁적거리며 말했다.

"8백 명하고도 13명. 하지만 난 늦게 시작해서 일찍 끝내 버렸어."

우리는 웃음을 터뜨렸다. 우리는 매일 이런 농담을 한다. 그래도 이런 농담은 절대 질리는 법이 없다.

주말에 학교 밖에서 수녀를 만나는 게 낯설었다. 수녀는 옆에 하얀 이불을 놓고, 손에 비닐봉지를 든 채 상수리나무 아래 앉아 있었다. 수냐 옆에 앉기 전, 나는 나무 안을 눈여겨보았다. 나무는 햇빛 속에 아주 오랫동안 있다가 온 늙은이처럼 연갈색에 시들시들해 보였다. 아빠는 술을 사러 나갔다. 숲에서 가깝지 않은 곳이었지만, 그래도 나는 신경이 쓰였다.

사실 나는 못 나올 뻔했다. 학교에서 모슬렘과 친구가 되는 것과 주말에 모슬렘을 만나는 건 다른 일이었으니까. 수냐는 내게 '핼러윈 장난'을 하러 가자고 했다. 나는 아빠를 잊고는 그러자고 대답했다. 난 오로지 사탕을 얼마나 받을 수 있을지, 우리가 어떤 장난을 칠 수 있을지, 어떻게 하면 런던에서 보냈던 핼러윈보다 훨씬 더 재미있을지 그것만 생각했다. 이번에는 나 혼자가 아니었으니까. 하지만 오늘 아침 미라처럼 분장하려고 몰래 붕대를 훔쳤을 때, 나는 죄책감을 느꼈다. 우리는 텔레비전 앞에서 시리얼을 먹고 있었다. 텔레비전에는 수냐와 피부색이 같은 여자가 뉴스 방송을 하고 있었다. 아빠는 그게 뭐 잘못된 것처럼 "BBC 방송에 더러운 파키스탄 놈이 나오다니."라고 말했다.

"저 여자 파키스탄 출신이 아닐지도 몰라요."

난 참지 못하고 불쑥 이렇게 말해 버렸다. 재스민 누나의 눈썹이 분홍색 앞머리 속으로 사라졌다. 아빠는 채널을 돌렸다. 만화가 나왔다.

"뭐라고?"

아빠 목소리는 차분했지만 리모컨을 잡은 손마디가 하얗게 변했다. 나는 헛기침을 했다.

"뭐라고 했니, 제임스?"

재스민 누나는 손가락을 자기 입술에 갖다 대고는 나한테 입 다물라는 시늉을 했다. 누나는 하얗게 화장하지도 않았는데 얼굴이 창백했다.

"아무 말도 안 했어요."

내가 말하자 아빠가 고개를 끄덕였다.

"그런 줄 알았다."

아빠는 그렇게 말하고는 유골함을 향해 살짝 고개를 끄덕였다.

수녀가 이불을 머리에 뒤집어쓴 모습을 보니 안심이 되었다. 수녀는 앞을 보려고 구멍을 내고 입에는 기다란 소시지 모양을 만들었다. 그 틈으로는 수녀의 피부색을 전혀 볼 수가 없다. 내가 "분장이 멋지다!"라고 말하자 수녀가 "너도 멋져."라고 말했다.

붕대가 모자라 붕대 대신 분홍색 화장지를 감아서 내 분장은 약간 희한했다. 내가 말했다.

"비가 안 오면 정말 좋겠다."

수녀가 킬킬거리며 말했다.

"비 오면 넌 물에 쓸려 저리 떠내려갈걸?"

세 시간 뒤, 우리는 한 집도 빠짐없이 최대한 모든 집을 다 찾아 돌아다녔다. 그러고 나니 사탕 봉지 두 개가 불룩해졌다. 우리는 상수리나무 아래 앉아 사탕을 먹었다. 하늘만 제외하고 모든 것이

검게 보였다. 하늘에는 수백만 개의 별들이 반짝반짝 빛나고 있었다. 별은 자그마한 양초 같았다. 천 분의 1초 동안, 나는 그 별이 몽땅 나와 수냐를 위해 그리고 우리의 특별한 핼러윈 나들이를 위해 켜진 건 아닐까 생각했다. 하도 웃어서 옆구리가 아플 지경이었다. 분명 그날은 내 생애 최고의 날이었다. 나는 수냐에게 이야기를 꺼내고 싶었지만, 수냐가 나를 바보 같다고 생각할까 두려워 그냥 "그 남자."라는 말만 했는데, 우리는 다시 한 번 뒤집어졌다. 그 남자는 바로 "장난쳐 봐."라고 우리한테 마지막으로 말했던 사람이었다. 나는 등 뒤에서 물총을 꺼내 들었다. 그 남자는 고개를 숙였다. 물론 물총에서는 아무것도 나오지 않았다. 수냐는 이걸 바람잡이라고 불렀다. 내가 그 남자를 그렇게 정신없게 만드는 사이, 수냐가 진짜로 장난을 쳤다. 수냐는 그 남자 집 안에 악취 폭탄을 집어던졌다. 그 남자는 물총에서 물이 나오리라 생각하고 눈을 질끈 감아서 그걸 보지 못했다. 그러고 나서 수냐가 "됐다."라고 소리치자 그 남자는 우리 눈앞에서 문을 쾅 닫았다. 하지만 우리는 그 집을 떠나지 않았다. 그 남자의 거실 창문 쪽으로 살금살금 다가가 소파에 앉는 걸 지켜봤다. 1분 뒤, 그 남자 코가 실룩거렸다. 그러고 나서 10초 뒤, 그 남자는 고개를 뒤로 젖혀 코를 킁킁거리며 냄새를 맡았다. 10초 뒤, 그 남자는 신발 아래쪽을 쳐다봤다. 자기가 개똥을 밟은 게 아닌지 살펴보는 것 같았다. 내가 하도 크게 웃어서 수냐는 내 입에 손을 가져다 댔다. 수냐의 손가락은 차가웠지만, 내 입은 불타는 것 같았다.

수녀는 한입 가득 사탕을 넣고는 내게 물었다.

"왜 그렇게 입고 있어?"

"나는 미라니까."

내가 대답했다.

"미라는 붕대를 감아야 하는데 붕대가 다 떨어졌어. 그래서 할 수 없이……."

수녀가 고개를 저었다.

"그거 말고. 이거."

수녀는 손가락으로 스파이더맨 티셔츠를 만졌다.

"나는 슈퍼영웅이니까. 나는 범죄와 싸우거든."

수녀가 숨을 내쉬었는데 콜라 냄새가 났다. 나는 이불 구멍 사이로 수녀의 반짝반짝 빛나는 눈을 볼 수 있었다. 수녀의 눈은 하늘에 떠 있는 그 모든 별보다 더 밝았다.

"너 그 옷 진짜로 왜 입고 있는 거야?"

수녀가 물었다. 수녀는 다리를 가슴께로 끌어당겨 턱을 무릎 위에 올려놓았다. 수녀는 막대 사탕을 아주 천천히 빨고 있었다. 마치 내 이야기를 듣기 위해 이 세상 모든 시간을 기다릴 것처럼. 나는 말하려 했지만 아무 말도 하지 못했다.

우리가 런던을 떠나 이곳에 이사 왔을 때, 아빠는 침실에 옷장을 집어넣느라 거의 한 시간을 허비했다. 아빠는 옷장을 옆으로 돌려도 보고 뒤집어 보기도 했다. 옷장을 이쪽저쪽으로 기울여 보기도 했다. 그래도 들어가지 않았다. 엄마, 엄마가 바람피운 것, 아빠, 술과 같은 단어들은 내게 바로 그 옷장과 같은 거였다. 너무 커서 입 밖으로 나올 수 없었다. 어떻게 하든, 나는 그 말을 내 이 사이의 공간으로 꺼낼 수 없었다.

수녀가 막대 사탕을 거의 다 먹었을 즈음, 내가 말했다.

"난 그냥 이게 좋아, 그게 다야."

나는 주제를 바꾸려 말했다.

"넌 왜 머리에 그 스카프 같은 거 뒤집어쓰니?"

그러자 수녀가 "히잡."이라고 말했다. 내가 "뭘 잡아?"라고 묻자, 수녀는 "히잡이 이름이야."라고 말했다. 나는 그 말을 따라 했다. 그 발음이 맘에 들었다. 문득 어두운 밤 상수리나무 아래에서 유령처럼 옷을 입고는 모슬렘과 함께 앉아 모슬렘 말을 속삭이고 있는 내 모습을 본다면 아빠가 뭐라고 할까 궁금했다. 불현듯 얼굴을 잔뜩 찌푸린 채 눈에는 눈물이 가득 고이고, 떨리는 손으로 유골함을 들고 말을 하는 아빠 모습이 떠올랐다.

나는 일어섰다. 사탕을 하도 먹어 토할 것 같았다. 봉지에 든 사탕을 반의반도 먹지 못했지만 그걸 수녀의 무릎에 던지며 말했다.

"너 가져. 난 집에 갈래."

나는 얼굴에서 붕대를 풀고 몸에서 화장지를 찢으며 길 쪽으로 걸어갔다. 내 마음은 반반이었다. 반은 수녀를 다시는 보지 않기를 바랐지만, 그것보다 더 큰 반이 수냐가 나를 쫓아 달려와 "무슨 일 인데?"라고 물었으면 했다. 다섯 걸음만 더 걸어서 모퉁이를 돌면, 나는 수냐의 시야에서 사라질 거다. 걷는 속도를 늦추고 뒤돌아보 지 않으려 했지만 내 목이 말을 듣지 않았다. 발걸음을 멈추기도 전에 고개가 돌아갔다. 수냐가 나를 쫓아 달려오고 있었다.

"겁먹었냐? 스파이더맨. 슈퍼영웅은 그런 식으로 달아나면 안 돼."

수냐가 말했다. 수냐가 내 곁에 오자마자, 나는 더 빨리 걷기 시 작했다. 마치 도망치고 싶은 것처럼. 나는 도망치고 싶기도, 또 도 망치고 싶지 않기도 했다. 내가 말했다.

"겁먹은 거 아니야, 늦었어. 아빠가 8시까지는 돌아오라고 했단 말이야."

수냐는 내 사탕 봉지를 손에 쥐여 주며 말했다.

"넌 이 세상에서 가장 나쁜 거짓말쟁이야. 네 콜라랑 내 쥐 모양 초콜릿이랑 바꾸자."

모퉁이에서 헤드라이트가 흔들흔들 움직였다. 자동차였다. 나는 수냐의 손을 잡고, 수냐를 안전한 곳으로 잡아당기려 했다. 아빠가 속도를 늦추고 있었다. 내 맥박이 쿵쾅쿵쾅 뛰었다. 주위에는 집 도, 벽도 없었다. 숨을 곳이 없었다.

"무슨 일이야?"

수냐가 물었다.

나는 "달려."라고 소리치고 싶었지만 이미 너무 늦었다. 브레이크가 끽 소리를 내고, 창문이 윙 소리를 내며 내려가고, 내 바로 옆에 자동차가 멈추어 섰다. 아빠가 창문 밖으로 몸을 기울여 노려봤다.

"사탕 안 주면 장난 칠 테야."

내가 얼른 수냐의 손을 놓고 말했다.

나는 좀비처럼 팔을 뻗었다. 그러고는 죽은 사람 표정을 지어 보였다.

"사탕 안 주면 장난 칠 테야. 사탕 안 주면 장난 칠 테야."

나는 아빠의 정신을 빼놓으려는 절박한 심정으로 이렇게 외쳤다. 수냐는 여전히 머리 위에 이불을 뒤집어쓰고 있었다. 아빠가 아주 가까이에서 보지 않는다면, 아빠는 그 의상 뒤에 모슬렘이 숨어 있으리라고는 생각하지 못할 거다.

"네 친구 이름은 뭐지?"

아빠가 분명하지 않은 발음으로 물었다. 수냐는 내가 영국식 이름으로 꾸며 대기 전에 대답했다.

"수냐예요."

아빠는 미소를 지으며 말했다.

"만나서 반갑구나."

아빠한테서 맥주 냄새가 났다.

"제임스 학교 친구냐?"

그러자 수녀가 말했다.

"저희는 같은 반 짝꿍이에요. 사탕도 나눠 먹고 비밀도 함께 나눠요."

아빠는 놀란 듯했지만 흐뭇한 표정이었다.

"숙제도 함께 잘 하겠지?"

아빠는 끈덕지게 물었다.

그러자 수녀는 웃으며 대답했다.

"물론이지요."

나는 아빠가 모슬렘한테 이를 드러내고 활짝 웃으며 집까지 태워 주겠다고 하는 모습을 그저 멍하니 바라보고 또 바라보기만 했다.

우리는 안전벨트를 맸다. 안전벨트가 가슴을 조였다. 더웠다. 만약 수녀 부모님이 집 밖에 나와 있다면, 만약 커튼이 열려 있다면, 만약 감사 인사를 하기 위해 집 밖으로 나온다면, 아빠는 그 사람들의 갈색 피부를 보고 미쳐 버릴 거다. 아빠가 길에서 살짝 벗어나 차를 몰았다. 나는 텔레비전의 음주 운전 광고가 계속 떠올랐다. 광고에서는 결국 모두 죽고 만다. 나는 수녀에게 미안했다. 술 먹고 운전하는 아빠 차에 타게 했으니까. 하지만 수녀는 그저 사탕을 먹으며 수다를 떨어 댔다. 수녀의 목소리에서는 웃음이 묻어났다. 수녀가 말을 하면 모든 사람들은 행복한 표정을 짓게 되는 것 같다. 수녀는 자기는 태어나서부터 줄곧 레이크 디스트릭트에 살았으며, 아빠는 의사이고 엄마는 수의사이며, 오빠 한 명은 고등학교에 다니고 또 다른 오빠는 옥스퍼드 대학교에 다닌다고 했다.

"머리가 좋은 가족이구나."

아빠가 감동한 목소리로 말했다.

"오른쪽에 있는 집이에요."

수냐가 말하자, 아빠가 커다란 문 앞에 차를 세웠다. 커튼 뒤에서 불빛이 새어 나오고 있었지만 다행히 진입로에는 아무도 없었다.

"태워 주셔서 감사합니다."

수냐가 손에 든 비닐봉지를 흔들며 자동차에서 풀쩍 뛰어내리면서 말했다. 내 눈에는 수냐의 짙고 짙은 손가락만 보였다. 내 평생 그 어떤 기도보다 더 간절히 기도했다. 아빠가 알아차리지 못하게 해 달라고……. 아빠는 그저 미소 지으며 말했다.

"언제든 또 태워 주마."

수냐가 뛰어가자, 하얀 이불이 바람에 휘날렸다.

아빠는 차를 돌려 수냐의 집에서 멀어져 갔다. 나는 뒤쪽 창문으로 수냐가 집 안으로 사라지는 모습을 지켜보았다. 아빠는 룸미러로 나를 흘끗 쳐다보았다.

"네 여자 친구냐?"

"아니요."

내가 얼굴을 붉히며 말하자 아빠가 웃으며 말했다.

"잘 골랐는데, 우리 아들! 소냐 멋진 여자애 같은데……."

나는 소리치고 싶었다. "그 아이 이름은 소냐가 아니고 수냐예요. 그리고 모슬렘이란 말이에요."라고.

난 아빠가 뭐라고 말할까 궁금했다. 수냐가 이불 대신 히잡으로 몸을 감싼 모습을 보았다면, 아빠는 수냐가 멋진 여자애라고 절대 생각하지 않았을 거라는 걸 난 너무도 잘 알았다.

그날 아침 우리는 도서관에서 숙제를 했다. 나는 빅토리아 여왕 시대에 대한 책을 읽고 있었다. 그 책에는 그 당시 여자들은 직업을 갖지 않았고, 집에서 아이들을 돌보면서 남편 곁을 절대 떠나지 않았다고 적혀 있었다. 이혼하기 힘들었을 뿐만 아니라, 이혼하려면 돈이 너무 많이 들었기 때문이란다. 내가 빅토리아 여왕 시대에 살았다면 어땠을까 하고 그냥 멍하니 생각하고 있었다. 그때 누군가 등에 손을 대는 게 느껴졌다. 나는 다니엘이라고 확신했다.

"파머 선생님!"

나는 큰 소리로 고함쳤다. 표지판에는 '쉿! 조용. 여기는 도서관입니다.'라고 적혀 있었지만 말이다.

선생님이 물었다.

"무슨 일이지?"

"누가 손가락으로 내 등을 쿡쿡 찔러요."

교장 선생님이 헛기침을 하더니 나를 복도 쪽으로 이끌었다. 그때 파머 선생님이 중얼거렸다.

"어른을 공경하는 법을 배워야겠구나."

교장 선생님이 나를 내려다보았는데, 교장 선생님의 콧구멍이 들여다보였다. 코털이 하도 빽빽해서 코털 사이로 숨을 쉬려면 꽤나 힘들 것 같았다. 그때 교장 선생님이 말했다.

"내일 오후에 무슨 일 있니?"

"없는데요."

"그래, 잘 되었구나. 축구부에 자리가 하나 비었단다. 크레이그 잭슨이 부상을 당했어."

재스민 누나가 자기라면 절대 기회를 놓치지 않을 거라고 말했다. 누나는 내가 결승골을 넣을 거라 생각했다. 이번 주 내 별자리는 기똥차게 좋다고. 그리고 어쨌든 누나는 내 축구화에 마법이 있어서 나를 웨인 루니처럼 멋지게 만들어 줄 거라고 했다. 나는 아빠에게 경기에 올 수 있느냐고 물어봤다. 그랬더니 아빠는 트림을 했다. 그게 오겠다는 말인지 안 오겠다는 말인지 모르겠다.

축구부 선발 시험은 한 달 전에 있었다. 나는 정말 열심히 노력했지만 공을 잡아 보지도 못했다. 나는 왼쪽 날개에서 뛰다 최전방에서 뛰었지만 제대로 해내지 못했다. 그래도 난 열심히 한 것 같았다. 축구부 명단이 발표되기 전날 밤, 내 머릿속에서 나비 수백 마리가 날아다녀 잠을 자지 못했다. 그리고 발표 당일 아침, 그 나비들이 기운 좋은 애벌레 열 마리씩을 낳은 것처럼 느껴졌다. 교장 선생님은 휴식 시간에 교장실 밖 게시판에 축구부 명단을 붙여 놓겠다고 했다. 그건 명단을 확인하기 전까지 내가 수업 두 과목을 들어야 한다는 뜻이었다. 영어 시간에 우리는 '멋진 우리 식구'라는 제목의 시를 쓰고 있었다. 내가 생각해 낼 수 있는 운율이란 화장과 유골함밖에 없었다. 하지만 파머 선생님이 로즈 누나가 살아 있다고 생각하고 있었기에, 나는 그 단어를 쓸 수 없었다. 수학 시간에 우리는 분수를 배웠다. 평소에는 분수를 잘했는데, 나비들이 내 머릿속을 퍼덕거리며 날고 있어서 내 생각이 전부 날아가 버렸다.

파머 선생님이 말했다.

"코트 입고 나가 놀아라."

그러자 다니엘과 라이언이 축구부 명단을 확인하지도 않고 곧장 운동장으로 달려갔다. 그 아이들은 자기들이 축구부에 뽑혔다는 걸 알고 있었다. 왜냐하면 그 애들은 지난 시즌에 저학년 중에서 뽑힌 유일한 학생들이었으니까. 나는 축구부가 되기를 간절히 원하고 있었기에 명단을 확인해 보기가 두려웠다. 그래서 도서관에 가서 책꽂이에 꽂혀 있는 첫 번째 책을 제목도 보지 않고 집어 들었다. 하지만 이미 내 눈은 게시판에 붙은 종이에 고정되었다. 종이에는 열한 명의 이름 그리고 그 아래로 3명의 후보 선수 이름이 적혀 있었다. 나는 가까이 다가가며, 머릿속에 떠오르는 노래, '하늘을 나는 용기'를 휘파람으로 흥얼거렸다. 아빠가 지난 주말 세인트 비즈로 가는 내내 그 노래를 틀어 놨기 때문이었다.

그런데 글씨를 아무렇게나 휘갈겨 써 놔서 도저히 읽을 수 없었다. 나는 좀 더 바짝 다가갔다. 이름 앞부분의 대문자가 좀 더 선명하게 보였다. 거기에 J로 시작하는 이름이 두 개 있었다. 나는 앞으로 발을 끌며 걸어갔다. 휘파람을 그치기는 했지만, 내 입술은 여전히 볼록하게 튀어나와 있었다. 나는 목록의 7번째 이름을 읽었다. 제임스.

제임스. 제임스 마봇. 5학년. 내 이름은 후보 선수 명단에도 없었다. 나는 운동장을 향해 뛰어나갔다. 문을 발로 뻥 차고 계단을 돌진해 내려가 모퉁이를 돌다가 수녀와 딱 부딪혔다. 도서관에서 가져온 책은 공중으로 휙 날아오르더니 자갈 위로 미끄러졌다. 수녀가 책을 집더니 제목을 쳐다봤다. 거기에 검은색 글씨로 커다랗게 《나의 신비 : 난자, 정자, 출생 그리고 아기》라고 적혀 있었다. 수녀는 낄낄거리며 웃기 시작했다. 나는 수녀의 손에서 책을 낚아챘다.

그날 밤 나는 창턱에 앉아 그 책을 끝까지 다 읽었다. 로저가 내 다리 옆에서 몸을 웅크리고 있었다. 책은 '나'라는 존재가 얼마나 특별하고 유일한지 계속 떠들고 있었다. 내가 나로 태어날 확률은 수억 분의 1의 확률이기 때문이란다. 만약 아빠의 정자가 엄마의 난자와 바로 그 순간에 만나지 못했다면, 나는 다른 누군가가 되었을 거다. 그런데 그건 나한테는 하나도 기적처럼 들리지 않았다. 불운처럼 들렸다.

🌳

"넌 멍청하게 보이지 않을 거야. 너는 스파이더맨이잖아."

내가 탈의실 밖에서 잔뜩 겁을 집어먹어 안으로 들어가지 못하고 서성이고 있자 수녀가 나한테 말했다. 나는 스파이더맨은 운동 경기를 하지 않는다고 말하고 싶었다. 하지만 수녀가 나한테 친절하려 애쓰고 있기에 나는 입을 꾹 다물고 아무 말도 하지 않았다.

"게다가 넌 마법의 반지도 끼고 있잖아."

나는 내 가운뎃손가락에 끼어 있는 블루택 반지를 바라보며 하얀 보석을 만져 보았다. 그랬더니 기분이 조금 좋아졌다.

"너는 잘할 거야."

수녀가 미소 지었다. 나는 심호흡을 하고 탈의실 문을 열었다.

사흘 동안 정학 처분을 받기 전까지는 다니엘이 주장이었다. 다니엘은 교장 선생님이 라이언과 함께 전략을 짜는 모습을 보며 질투의 시선을 보내고 있었다. 라이언은 진지하게 팔짱을 낀 채 고개를 크게 끄덕였다. 라이언의 발 밑에는 공이 놓여 있었다. 마치 공이 발가락에 붙어 태어나기라도 한 것 같았다. 다니엘은 자리에 앉아 화난 얼굴로 오른쪽 다리를 살짝 떨고 있었다. 그러다 나를 보더니 고개를 절레절레 저었다. 내가 탈의실에 들어와도 된다는 사실 자체가 믿기지 않는다는 표정이었다. 축구부에 들어온 건 두말할 것도 없고. 나는 다니엘을 못 본 체하고 내 체육복 가방에서 반바지를 꺼냈다.

바닥 한가운데 셔츠가 한 뭉치 놓여 있었다. 나는 긴 팔 셔츠를 골라 스파이더맨 티셔츠 위에 꺼입었다. 교장 선생님은 우리에게 둥그렇게 모이라고 했다. 그러자 사내아이 둘이 내 어깨 위에 팔을 얹었다. 나는 웃음이 터져 나오려는 걸 꾹 참으려 입술을 깨물었다. 교장 선생님이 말했다.

"이 경기는 이번 시즌에서 제일 중요한 경기란다."

모두 아무 말이 없었다. 숨조차 쉬는 사람이 없었다. 교장 선생님이 말할 때 우리는 모두 교장 선생님만 뚫어져라 바라보고 있었다.

"오늘 그래스미어를 이기면 우리가 리그 1위가 될 거야."

나는 선수들을 바라보았다. 승리를 간절히 원했기에, 심장이 욱신거렸다.

교장 선생님이 말했다.

"우린 최고의 선수 몇 명을 잃었다. 하지만 후보 선수들과 함께 최선을 다하기만 하면 돼."

갑작스레, 관중석이 아주 흥미롭게 보였다. 나는 교장 선생님이 얘기하는 동안 그곳을 응시했다.

엄마, 아빠, 할머니, 할아버지들이 운동장 옆쪽에 서 있었다. 갈색, 검은색, 황갈색 머리 사이로, 분홍색 머리 하나와 초록색 머리 하나 그리고 노란 히잡을 뒤집어쓴 머리 하나가 있었다. 나는 내가 지금 무엇을 하고 있는지 아는 것처럼 보이려 애썼고, 상대 팀이 나오기를 기다리는 동안 심호흡을 세 번 하고 팔 벌려 뛰기를 열 번 했다. 나는 운동장 왼쪽을 이리저리 왔다갔다 달리고, 비록 공은 없었지만 드리블하는 시늉을 했다.

마침내 그래스미어 팀이 도착했다. 심판이 "주장 앞으로."라고 말하자 라이언이 앞으로 걸어 나갔다. 다니엘은 부러워서 얼굴이 시뻘게졌다. 라이언이 "선공."이라고 말하자 심판이 "아니, 후공."이라고 말했다. 그래서 상대 팀이 먼저 공격을 시작했다. 그러고 나서 호루라기 소리가 들리고, 나는 골키퍼가 아닌 선수로서의 생애 첫 경기를 뛰었다.

공을 세 번 잡았는데 그때마다 나는 태클에 걸렸다. 나를 맡은 녀석은 열세 살 정도 되어 보였는데 입술 위에 수염까지 났다. 게다가 목에는 목젖까지 툭 튀어나왔는데, 그걸 사람들이 왜 '아담의 사과'라고 부르는지 모르겠다. 차라리 '아담의 멜론'이라고 부르는 게 낫겠다. 녀석은 다부지고 거칠었다. 그리고 어른처럼 체취 방지용 화장품 냄새가 났다. 5분이 지나자, 다리는 온통 진흙투성이인데다 걷어차인 무릎은 아파 죽을 지경이었다. 꽉 끼는 축구화 안에서 발가락이 욱신거렸다. 하지만 이보다 더 행복할 수는 없었다. 나를 수비하는 선수는 덩치는 컸지만 행동이 느렸다. 그래서 나는 그 녀석을 쉽게 따돌릴 수 있었다.

나는 그 어느 때보다 최선을 다했다. 재스민 누나와 레오 형 그리고 수냐가 내가 잘한다고 생각하기를 바랐다. 나는 아빠가 관객들 사이에 있는지 그리고 나한테 감동했는지 내내 궁금했다. 내가 공을 잡을 때마다 해설자 목소리가 내 머릿속에 울려 퍼졌다.

"제임스 매튜 선수가 페널티 구역 안으로 정말 멋지게 패스했네요. 매튜 선수가 수비수 한 명을, 또 한 명을, 아, 또 한 명을 제치네요. 신참 매튜 선수가 정말 멋진 전반전을 마쳤군요."

45분을 뛰고 난 뒤, 우리는 1대 0으로 지고 있었다. 우리 골키퍼가 한 골을 먹었다. 다니엘은 골키퍼에게 그딴 거 하나 못 막는 계집애 같다며 놀려 댔다. 라이언은 옆에서 비웃고 있었다. 하지만 나는 거기에 끼지 않았다. 지고 있는 팀의 골키퍼 기분이 어떤지 난 잘 안다. 우리는 오렌지를 나눠 먹었다. 덕분에 손이 끈적거렸지만 맛은 좋았다. 이윽고 후반전이 시작되었다.

우리에게 기회가 많았지만, 골인시키지는 못했다. 라이언이 내 코너킥을 받아 헤딩슛을 날렸는데 아쉽게도 골대에 맞고 말았다. 정신이 멍한 것이 꼭 고무풍선이 된 것 같았다. 시간이 점점 흐르면서 고무풍선이 배 속에서 점점 커지고 또 커졌다. 그때 프레이저라는 녀석이 페널티 구역 안에서 넘어지자 심판이 "반칙."이라고 외쳤다. 다니엘이 페널티 킥을 차려고 했지만, 라이언이 "아니, 내가 찰게."라고 했다. 라이언은 골대 오른쪽 모서리 위에 정확히 공을 찔러 넣었다. 라이언은 손을 머리 위로 올린 채 관중을 향해 달려갔다. 모두가 따라 했다. 내가 그곳에 달려갔을 때는 이미 세레모니가 끝났다. 상대 팀에서 다시 킥오프하기 전 나는 전력 질주로 운동장 왼쪽 사이드로 되돌아갔다.

힘이 하나도 남아 있지 않았지만, 어쨌든 나는 계속 뛰어다녔다. 다리가 욱신거렸지만 포기하지 않았다. 단 1초도……. 교장 선생님은 운동장 옆을 왔다 갔다 했다. 그 바람에 반짝이는 신발이 온통 흙을 뒤집어썼다. 그리고 연신 뭐라고 외쳤지만 무슨 말인지 나는 알아들을 수가 없었다. 내 머리는 터질 것 같았고, 귀에서는 소라 껍데기를 귀에 대면 들리는 소리가 났다. 심판이 시계를 확인했다. 경기 종료 호루라기가 울리기까지 이제 1분밖에 남지 않았다. 바로 그 순간 내가 공을 잡았고 수비수를 제치며 달렸다. 페널티 구역 바로 앞에 다다를 때에도 여전히 공은 나한테 있었다. 나는 공을 드리블하며 나아갔고, 이제 내 앞에는 골키퍼만 있었다. 해설자가 말했다.

"제임스 매튜가 자기 팀을 승리로 이끌 기회를 잡았습니다."

나는 엄마와 아빠, 재스민 누나와 수냐를 생각했다. 그리고 젖먹던 힘을 다해 왼발로 공을 찼다.

모든 것이 슬로모션으로 일어났다. 골키퍼가 점프를 했다. 골키퍼의 발이 땅을 떠났다. 골키퍼가 손을 뻗었다. 네트가 흔들렸다. 관객들 손이 공중으로 솟구쳤다. 골인이다.

골인이다. 나는 골대를 바라보며 눈도 깜빡하지 않았다. 나는 움직이지도 않았다. 그것이 그저 모두 꿈이라는 것처럼. 그리고 나는 꿈에서 깨어나려고 했다. 소라 껍데기에서 나는 소리가 사라지자, 고함과 박수 소리, 환호성이 들려왔다. 그리고 가장 멋진 건, 그 모든 것이 나를 위한 것이라는 거였다. 무슨 이유 때문인지 나는 실수로 도서관에서 꺼내 온 그 책을 생각했다. 나는 특별하고 유일하다고 생각했다. 기적처럼 느껴지지는 않았지만, 그렇다고 해서 기적에서 멀찌감치 떨어진 것처럼 느껴지지도 않았다. 수백 개의 손이 나를 땅으로 질질 끌어당겼다. 선수들이 모두 내 위로 뛰어들었다. 내 얼굴은 바닥에 짓눌려졌고, 땅이 흠뻑 젖어 있어서 몸도 축축해졌다. 하지만 나는 전혀 신경 쓰지 않았다. 나는 그 순간, 세상 어떤 곳보다 이곳이 좋았다. 숨조차 제대로 쉴 수 없고, 고함을 질러 대는 열 명의 선수들 때문에 학교 운동장 위에서 찌부러져 있었지만 말이다.

아니, 비명을 질러 대는 선수들 아홉 명. 다니엘은 축하해 주러 오지 않았다. 나는 일어서서 심판이 호루라기를 불 때까지도 그걸 깨닫지 못했다. 다니엘은 혼자 운동장 한가운데 서 있었는데, 우리가 이긴 것이 하나도 기쁘지 않은 것 같았다.

수냐는 내 이름을 외치며 자기 손가락에 낀 반지에 입을 맞췄다. 나는 주위를 둘러보며 아빠를 찾아보고 나서 내 반지에 입을 맞추었다. 수냐는 손을 흔들며 달려 나왔다. 내 배 속의 풍선은 그 어느 때보다 더 커졌지만, 기분은 좋았다. 마치 물에 들어갈 때 팔뚝에 차는 에어 튜브, 또는 에어 매트나 뭐 그런 것처럼 말이다. 내어깨는 더 넓어지고 내 가슴은 더 벌어졌다. 처음으로 스파이더맨 티셔츠가 내 몸에 꼭 맞는 느낌이 들었다.

학부모들이 모두 자기 아들을 찾아 걸어갔다. 천 분의 1초 동안 나는 어떻게 해야 할지 몰랐다. 아직도 미소를 짓고 있었지만 뺨이 갑작스레 아파 오고, 입술이 갈라지고, 혀가 바싹 마른 느낌이 들었다. 하지만 나는 그곳에서 계속 웃고 있었다. 그 어떤 것도 그 순간을 망치게 하고 싶지 않았으니까. 비록 아빠가 했던 그 트림이 아빠가 오지 않을 거라는 뜻이었는데도 말이다. 재스민 누나와 레오 형이 키스를 나눈 뒤 떨어져서는 나를 향해 손을 흔들었다. 그래서 나는 그쪽으로 달려갔다. 재스민 누나는 내가 얼마나 멋졌는지 계속해서 이야기했다. 웨인 루니보다 훨씬 더 잘했다고까지 했다. 레오 형은 다시 한 번 내게 악수를 청했는데, 이번에 나는 정확히 어떻게 해야 하는지 알았다. 레오 형이 말했다.

"물고기치고는 나쁜 골은 아니었어."

내가 말했다.

"고슴도치가 할 수 있는 것보다는 나았어요."

그러자 레오 형이 어른들처럼 가식적이지 않게, 정말 진심으로 웃어 주었다. 순간 레오 형의 혀와 입술에 피어싱한 은고리가 반짝 빛이 났다.

다른 가족들이 재스민 누나의 분홍색 머리와 레오 형의 초록색 뾰족 머리 그리고 두 사람의 시커멓고 시커먼 옷과 하얗고 하얀 얼굴을 빤히 쳐다보았다. 나는 뒤쪽을 바라보았다. 마침내 사람들이 돌아섰다. 나는 스파이더맨 영화에서처럼, 그 순간 '그린 고블린'이 운동장으로 달려온다 하더라도 그 악당과 싸울 수 있을 만큼 기운이 넘쳤다. 재스민 누나가 "집에서 보자."고 말하고, 레오 형이 "나중에 보자, 애송이."라고 말했다. 이제 나는 혼자였다. 나는 눈을 최대한 크게 떴다. 그렇게 내 생애 최고의 날의 모든 것을 세세히 볼 수 있었다. 나는 무릎에 묻은 흙, 바람에 흔들리는 네트 그리고 내가 물리친 수비수가 나 때문에 축 처진 어깨로 걸어 나가는 모습을 바라보았다. 나는 하늘의 은사자를 바라보며 몰래 미소 지었다. 그리고 맹세컨대 사자가 포효하는 소리를 들었다.

"잘했다."

교장 선생님이 내 어깨를 힘주어 잡으며 말했다. 그리고는 "멋진 골이었다."라고 덧붙이며 내 머리를 쓰다듬었다. 더 바랄 게 없다고 생각하며, 나는 탈의실로 들어갔다. 다니엘을 제외한 선수들 모두가 웃으며 내게 말했다.

"대단한 스트라이커야."

"멋진 경기였어."

"네 왼발이 그렇게나 멋진지 몰랐는걸."

골키퍼는 심지어 이렇게 소리치기까지 했다.

"제임스 매튜, 오늘의 선수."

내 골로 모두가 그의 실책을 잊었으니까. 그리고 더 이상 그를 '계집애 손'이라고 놀리지 않았으니까. 아이들 몇 명은 그 말에 수긍했지만, 다니엘은 콧방귀를 뀌며 탈의실을 급히 빠져나갔다. 난 다니엘이 그냥 집으로 돌아가는 거라고 생각했다. 하지만 다니엘이 주먹으로 내 얼굴을 날렸을 때, 내 생각이 틀렸다는 걸 알았다.

그건 학교에서 약 1킬로미터 떨어진 한적한 길 위에서 벌어진 일이었다. 주위에는 아무도 없었다. 다니엘은 분명 탈의실 밖에서 기다렸다가 나를 따라온 게 틀림없다. 나는 다니엘이 내 뒤로 살금살금 다가오는 소리를 듣지 못했다. 나는 머릿속으로 엄마와 대화를 나누고 있었으니까. 엄마한테 경기 이야기를 전부 들려주며 "울지 마. 다음번에는 워커 씨가 분명히 엄마를 보내 줄 거야."라고 말하고 있었다.

누군가 내 등을 두드렸다. 돌아보니 손가락 관절 다섯 개가 보였다. 그 주먹이 내 얼굴을 강타하자, 내 눈알은 마치 달걀이 벽에 부딪히는 것처럼 두개골 뒤에 부딪혔다. 발 하나가 날아와 내 배를 걷어찼다. 그리고 나는 땅에 고꾸라졌다. 그 다리가 내 다리를, 그 다음에는 팔꿈치를, 그러고는 갈비뼈를 찼다. 뭔가 금속성의 맛이 났다. 그건 분명 피였다.

내가 배를 감싸려 몸을 돌리자, 다니엘이 내 등을 마구 내리쳤다. 이윽고 내 머리채를 낚아채 흔들었다. 피가 도로 위 사방으로 튀었다. 다니엘은 내 귀에 대고 소리쳤다.

"교장 선생님 앞에서 나를 힘들게 한 대가야."

나는 대답하려 했지만, 내 입안에는 피와 가래 그리고 분명 이가 틀림없는 딱딱한 것으로 가득했다. 다니엘이 말했다.

"바보 같은 자식. 전부 널 싫어해. 운 좋게 골 하나 넣었다고 뭐 달라질 줄 알아!"

나는 그 말을 전부 들으면서 그냥 그곳에 누워 있었다. 마침내 다니엘이 말했다.

"런던으로 돌아가. 그 파키스탄 계집애도 같이 데리고 가."

웬일인지 그 말에 나는 화가 났다. 나는 일어서려 했지만, 몸이 말을 듣지 않았다.

다니엘은 내 손가락을 짓이겨 놓고 떠나갔다. 나는 도로 위에 누워 다니엘의 운동화가 모퉁이를 도는 걸 지켜보았다. 뼈가 욱신거리고, 머리가 지근거리고, 피곤이 몰려왔다. 나는 눈을 감고 그냥 호흡에 집중했다. 코로 공기가 들어갔다 나오며 쉿 쉿 소리가 났다. 나는 분명 잠든 것 같았다. 다음으로 내가 기억하는 것은, 하늘이 어두워져 있고 산에 그림자가 지고 나무가 크림색 달 배경으로 시커멓고 뾰족했다는 거였다.

나는 절뚝거리며 집으로 돌아왔다. 우리 집만 불이 켜져 있었다. 진입로에 엄마의 자동차는 없었다. 시간이 몇 시쯤 되었는지 전혀 몰랐지만 늦었다는 건 알았다. 그리고 분명 아빠가 여기저기 전화를 돌릴 정도로 걱정하고 있을 거라고 생각했다.

현관문을 열고 들어서며, 나는 재스민 누나가 계단을 쏜살같이 달려 내려오거나 아빠가 "도대체 어디 갔다 이제 오는 거야?"라고 소리치기를 기다렸다. 하지만 복도는 조용했다. 거실 문 아래로 희미한 빛이 새어 나왔다. 나는 그쪽으로 다가갔다. 발걸음을 옮길 때마다 온몸이 욱신거렸다. 아빠는 소파 위에서 잠들어 있었다. 무릎에는 앨범이 펼쳐져 있고, 로즈 누나의 사진이 텔레비전 불빛에 반짝반짝 빛나고 있었다. 로즈 누나는 꽃무늬 원피스, 카디건, 장식 달린 플랫 슈즈를 신고 있었다. 나는 한참 동안 아빠를 뚫어져라 바라보았다. 몸이 얼어터져서 엉망이고 눈이 평소보다 두 배나 더 부풀어 올랐지만, 내가 이렇게나 눈에 띄지 않을 수 있다고 느껴본 적은 처음이었다. 문득 눈에 보이지 않는 초능력이 멋진 게 아니라는 생각이 들었다.

텔레비전에서는 '영국 최고의 탤런트 쇼' 광고가 나오고 있었다. 비록 소리는 나지 않았지만. 수많은 아이들이 침묵 속에서 춤을 췄다. 아이들 얼굴은 모두 행복으로 빛났고, 그 아이들의 가족은 관중석에서 박수를 쳐 댔다. 그리고 전화기가 나타나 "당신의 삶을 바꾸고 싶다면 이 번호로 전화하세요."라는 자막이 흘러나올 때, 나는 벽난로 선반 위에 놓인 펜을 움켜잡고 그 전화번호를 욱신거리는 손바닥 위에 받아 적었다.

10

　나중에 알게 된 사실이지만, 내가 도로 위에서 그리 오래 잠든
건 아니었다. 요즈음 해가 빨리 져서 시간을 알기가 쉽지 않다. 내
가 텔레비전을 끄고 아빠를 거실에 남겨 두고 내 방으로 올라간
건 겨우 6시 30분밖에 되지 않았다. 방으로 들어서자마자, 로저가
창턱에서 뛰어내리더니 내 상처에 몸을 비비댔다. 적어도 누군가
하나는 나를 보고 반겨 주었다. 적어도 누군가 하나는 내가 집에
살아 돌아온 걸 보고 행복해했다. 갑작스레 로저가 자기 발로 999
영국의 긴급 신고 전화번호로 우리나라의 112에 해당됨에 전화를 걸어 내가 자기 수
염 사이로 사라지고 있다고 알리는 장면을 떠올렸다. 설핏 웃음이
터져 나와 눈꼬리가 올라갔다. 그렇게 하니까 진짜 죽을 만큼 엄청
나게 아팠다.

　재스민 누나는 10시 21분에 집에 들어왔다. 현관문 경첩이 천천

히 삐걱거렸다. 들키지 않게 몰래 들어오려 한다는 걸 알 수 있었다. 나는 손가락을 십자가처럼 만들어 누나가 들키지 않기를 빌어주었다. 그때, 발을 쿵쾅 구르는 소리가 들리더니 이어서 큰 목소리가 들렸다. 나는 누비이불을 내 머리 위로 잡아당겨, 아주 열심히 콧노래를 흥얼거렸다. 아빠 목소리는 술 취한 듯했다.

아빠는 반복하고 또 반복해서 물었다.

"어디 있다 온 거냐?"

누나는 "그냥 친구들하고 놀다 왔어요."라고 말했는데, 그건 당연히 거짓말이었다. 하지만 난 누나가 레오 형에 대해 아무 말 하지 않는 걸 탓하지 않았다. 아빠는 재스민 누나가 남자 친구를 사귀는 걸 좋아하지 않을 거다. 특히 그 남자 친구가 초록색 머리를 하고 있다면 말이다. 아빠가 말했다.

"전화는 왜 안 했어?"

나는 재스민 누나가 말하고자 하는 단어들을 들을 수 있었다. 나는 그 단어들이 누나 머릿속에서 번쩍 떠오르는 걸 볼 수 있었다. 하지만 누나는 그저 "다음에는 전화할게요."라고만 말했고, 아빠는 "다음번 따위는 없어."라고 했다. 누나가 "네?"라고 하자 아빠가 "넌 외출 금지야."라고 말했다.

하도 기가 막혀 난 웃음이 터져 나오고 말았다. 그래도 얼굴을 움직이지 않으려고 애썼다. 얼굴을 움직이면 너무 아팠으니까. 아빠는 몇 달 동안이나 우리를 돌보지 않았다. 아빠는 우리에게 차를 끓여 주지도, 우리가 어떻게 지내는지도 물어보지도 않았다. 재스민 누나도 분명 나와 똑같은 반응을 보였던 게 틀림없었다. 왜냐하면 아빠가 이렇게 말했으니까.

"그렇게 멍청하게 웃지 마."

그러자 누나가 소리쳤다.

"아빠는 나한테 외출 금지 시킬 자격 없어요."

"어린애처럼 굴면, 나도 너를 어린애처럼 대하마."

"내가 아빠보단 어른이에요."

"무슨 헛소리야!"

나는 로저에게 속삭였다.

"아니, 헛소리 아니야."

로저는 가르랑거렸다. 로저의 수염이 내 입술을 간질였다. 로저는 내 옆에 몸을 웅크리고 있었는데, 로저의 복슬복슬한 몸이 뜨거운 물병처럼 느껴졌다. 이윽고 침묵이 이어졌다. 누나의 침묵엔 말할 수 없는 것들로 가득 차 있었다.

내가 루크와 나흘 동안 친구였을 때, 우리는 〈캔디맨〉이라는 오래된 공포 영화를 보았다. 그 영화는 갈고리가 달린 어떤 남자에 대한 내용이었는데, 거울을 보고 그 남자 이름을 다섯 번 부르면 그 남자가 나타난다. 그 영화를 본 뒤로 나는 줄곧 그걸 따라 해보고 싶은 생각이 들어 가끔 이를 닦으면서 "캔디맨, 캔디맨, 캔디맨, 캔디맨, 캔디……"를 되뇌었다. 하지만 그 이름을 끝까지 부르지는 못했다. 진짜로 어떻게 될지도 모르니까.

아빠와의 관계도 그런 것 같다. 아무도 아빠가 술 마시는 것에 대해 말하지 않았다. 재스민 누나는 나한테조차 한 번도 말하지 않았다. 그리고 나도 누나한테 절대 뭐라고 이야기하지 않았다. 너무 무서웠다. 만약 우리가 '술 취했다.'는 말을 해 버리면, 무슨 일이 일어날지 모르니까.

마음 한구석에선 재스민 누나가 아빠 앞에서 그 말을 외치길 바랐다. 로저는 내 몸이 너무 뜨거워 침대에서 뛰어내렸다. 교회 시계가 열한 번 울렸다. 나는 자그마한 늙은이가 하늘에 떠 있는 별 아래에서 종탑의 밧줄을 잡아당기는 모습을 상상했다. 침묵이 이어졌다. 나는 입술을 깨물었다. 입안에 뭔가 빈 곳이 생겼다. 다니엘이 내 하나 남은 젖니를 부러뜨려 버렸다.

계단 위의 발걸음 소리가 침묵을 깼다. 나는 안도감과 실망감을 동시에 느꼈다. 내 방문이 열리고 재스민 누나가 들어오더니 자기 가방을 내 방바닥에 내동댕이쳤다. 누나는 내 침대에 걸터앉아 울기 시작했다. 시커먼 검은색 눈물이 뺨을 타고 줄줄 흘러내렸다. 나는 누나를 감싸 안아줬다. 누나의 등뼈가 느껴졌다.

"더 이상은 안 되겠어."

누나가 자그마한 목소리로 말했다. 그 말을 들으니 내 마음이 아팠다. 그건 엄마가 집을 나가기 전에 했던 말과 똑같았다. 나는 재스민 누나의 손을 꽉 잡고, 세인트 비즈의 바닷가에서 보았던 연을 생각했다. 그 연이 자유롭게 날아갈 수 있도록 얼마나 밀고 당기고 비틀었는지를……. 나는 손가락을 누나 손가락 사이에 끼고 꽉 눌렀다. 나는 "바뀔 거야."라고 말했고, 누나는 "어떻게?"라고 물었다. 나는 "걱정하지 마. 내게 계획이 있어."라고 말했다.

내가 누나한테 '영국 최고의 탤런트 쇼'에 대해 말하기도 전에, 누나는 자기 가방을 움켜쥐더니 가방을 열었다.

"이거 가져."

누나가 나한테 캔 하나를 건네주며 말했다.

"네 티셔츠에 뿌려. 이게 있으면 넌 디셔츠를 안 벗어도 돼."

데오도란트였다. 운동장에서의 그 녀석이 떠올랐다. 그 녀석에게서는 묘한 남자 냄새가 났다. 나는 내 온몸에 데오도란트를 뿌렸다.

"좀 나아졌어?"

내가 물었다.

"훨씬. 너 진짜 냄새 고약했어."

누나가 살짝 웃으며 대답했다.

파머 선생님은 교실에 들어오자마자 축구 선수들의 천사를 새로운 구름 위에 올렸다. 다니엘의 천사가 다시 나타났다. 선생님은 다니엘 이름을 포스트잇 위에 적고 그걸 첫 번째 구름 위에 붙였다.

수녀는 나와 눈을 마주치려 했지만, 나는 수녀의 시선을 피했다. 다니엘이 그러고 난 뒤, 혹시라도 다니엘의 신경을 거슬리게 할까 봐 겁이 났다.

내가 결승골을 넣었기에, 내 천사는 두 계단 올라갔다. 그래서 나는 이제 세 번째 구름 위에 있다.

"자, 이 사람들은 일어나 보렴."

파머 선생님이 말했다. 우리는 일어섰다. 선생님이 "너희 모두 천국에 한 계단 더 가까워졌어."라고 말하자 아이들이 박수를 쳤다.

선생님은 나를 이상하게 쳐다보더니 이내 고개를 가로저었다. 아무 말도 하지 않기로 마음먹은 것 같았다. 내 눈은 멍이 들어 푸르죽죽했고, 게다가 퉁퉁 부어 있었다.

아침 식사 시간에 재스민 누나가 물었다.

"너 얼굴 왜 그래?"

"축구 시합할 때 팔꿈치에 얻어맞았어."

나는 그냥 그렇게만 대답했다. 나는 누나한테 다니엘에 대해 말하고 싶었지만, 누나는 슬픈 표정을 하고 있었다. 누나는 이미 걱정거리가 아주 많은 것 같았다. 아빠가 축구 경기 결과를 물어볼지 궁금했다. 하지만 아빠는 라디오에서 나오는 뭔가를 들으며 눈살을 찌푸리고 있었다. 재스민 누나는 노트북에서 고개를 들어 올리며 혼자 중얼거렸다.

"느낌이 안 좋은데."

누나는 침대로 돌아갔다. 문밖으로 나서는 길에, 나는 컴퓨터 모니터에 있는 누나의 별자리를 슬쩍 쳐다보았다. 거기에는 '깜짝 놀랄 일에 대비하라.'고 적혀 있었다. 이것 때문에 분명 누나가 화가 났나 보다.

지리 수업 시간 내내, 수냐는 연신 축구 경기 이야기를 하려 했다. 수냐는 내 골에 대해 이야기하고 또 이야기했다. 그것이 텔레비전에서 본 축구 중계보다도 더 멋진 골이라고 했다. 그리고 내가 스파이더맨이라서, 내가 잘할 거라는 걸 알았다나. 하지만 나는 내 생애 지금처럼 스파이더맨이 아니라고 느껴 본 적은 없었다. 티셔츠 아래 내 몸이 욱신거리고, 소맷자락은 팔에서 거추장스럽게 펄럭였다. 교장 선생님이 분명 나를 다음 시합에서 주장으로 삼을 거라고 수냐가 말했을 때, 나는 수냐에게 입 닥치라고 말했다. 그러자 수냐가 말했다.

"뭐라고?"

내가 말했다.

"넌 축구에 대해 쥐뿔도 몰라."

수냐의 동그란 눈이 샐쭉해졌고, 입술은 마치 누군가 아주 얇은 연필로 그린 것처럼 한 줄로 얇게 바뀌었다.

수냐는 영어 시간 내내 나한테 말 한마디 하지 않았다. 그리고 종례 시간에 교장 선생님이 나를 '최우수 선수'로 발표했을 때에는 손뼉조차 치지 않았다. 그것은 내 생애 최고의 순간이 되어야 했지만, 나는 런던에서 같이 학교에 다녔던 도미닉이 된 것 같은 기분이 들었다. 도미닉은 장애가 있었는데, 그 아이가 무언가를 할 때마다, 심지어 거미 같은 글씨로 큼지막하게 자기 이름을 쓸 때조차, 모두가 "와우.", "잘했어."라고 말했다. 마치 그 아이가 책이나 뭐 그런 비슷한 걸 쓰기라도 한 것처럼 말이다. 교장 선생님이 내 골을 설명했을 때, 나는 그런 기분을 느꼈다. 마치 그 골이 다른 사람들에게는 그다지 멋진 것은 아니었지만, 희한하게 붉은색 머리칼의 소년에게는 진짜 아주 멋진 골인 것처럼……. 사람들 모두가 그 애는 축구를 하기에 너무 모자란다고 생각했으니까.

쉬는 시간에 나는 벤치로 걸어갔다. 나는 수녀가 거기 와 있으리라고는 생각하지 않았다. 수녀는 무척 화가 났을 테니까. 하지만 수녀는 벤치에 있었다. 코를 하늘로 향하고, 발로 땅바닥을 가볍게 톡톡 치고 있었다. 눈은 머리에 쓴 히잡처럼 검은색이었다. 빛나는 머리카락 세 가닥이 바람에 날렸다. 수녀가 말했다.

"난 너 모른 척하고 있는 거야."

내가 물었다.

"그런데 왜 말하는 건데?"

수녀가 말했다.

"너한테 알려 주는 것뿐이야. 내가 오늘 나머지 시간 내내 너한테 말하지 않을 거라는 걸 말이야."

그러고 나서 수녀는 내 다리를 걸어찼다. 아프게 찬 건 아니었다. 하지만 나는 큰 소리로 욕을 하고는, 넓적다리에 손을 가져다 댔다. 그랬더니 수녀가 내 다리, 눈, 손에 난 상처를 차례로 바라보고는 입이 떡 벌어졌다. 수녀가 벌떡 일어서며 말했다.

"이리 와."

내가 전에는 보지 못했던 언덕 아래로 씩씩하게 걸어 내려가는 동안, 수녀의 머리에 한 스카프가 옆으로 흔들리며 팔찌가 빛나는 게 보였다. 그 길은 학교 아래 초록색 오두막집으로 이어졌다.

"여기가 어디야?"

내가 물었다. 수녀가 두리번거리며 주위를 살펴보고는 숨겨진 문 손잡이를 돌렸다. 나는 수녀를 따라 안으로 들어갔다. 어둠에 익숙해지도록 나는 몇 차례 눈을 깜빡였다. 그곳은 거미줄이 쳐져 있고 흙냄새가 났다.

"여기는 체육관 창고야."

수녀는 문을 닫고 커다란 공 위에 앉으면서 말했다.

"아이들이 나를 '카레 세균 덩어리'라고 놀릴 때마다 이곳에 숨곤 했어."

나는 그 말에 뭐라 대답해야 할지 몰랐다. 그래서 테니스공을 들어 바닥에 튕겼다. 수녀가 손을 뻗어 그 공을 잡았다.

"무슨 일이야, 제임스?"

나는 별일 아니라는 듯 웃으려 했지만, 그 웃음소리는 거짓처럼 들렸다. 수녀는 내가 웃음을 멈출 때까지 기다리고는 이렇게 속삭였다.

"무슨 일 있었는데?"

뜨거운 피가 내 얼굴로 밀려왔고, 멍이 지근거렸다. 나는 수녀에게 말하고 싶었지만 너무 창피했다. 뚱뚱한 학교 식당 아주머니가 호루라기를 불어서, 나는 문쪽으로 몸을 돌렸다. 수녀가 내 손을 덥석 잡았다. 나는 시선을 떨어뜨렸다. 수녀의 거무스름한 손가락에 잡힌 내 하얀 손가락은 멋져 보였다. 수녀가 일어섰다. 수녀가 너무 가까이 있어 입술 바로 위에 있는 자그마한 주근깨가 보였다. 전에는 알아차리지 못한 거였다. 수녀는 내 손을 놓고는 내 티셔츠 오른쪽 소매에 손을 올렸다.

"하지 마!"

내가 소리쳤지만, 수녀는 마치 내 팔이 욱신거린다는 걸 알고 있기라도 하듯 살살 조심스럽게 소매를 걷어 올렸다. 내 팔꿈치 위의 멍을 보고는 수녀의 반짝이는 눈동자에 눈물이 고였다.

"다니엘이지?"

수녀가 물어 나는 고개를 끄덕였다.

호루라기 소리가 다시 들려와서 이야기할 시간이 없었다. 우리는 문밖으로 살금살금 빠져나와 언덕을 기어올라 아무도 눈치채지 못하게 아이들 무리 속에 끼어들었다. 역사 시간과 과학 시간에, 수녀는 다니엘을 노려보았다. 나는 수녀가 뭐라고 해서 상황을 더 악화시키지는 않을까 겁이 났다. 하지만 수녀는 내가 무슨 생각을 하는지 알고 있는 듯했다. 줄곧 입을 다물고 있었으니까. 점심시간이 되자 우리는 창고로 다시 갔다.

나는 창고 안에 있는 게 좋았다. 거기는 조용하고 시원한데다 남의 눈에도 띄지 않았다. 우리는 매트 위에 앉아 샌드위치를 나눠 먹었다. 나는 수냐한테 싸움에 대해 얘기해 주었다. 수냐는 입술을 깨물고, 고개를 저으며, 세상에 있는 나쁜 말은 모조리 다 퍼부었다.

"복수하자."

수냐가 말했지만, 나는 "그냥 잊어."라고만 답했다.

그러사 수냐가 말했다.

"하지만 그 녀석이 너를 바보라고 놀렸잖아? 녀석이 너를 때렸어. 우리 가만있으면 안 돼."

나는 그 말이 선생님한테 이르자는 뜻 같아 걱정스러웠다. 하지만 이윽고 수냐가 말했다.

"우리 오빠들이 녀석의 얼굴을 손봐 줄 거야."

수냐는 선생님들이란 일을 더 키울 뿐이라는 걸 나만큼 잘 알고 있었다. 나는 다니엘이 큰 사내아이들한테 두들겨 맞는 걸 생각했다. 그러자 기분이 좋으면서도 동시에 기분이 나빴다. 나는 다니엘이 흠씬 두들겨 맞기를 바랐지만, 한편으론 내가 직접 때릴 수 있을 만큼 용감해지고 싶었다.

수냐가 내 스파이더맨 티셔츠를 바라보는 동안 나는 잠시 아무 말 없이 샌드위치를 먹었다. 수냐는 내 셔츠를 만지며 골똘히 생각에 잠겨 있었다. 나는 수녀가 무얼 물어보려 하는지 알았다. 이번에는 엄마, 엄마가 바람피운 것, 아빠, 술 같은 말이 너무 크게 느껴지지 않아서 말을 꺼낼 수가 있을 듯했다.

나는 수녀에게 거의 모든 걸 이야기했다. 수녀는 내 말을 끊지 않고, 그저 잠자코 들으면서 고개만 끄덕였다. 나는 쓰레기통에 버려진 아빠의 술병, 나이젤 아저씨와 함께 살기 위해 집을 나간 엄마에 대해 이야기했다. 나는 왜 엄마가 내 생일을 잊었다고 생각했는지, 생일이 이틀이 지난 뒤였지만 선물을 받았을 때 내가 얼마나 마음이 놓였는지 수녀에게 들려주었다. 먼지 가득한 창고에서 나는 엄마가 내 생일 카드의 추신에 썼던 말을 떠올렸다. 수녀는 우리 엄마가 곧 찾아올 거라고 했다. 엄마가 나를 보러 오기 전까지 내가 왜 티셔츠를 벗을 수 없는지 설명해 주었을 때 수녀는 나를 온전히 이해해 주었다.

이야기하는 내내, 나는 비밀의 문 둘레에 생긴 네모난 황금색 빛을 바라보았다. 하지만 수녀가 그 단어를 말했을 때는 수녀의 얼굴을 쳐다봤다. 수녀가 미소 지었고, 나도 미소 지었다. 우리의 손은 포개지고, 내 팔 위로 불꽃이 소리 내며 터졌다. 비가 내리기 시작했지만 지붕 위의 빗방울 소리는 내 심장이 쿵쿵거리는 소리에 비하면 아무것도 아니었다. 나는 수녀의 주근깨를 보고 싶었다. 그래서 몸을 앞으로 기울여 수녀 입술 위의 갈색 점을 바라보았다.

"그러니까 그건 미신이야."

수냐의 목소리가 평상시보다 약간 더 높았다. 나는 좀 더 가까이 몸을 기울였다. 수냐의 숨이 내 얼굴을 간지럽혔다.

"미신. 넌 미신을 믿는 거라고."

수냐가 속삭였다. 내가 "뭐라고?"라고 말했을 때, 내 코는 거의 수냐의 빛나는 머리카락 세 가닥에 닿을락 말락 했다. 수냐가 말했다.

"그건 축구 선수들이 자신이 골을 넣었을 때 입었던 땀 냄새나는 속옷을 경기마다 입는 거랑 비슷해."

그러고 나서 우리는 낄낄거리며 웃기 시작했다. 수냐의 입술이 웃으며 옆으로 퍼지자 주근깨가 사라졌다.

우리 얼굴이 너무 가까이 붙은 것처럼 느껴져서 나는 자리에서 일어나 주위에 공이 있나 찾아봤다. 창고 구석에서 공 하나를 발견하고는 그 공을 발로 살살 찼다. 수냐가 말했다.

"네 누나 얘기 좀 해 봐."

내가 공을 뻥 차 버리자 공은 비밀의 문에 쾅 하고 부딪혔다. 내가 말했다.

"우리 누나는 머리카락이 분홍색이야."

그러자 수냐가 말했다.

"다른 누나 말이야."

수냐는 모슬렘이고, 모슬렘들이 우리 누나를 죽였다. 나는 뭐라고 말해야 할지 몰랐다. 나는 거짓말을 생각해 봤지만 거짓말은 옳

지 않은 것처럼 보였다. 나는 로즈 누나가 그저 익사했거나 불에
타 죽은 거였으면 얼마나 좋았을까 생각했다. 그러는 편이 훨씬 더
설명하기 쉬웠을 텐데. 나는 웃기 시작했다. 그런 걸 바라는 게 이
상한 거니까. 이윽고 수녀가 나를 따라 같이 웃기 시작했고, 그러
자 우리는 웃음을 멈추지 못했다.

그렇게 웃으면서, 나는 가까스로 말을 꺼낼 수 있었다.

"모슬렘이 우리 누나를 죽였어."

그런데 수녀는 충격을 받은 것 같아 보이지 않았다. "미안해."라
고 말하지도, 또는 다른 모든 사람처럼 슬픈 표정을 지어 보이지도
않았다. 수녀가 말했다.

"웃기지도 않아. 아, 진짜 웃기지도 않아."

하지만 그러고 나서 더욱 심하게 웃어 댔다. 옆구리를 움켜잡고
웃었다. 눈물이 까무잡잡한 뺨을 타고 흘러내렸다. 나도 웃었다. 내
눈은 5년 만에 처음으로 젖어 있었다. 이게 런던의 의사 선생님이
말했던 그것인지 궁금했다. 의사 선생님은 이렇게 말했다.

"계기가 생기면 갑자기 눈물이 터져 나올 거야."

어쨌거나 의사 선생님이 말한 게 웃느라 터져 나오는 눈물은 아
니었을 거다.

11

봉투에서 나는 맛이 좋다. 봉투를 붙이기 전 봉투의 반들반들한 데를 나는 다섯 번이나 핥았다. 엄마가 나이젤 아저씨 집에서 편지를 열어 보는 모습을 그려 보았다. 엄마 손가락이 내 마른 침을 만질 생각을 하니 기분이 좋아졌다.

파머 선생님은 우리에게 12월 '학부모의 밤'에 엄마와 아빠가 꼭 참석해야 한다고 말했다.

"이번이 나와 너희 부모님들이 이야기할 수 있는 마지막 기회야. 너희들이 내년에 중학교에 올라가기 전에 말이다. 엄마랑 같이, 아빠도 모시고 와야 한다."

나는 교실에 있는 파일에서 가정 통신문 두 장을 꺼내, 하나는 아빠에게 주고, 하나는 엄마에게 보냈다. 나는 엄마에게 보내는 통신문 위에 내 글씨로 한 자 한 자 또박또박 메모를 적었다.

내가 다니는 학교 교문 밖에서 만나요.

12월 13일 3시 15분, 앰블사이드 초등학교예요.

추신 : 나이젤 아저씨는 데려오지 마세요.

"난 스파이더맨 티셔츠를 입고 있을 거예요."라고 쓰려다가 곧 마음을 고쳐먹었다. 엄마를 깜짝 놀라게 해 주고 싶었으니까. 나는 스케치북에서 찢어 낸 종이를 조심조심 접어 그것도 봉투 안에 넣었다. 내 모습을 그린 그림하고 금붕어 그림이었다. 엄마는 그 그림을 좋아할 거다.

편지를 우체통에 톡 떨어뜨릴 때, 난 기분이 좋았다. '학부모의 밤'은 아직 2주나 남았으니까 엄마가 워크 씨한테 휴가를 달라고 말할 시간은 충분하다. 엄마는 '학부모의 밤'을 놓치고 싶지 않을 거다. 늘 학교가 무척 중요하다고 그리고 좋은 성적을 받아야 내가 원하는 꿈을 이룰 수 있다고 말하고 또 말했으니까.

"지금 열심히 공부해 두면, 나중에 다 보상받게 될 거야."

나는 12월 13일까지 학교생활을 아주 열심히 할 거다. 그래서 파머 선생님이 엄마한테 좋은 이야기만 많이 할 수 있도록 말이다.

편지를 넣고 나서, 나는 우체통 옆 울타리 위에 앉아 수냐를 기다렸다. 아빠를 혼자 두고 나온 게 마음에 걸렸다. 왜냐하면 아빠가 나한테 오늘 아침 뭘 할 거냐고 물었으니까. 아빠가 말했다.

"좋은 계획이 있다."

나는 코코팝스를 먹다 숨이 콱 막힐 뻔했다. 나는 콜록콜록 기침하며 "친구 만나러 나갈 거예요."라고 했는데, 아빠가 실망스럽다는 목소리로 "아."라고 했다. 그러니까 꼭 내가 뭔가 잘못을 저지르고 있는 것 같은 기분이 들었다. 물론, 그건 사실이다. 난 모슬렘과 점심 먹으러 갈 생각이었으니까. 하지만 아빠는 그 사실을 몰랐다. 아빠가 말했다.

"같이 물고기를 잡으러 가려고 그랬지."

재스민 누나는 차를 급하게 꿀꺽 삼키느라 혀를 데었다. 내가 말했다.

"죄송해요."

그러자 아빠가 말했다.

"그래, 다섯 시까지는 돌아오너라. 내가 차를 준비해 놓으마."

재스민 누나는 손으로 혀를 부채질했다. 놀라서 눈이 왕방울만 했다.

아빠는 재스민 누나와 말다툼을 하고 난 뒤로 훨씬 좋아졌다. 그동안 우리를 제대로 보살피지 않았다는 걸 아빠가 깨달은 것 같다. 여전히 술을 마시긴 했지만, 그래도 아침에는 마시지 않았다. 게다가 이번 달에는 네 번이나 학교에 데려다 주었다. 그리고 아빠는 내게 수업이나 뭐 그런 것들에 대해 묻기 시작했다. 아빠가 항상 내 대답을 귀담아듣는 건 아니었지만, 나는 아빠한테 이야기하는 게 즐거웠다. 내가 축구 시합에서 결승골을 넣어 우리 팀이 리 그 1등이 되었다고 이야기했을 때는 아빠가 이렇게 말했다.

"나한테 시합 있다고 말하지 그랬니? 그러면 나도 가서 봤을 텐데……."

이 말을 들으니 짜증이 나기도, 또 기분이 좋기도 했다. 아빠가 이 말을 했을 때 재스민 누나는 손톱에 매니큐어를 칠하고 있었다. 누나는 나를 향해 한쪽 눈을 찡그려 보이며 고개를 절레절레 흔들었다. 그러고 나서 검정 손톱을 후후 입으로 불어 말렸다.

아빠가 달라져서 좋았다. 나는 누나한테 '영국 최고의 탤런트 쇼'에 전화해서 우리 주소를 알려 주면, 방송국 사람들이 우리한테 오디션 안내장을 보내줄 거라고 했다. 재스민 누나는 내 계획이 시시하다고 생각했다. 누나가 말했다.

"탤런트 쇼에 나가려면 탤런트, 말 그대로 재능이 있어야지."

"누나는 노래 잘 부르잖아."

"로즈만큼은 아니지."

그 말을 들으니 난 화가 났다. 그 말은 사실이 아니었으니까. 안내장이 도착했을 때, 나는 그걸 재스민 누나한테 보여 주러 갔다. 1월 5일이라는 날짜랑 가장 가까운 오디션 장소 맨체스터 팰리스 씨어터를 가리켰다. 누나가 말했다.

"그 이야기는 하지 말랬지."

"하지만 우리 삶이 달라질 거야."

누나가 말했다.

"허튼소리 집어치우고 내 방에서 나가기나 하셔."

수냐가 나를 보기 전에 내가 먼저 수냐를 봤다. 수냐는 우체통을 향해 언덕을 뛰어 내려오고 있었다. 수냐 뒤로 히잡이 휘날렸는데, 수냐는 정말 허공을 내달리는 슈퍼영웅처럼 보였다. 지난주 금요일 수학 시간에 내가 수냐한테 히잡을 벗은 적이 한 번도 없느냐고 물어보자 수냐는 웃으며 콧방귀를 뀌었다.

"난 집 밖에서만 히잡을 쓰거든. 아니면 사람들이 주위에 있을 때만."

내가 물었다.

"왜 가려야 하는데?"

"코란에 그렇게 하라고 적혀 있으니까."

"코란이 뭔데?"

"성경하고 비슷한 거야."

크리스천과 모슬렘 둘 다 신을 믿고, 둘 다 경전을 갖고 있다. 둘은 그저 다른 이름으로 불릴 뿐이다.

수냐는 우체통으로 잽싸게 달려와 내 팔을 낚아채더니 나를 언덕 위로 끌고 가면서 연신 이야기를 해 댔다.

나는 정말 조마조마해 죽을 것 같았다. 한 번도 모슬렘 집에 가 본 적이 없었기 때문이다. 모슬렘 집에서 카레 냄새가 나지는 않을까 걱정스러웠다. 런던에 있을 때 아빠가 그렇게 말했으니까. 혹시 수냐네 가족이 다른 나라 말로 기도하고 이야기하지 않을까 겁이 났다. 또 수냐 아빠가 자기 침실에서 폭탄을 만들지는 않을까 두려웠다. 아빠는 모슬렘들은 그렇다고 말했다. 만약 수냐 아빠가 테러리스트라면 난 아마 깜짝 놀랄 거다. 하지만 아빠는 내가 테러리스트를 절대 알아차리지 못할 거라고 말했다. 아무리 순진해 보이는 사람이라도 터번 안에 폭발물을 숨기고 있다고 했다.

우리가 문 안으로 들어가자 강아지 한 마리가 수냐에게 껑충 뛰어올랐다. 얼룩무늬 털에 귀가 길고 코가 축축한 그 강아지는 자그마한 꼬리를 미친 듯이 흔들어 댔다. 강아지 새미는 모슬렘 애완견이 아니라 영국 애완견처럼 보였다. 나는 안도의 한숨을 내쉬었다. 강아지는 정상이었다. 나머지도 다 마찬가지였다. 수냐의 집은 우리 집과 다를 바가 없었다. 거실에는 크림색 소파가 있고 바닥에는 멋진 카펫이 깔려 있었다. 벽난로 위에는 선반이 있었는데 선반 위에는 사진, 초, 게다가 유골함이 아닌 꽃이 가득 든 꽃병과 같은 정상적인 물건들이 놓여 있었다. 집 안 전체를 통틀어 모슬렘 물건이라고는 둥근 지붕과 뾰족탑이 들어간 멋진 건물 사진뿐이었다. 수냐는 그것이 메카라 불리는 신성한 장소라고 했다. 나는 피식 웃음이 터져 나왔다. 왜냐하면 '메카'는 핀즈베리파크에 있는 우리 아파트에서 한 블록 떨어진 빙고 게임장 이름이었기 때문이었다.

부엌이 가장 흥미로웠다. 향신료 냄새가 나고, 외국 채소들로 가득 찬 커다란 접시가 수북이 있을 줄 알았다. 하지만 우리 집 부엌하고 아주 똑같았다. 아니, 훨씬 멋졌다. 선반 위에 코코팝스 꾸러

146

미가 있고, 술병이나 쓰레기 냄새나는 쓰레기통은 없었다.

수녀 엄마가 초콜릿 밀크셰이크를 만든 다음, 내 잔에 꼬불꼬불 구부러진 빨대를 꽂아 주었다. 수녀 엄마는 머리에 푸른색 스카프를 쓰고, 수녀와 똑같이 빛나는 눈을 하고 있었지만, 피부색이 좀 더 밝고 얼굴 표정이 차분하고 더 진지했다. 수녀의 얼굴은 변화무쌍하다. 수녀의 얼굴은 1분에도 열 번씩 바뀐다. 수녀가 말할 때면 눈은 커졌다가 작아졌다 하고, 주근깨가 이리저리 날뛰면서 눈썹이 까딱거린다. 수녀 엄마는 조용하고 친절하며 지적이었다. 다만 수녀와 다르게 억양이 강해서 내 이름을 발음할 때면 내 이름이 이상하게 들렸다. 수녀 엄마는 테러리스트와 결혼할 그런 여자처럼 보이지 않았다. 하지만 그건 아무도 모를 일이다.

우리는 수녀 방에서 밀크셰이크를 마셨다. 침대에서 폴짝폴짝 뛰며 누가 공중에 더 오랫동안 있나 내기하느라 목이 말랐다. 나는 스파이더맨이기에, 천장에 닿아야 했다. 그리고 가능한 한 오랫동안 천장에 붙어 있으려 애써야 했다. 수녀는 엠걸이니까 히잡을 휘날리며 카펫 위에서 날아야 했다. 결국 우리는 비겼다.

수녀의 분홍색 스카프 밖으로 머리카락이 전부 삐져나왔다. 최고의 머리였다. 숱도 많고 매끄러웠다. 샴푸 광고에 나오는 머리보다 더 멋졌다. 광고에서는 여자들이 머리를 살랑살랑 흔든다. 코란이 머리카락을 마치 나쁜 것이라도 되는 것처럼 숨기도록 한 게 너무 슬프다고 수녀에게 말했다. 수녀는 초콜릿 밀크셰이크를 마지막 남은 한 방울까지 소리 내어 쪽쪽 빨아먹고 나서 말했다.

"내 머리카락이 나빠서 숨기는 게 아니야. 난 좋아서 숨기는 거야."

난 그 말이 헷갈렸다. 그래서 나는 입을 꽉 다물고 초콜릿 거품을 불어 댔다. 수녀는 자기 컵을 내려놓으며 말했다.

"엄마는 자기 머리카락을 아빠를 위해 소중히 아껴 두는 거야. 다른 남자들은 엄마 머리카락을 보면 안 돼. 그래서 더 특별한 거지."

나는 물었다.

"선물 같은 거야?"

수녀가 답했다.

"그렇지."

엄마가 자기 머리카락을 나이젤 아저씨에게 보여 주는 대신 아빠를 위해 소중히 간직했다면, 얼마나 더 멋졌을까 나는 생각했다. 이윽고 내가 말했다.

"무슨 말인지 알겠어."

수녀는 연방 미소 지었다. 나는 손을 어찌해야 할지 몰랐다. 그때 수녀 엄마가 샌드위치를 들고 방에 들어왔다. 치즈 샌드위치와 칠면조 고기 샌드위치가 삼각형으로 잘려 있었다. 하지만 난 그걸 먹을 수 없었다.

나는 늘 '선물 돌리기' 게임을 싫어했다. 왜냐하면 음악이 내 앞에서는 절대로 멈추지 않아서, 어떤 상자도 열어 볼 수 없었으니까. 수녀의 희잡은 꼭 분홍색 포장지처럼 보였다. 나는 수녀가 자취를 감추는 걸 상상했다. 내가 포장지 속을 몰래 엿보기도 전에, 밝은 불꽃을 튀기며 완전히 사라지는 걸 말이다.

수녀는 한입 가득 샌드위치를 쑤셔 넣었다. 수녀가 무슨 말을 하는지 처음에는 알아듣지 못했다. 하지만 수녀가 샌드위치를 삼키고는 말했다.

"로즈 누나, 보고 싶니?"

9일 전 체육관 창고 이후로 처음으로 로즈 누나에 대해 이야기하는 거였다. 나는 고개를 끄덕이며 입을 열어 "응."이라고 말하려 했다. 로봇처럼······. 하지만 그 순간 이런 질문을 받아 본 게 처음이란 걸 깨달았다. 항상 "로즈가 그립겠구나." 또는 "분명 로즈가 보고 싶을 거야."였지, "로즈가 보고 싶니?"라고 물어본 사람은 없었다. 선택의 여지가 있는 것처럼 말이다. 그래서 나는 고개를 끄덕이다 말고, 내 목구멍 안의 단어를 바꾸어 "아니."라고 대답했다. 그리고 나서 씩 웃었다. 나쁜 일은 전혀 일어나지 않았다. 세상이 무너져 내리는 것도 아니었다. 수녀도 전혀 놀라는 표정이 아니었다. 나는 그 말을 되풀이했다. 이번에는 더 크게.

"아니."

그리고 나니 괜스레 더 용감해진 기분이 들었다. 나는 주위를 둘러보고 좀 다른 말을 찾았다.

"난 로즈 누나 하나도 안 보고 싶어."

그러자 수나가 말했다.

"나도 내 토끼 보고 싶지 않아."

"언제 죽었는데?"

"패치는 2년 전에 여우한테 물려 죽었어."

"새미는 몇 살이야?"

"두 살. 패치가 죽고 나서 아빠가 사 줬어."

강아지를 사 주는 건 테러리스트가 할 행동은 아닌 것 같았다. 화장실에 가느라 수나 부모님 방을 지나칠 때 봤는데, 폭탄 그림자 같은 것은 없었다.

점심을 먹고 나서 우리는 나무에 올라가 앉았다. 나뭇가지가 바람에 흔들렸다. 정원에서는 나뭇잎들이 바람에 이리저리 휘날렸다. 구름은 하늘을 가로질러 질주했고, 모든 것이 신선하고 자유롭게 느껴졌다. 마치 지구 자체가 달리는 자동차 창문 밖으로 고개를 내민 커다란 강아지 한 마리로 변한 것 같았다. 나는 수나에게 아빠가 영국 사람이냐고 물어봤다. 수나가 말했다.

"우리 아빠는 방글라데시에서 태어났어."

내가 거기가 어디냐고 물었다.

수나가 말했다.

"인도 근처야."

내가 상상도 할 수 없는 곳이었다. 내가 가 본 중에 제일 먼 곳은 스페인의 '코스타 델 솔'이다. 거긴 영국보다 덥지만 딱히 다르지 않았다. 그곳에도 영국식 아침 식사를 파는 카페가 있어서, 나는 2주일 내내 매일 아침마다 소시지에 케첩을 뿌려 먹었다. 그래서 나는 물었다.

"거긴 어떤데?"

수냐가 말했다.

"나도 잘 모르지만, 아빠는 여기보다 거길 더 좋아해."

"그럼 왜 너희 아빠는 이리로 이사 온 거야?"

"우리 할아버지가 일자리를 찾아 1974년에 런던으로 오셨거든."

일자리를 찾아가는 꽤 먼 여정 같았다.

"너희 할아버지는 방글라데시에 있는 직업 안내소에 갈 수 없었어?"

수냐는 그저 웃기만 했다. 갑자기 수냐의 모든 걸 알고 싶어졌다. 온갖 질문이 내 머릿속에서 입으로 쏟아져 나왔다. 난 처음으로 이렇게 물었다.

"너희 가족은 어떻게 해서 여기 레이크 디스트릭트에 와서 살게 됐어?"

말하는 내내, 수냐의 다리가 나뭇가지 아래에서 까딱까딱 흔들렸다.

"할아버지가 아빠를 열심히 공부시켰어. 잘 먹고 잘살게 말이야. 런던에서 아주 멀리 떨어진 의대에 보내셨어. 아빠는 랭커스터에 가서 우리 엄마를 만났어. 두 분은 결혼해서 이곳으로 이사했고. 첫눈에 반한 사랑이었다나.”

수녀가 나를 바라보면서 마지막 말을 덧붙였다. 수녀의 다리가 갑자기 딱 멈추었다. 내가 물어보고자 했던 그 모든 질문이 과학 시간에 배웠던 증기처럼 머릿속에서 증발되었다.

“첫눈에 반한 사랑.”

내가 그 말을 따라 하자 수녀가 고개를 끄덕였다. 이윽고 미소 지었다. 그러고 나서 나무에서 곧장 껑충 뛰어내렸다.

나는 정확히 다섯 시까지 집에 도착했다. 내가 집 안으로 들어서자, 로저가 마치 누군가 현관문을 열어 주기를 기다리고 있었다는 듯이 쏜살같이 달려 나왔다. 현관에 짙은 연기가 자욱했다.

“네가 바삭바삭한 걸 좋아하면 좋겠다.”

내가 부엌으로 걸어 들어가자 아빠가 말했다. 아빠는 저녁상을 차리고 초도 켜 뒀다. 재스민 누나는 벌써 자리에 앉아 있었다. 머리를 온통 훨훨 휘날리고 멋을 부린 채 얼굴에는 미소가 한가득했다. 도저히 믿을 수가 없었다. 아빠가 고기를 구워 저녁을 준비해 놓다니! 닭 껍데기가 시커멓게 탄 건 아무런 문제가 되지 않았다.

구운 감자는 기름기가 너무 많고, 고기 국물 소스는 너무 짜고,

채소는 너무 흐물흐물하게 푹 삶아졌지만, 난 모조리 먹어 치웠다. 재스민 누나는 자기 음식에는 손도 대지 않았지만 말이다. 빵 굽는 쟁반에 들러붙지 않았다면, 나는 요크셔푸딩마저도 먹을 수 있었을 거다. 우리는 정말 좋은 시간을 보냈다. 사실 오랜만에 대화를 나눈 것이었다. 문득 아빠가 수냐 얘기를 꺼냈다.

"제임스한테 여자 친구 생긴 거 아냐?"

재스민 누나는 깜짝 놀랐다. 난 심장이 멎는 것 같았다.

"그럴 리가요!"

누나가 꽥 소리를 지르자, 내 얼굴이 붉어졌다.

"다 데오도란트 덕분이야. 그렇다니까!"

재스민 누나가 큰 소리로 웃었다. 아빠는 누나한테 한쪽 눈을 찡긋 감아 보이며 말했다.

"이름은 소냐라고 하더라. 정말 멋진 아이 같던데. 사랑스러워."

내가 말했다.

"아……빠."

그건 아빠한테 그만두라고 말하는 게 아니었다. 불만과 자부심이 뒤섞인 그런 말이었다.

재스민 누나가 헛기침을 했다. 나는 무슨 말이 나올지 알았다. 나는 강아지 새미처럼 닭 다리를 갉아먹었다. 누나가 말했다.

"얘기가 나왔으니 말인데요, 저도 아빠한테 말씀드릴 게 있어요. 저도 남자 친구 있어요."

아빠는 포크를 떨어뜨렸다.

아빠는 식탁을 내려 보았다. 재스민 누나는 당근을 작게 썰었다. 나는 내 접시에 놓인 고기 국물 소스에 손가락을 담갔다. 그걸 막 쪽쪽 빨아 먹을 때 아빠가 고개를 들지도 않은 채 말했다.

"그래."

그러자 재스민 누나도 캑캑거리는 소리로 "그래요."라고 답했다. 그러자 아빠는 한숨을 쉬며 "그래."라고 했다. 나만 혼자 남은 느낌이 들기에 나도 따라서 말했다. 하지만 아무도 내 말을 듣지는 못했다. 재스민 누나가 벌떡 일어나 아빠를 팔로 감싸 꼭 껴안았는데, 누나가 아빠를 껴안는 모습은 지금껏 본 적이 없었다. 재스민 누나 얼굴은 발그레했는데 퍽 행복해 보였다. 하지만 아빠의 얼굴은 내가 이해할 수 없는 슬픔으로 굳어졌다.

재스민 누나는 설거지하는 내내 노래를 불렀다. 나는 접시를 닦다 말고 누나를 똑바로 바라보았다.

"누나 목소리는 정말 멋져."

그러자 누나가 대답했다.

"난 그 오디션에 관심 없거든."

"나도 알아."

"그래, 그럼 네 여자 친구에 대해 이야기해 봐."

수녀의 주근깨와 빛나는 머리카락과 반짝이는 눈과 웃는 입술과 갈색 손가락을 생각하며 나도 모르게 말했다.

"그 애는 예뻐."

재스민 누나는 설거지하던 그릇에 얼굴을 처박고 못 참겠다는 시늉을 했다. 나는 타월로 누나를 툭 쳤다. 그리고 나서 우리는 깔깔거리며 웃었다. 아빠는 부엌에 들어와 냄비를 멀찍이 치우고는 장난치지 말라고 했다. 우리는 이상적인 가족처럼 보였다. 그리고 처음으로 엄마가 그립지 않았다. 은사자가 우리 집 창문을 통해 우리를 물끄러미 바라보고 있었다. 어쩜 로저였을지도 모르겠지만. 로저가 가르랑거리는 소리를 들은 것도 같았다.

12

우리 집 위로 별 수천 개가 반짝반짝 빛나고 있었다. 구름 한 점 없는 밤 하늘에 둥근 보름달이 떴다. 그건 꼭 우유 받침처럼 보였다. 나는 로저에게 그걸 보여 주었다. 로저는 나를 따라 밖으로 나와 내 무릎 위에 앉아 그 예쁜 초록빛 눈동자로 하늘을 말똥말똥 쳐다봤다. 우리 둘 다 잠들 수가 없었다. 로저가 내 옆에 같이 있는 게 정말 다행스러웠다. 손가락이 로저 털 안에 있으니까 포근한 기분이 들었다. 로저의 심장이 뛰는 게 무릎으로 전해졌다. 밤은 체육관 창고처럼 서늘하고 비밀스러운 냄새가 났다. 수녀는 이틀 전 수녀 방에서 보았던 푸른색 누비이불 속에서 잠자고 있을까? 내가 수녀를 생각하고 있다는 사실에 괜스레 미안한 생각이 들었다. 그래서 나는 고개를 흔들어 그 생각을 떨쳐 버리고 눈을 세 번 깜빡이고 연못을 바라보았다. 하느님이 모세라는 남자에게 알려 준 바위에 적힌 십계명이 생각났다.

오늘 파머 선생님은 우리가 천국에 가고 싶다면, 모두 십계명을 따라야 한다고 말했다.

"하느님은 모세에게 십계명을 주셨어. 언덕 위 돌에……. 십계명 은 우리가 항상 지켜야 할 규칙이란다."

처음에 나는 제대로 듣고 있지 않았다. 솔직히 말해, 천국은 그 렇게 멋지게 들리지 않았으니까. 내가 아는 한, 천국은 그저 캐럴 을 불러 대는 천사들로 가득한 곳이었다. 그리고 모든 게 너무 환 해서, 천국에 갈 때는 선글라스도 여러 개 같이 묻어야 할 거라는 생각이 들었다. 그런데 그때 파머 선생님이 말했다.

"다섯 번째는 가장 중요한 것이란다. 부모님을 공경해라."

갑작스레 나는 기분이 나빠졌다. 모슬렘과 함께 삼각 샌드위치를 먹은 건 아빠를 공경하지 않은 게 되는 거니까.

수녀가 손을 번쩍 들어 딸랑거리는 팔찌 소리가 났다. 파머 선생 님이 말해 보라고 하기도 전에 수녀가 말했다.

"규칙을 깨면 어떻게 되는데요?"

"선생님 말 아직 안 끝났어요."

"지옥에 가나요? 지옥에는 악마가 있어요?"

수녀가 눈을 둥그렇게 뜨고 질문을 계속 퍼부었다. 파머 선생님 얼굴이 창백해지더니 팔짱을 꼈다. 수녀는 게시판에 붙어 있는 구 름을 흘끗 쳐다보더니 이윽고 다니엘을 쳐다봤다. 다니엘은 수녀를 노려봤다. 마치 수녀가 그 모든 일을 다시 상기시키는 게, 기가 막힌다는 표정이었다. 수녀는 다니엘을 못 본 체하고 관자놀이를 긁적였다.

"악마는 어떻게 생겼어요?"

수녀가 상냥하게 묻자, 교실은 웃음바다가 되었다. 수녀는 조금도 웃지 않았다. 눈을 아주 크게 뜬 채 호기심 어린 표정이었다. 다니엘이 시뻘게진 얼굴로 입을 떡 벌리니, 둥근 원에 검은색 점이 박힌 것처럼 보였다.

"그만해라."

파머 선생님이 말했다. 선생님의 앙다문 이 사이에 있는 자그마한 틈으로 말이 새어 나오니 좀 이상하게 들렸다. 꼭 치즈를 가는 것 같았다.

"다른 계명들을 살펴보자."

수녀가 나를 보고 윙크를 날려 나도 윙크로 답해 주었다. 그런데 다섯 번째 계명 때문에 난 죄책감이 들었다.

"엄마 아빠를 공경해라."

하느님은 그렇게 말했다. 그런데 이곳에서 나는 모슬렘한테 윙크를 날리고 있었다. 아빠가 싫어하는 게 아무렇지도 않은 것처럼……. 내 천사가 구름을 전부 뛰어넘어 선생님의 책상에 있는 칭찬판 맨 위에 올라가는 건 그다지 중요한 게 아니란 걸 문득 깨달았다. 금빛 판지로 오려 낸 천국이 아닌 진짜 천국이 있다면, 난 아마 그 안에 끼지도 못할 거다. 난 계명을 어기고 있으니까. 그리고 무슨 이유 때문인지 로즈 누나가 떠올랐다. 누나의 영혼이 어디에 있는지 나는 모른다. 하지만 만약 천국에 있다면, 분명 누나는 외로울 거다. 나는 로즈 누나의 영혼이 하얀 구름 위에 외로이 혼자 있는 모습을 떠올렸다. 팔꿈치도 없이, 쇄골도 없이, 가족이나 친구도 없이······. 내 머릿속에서 그 모습을 떨쳐 낼 수 없었다. 그래서 난 기분이 좋지 않았다. 온종일 계속 그러더니 지금까지 잠을 자지 못하고 있다.

덤불에서 바스락 소리가 나자 로저가 내 무릎에서 껑충 뛰어내려 어둠 속으로 기어갔다. 로저의 배가 웃자란 풀을 살짝 스쳤다. 나는 연못에 몸을 내밀어 은빛 물속에서 내 물고기를 찾아보려 했다. 물고기는 백합 잎 아래 내내 혼자 숨어 있었다. 나는 물고기를 살짝 건드렸다. 물고기가 내 손가락 쪽으로 헤엄쳐 올라와 먹이라도 되는 것처럼 손가락을 핥았다. 이 물고기의 엄마 아빠는 어디로 갔을까? 어쩌면 이 물고기는 강이나 바다에 부모를 남겨 두고 온 건지도 몰랐다. 어쩌면 이 연못이 '물고기의 천국'인지도 몰랐다. 그리고 이 물고기의 다른 가족들은 아직 죽지 않은 건지도······. 그게 불가능하다는 걸 알지만, 나는 이 외로운 물고기가 너무 불쌍했다. 만약 토끼가 소리를 꽥 하고 지르지 않았다면, 난 아마 오랫동안 함께 있어 주면서, 그곳에서 밤을 지새웠을지도 모른다.

나는 손으로 귀를 틀어막고 눈을 질끈 감았다. 하지만 그 소리를 막아 낼 수는 없었다. 어느새 로저가 내 옆으로 다가와 자기 머리를 내 팔꿈치에 비비댔다. 죽은 토끼를 내 무릎 옆에 던져 놓은 채……. 보고 싶지 않았지만 보지 않을 수 없었다. 마치 누가 음식 찌꺼기나 점을 얼굴에 달고 있을 때, 그걸 그냥 계속 쳐다보는 것처럼 말이다. 아직 어린 토끼 새끼였다. 몸은 자그마하고, 온몸이 솜털로 덮혀 있고, 귀가 이제 막 새로 나온 것 같았다. 코를 만져 보려 했는데 손가락이 수염 가까이 닿을 때마다, 감전된 것처럼 내 몸이 뒤로 움찔 물러섰다. 나는 토끼를 그곳에 그냥 내버려 두고 싶지 않았다. 하지만 만질 수도 없었다. 그래서 결국 나뭇가지 두 개를 찾아서 그걸 젓가락처럼 썼다. 한쪽 귀를 집어 들어 그걸 연못에서 멀리 옮겨 덤불에 놓았다. 그러고는 풀이나 잎사귀 등을 눈에 보이는 대로 찾아 그것으로 토끼를 덮었다. 로저는 자기가 내게 호의를 베풀기라도 한 것처럼 내 옆에서 가르랑거렸다.

나는 쭈그리고 앉아 로저의 눈을 똑바로 바라보며 여섯 번째 계명을 말해 주었다.

"살인하지 마라."

로저는 더 크게 가르랑거리며 꼬리를 추어올렸다. 로저는 내 말을 못 알아들었다. 나는 로저한테 화가 났다. 그래서 로저를 집 안으로 들이기는 했지만, 코앞에서 방문을 쾅 닫아 버렸다. 그러고 나서 잠을 청해 보려고 했다. 태어나서 처음으로, 그날 로즈 누나 꿈을 꾸었다.

파머 선생님은 내 자리 맞은편 벽에 십계명을 붙여 놨다. 다섯 번째 계명을 아무리 잊으려 해도, 잊을 수가 없었다. 꼭 아빠의 눈동자가 칠판 위에 핀으로 고정되어 나를 지켜보는 것 같았다.

수학 시간이 시작되었을 때, 수녀는 나한테 계속 "무슨 일이야?"라고 속삭였다. 나는 계속 "아무 일도 아니야."라고 말했지만, 나는 수녀를 볼 때마다 로즈 누나가 생각났다.

이윽고 수녀가 말했다.

"좋아, 그럼."

그러면서 내게 복수할 더 좋은 생각이 있느냐고 물었다. 수녀의 오빠들은 열 살짜리 남자아이를 흠씬 두들겨 패는 게 옳은 일이 아니라고 했다. 그래서 우리는 새로운 계획이 필요했다. 수녀는 다니엘을 꼭 공격하고 싶어 했지만 난 그러고 싶지 않았다. 수녀는 연신 떠들어 댔다.

"그냥 내버려 두면, 녀석이 또 그렇게 할 거라고."

그렇지는 않을 거다. 다니엘은 이기고 싶어 하는 애고, 이미 이겼으니 이제 더 이상 흥미가 없을 거다. 다니엘은 오랫동안 나를 놀리지 않았다. 나를 발로 차지도 않았고, 주먹으로 때리지도 않았고, 바보라고 부르지도 않았다. 이제 끝났다. 나는 졌고, 그걸로 괜찮은 거다.

아니, 괜찮지가 않다. 하지만 난 이길 수가 없다. 그러니까 난 착한 루저다. 윔블던에는 결승전까지 올라는 가지만 한 번도 우승하지 못한 테니스 선수가 있다. 언제나 모두가 이런 식으로 말한다.

"그 선수 참 신사다워."

"훌륭한 스포츠맨십이야."

왜냐하면 그 선수는 그냥 씩 미소 지으며 어깨를 으쓱해 보이고 자신이 2등이라는 걸 받아들이니까. 그러니까 나도 그렇게 하는 거다. 내가 다니엘을 이기려고 하다가는 내가 질 건 뻔하고 내 머리는 박살 날 테니까.

수학 시간 중간에 파머 선생님이 매우 중요한 소식이 있다고 했다. 사마귀에 난 털이 흔들리고, 턱이 마구 떨렸다.

"교육청에서 손님이 오실 거란다."

선생님은 그렇게 말하고는 문을 흘끔 쳐다봤다. 마치 누군가 쳐들어오기라도 하듯이. 교육청이라는 단어는 군대나 뭐 그런 것쯤으로 들렸다. 그 사람들이 총을 갖고 있을지 갑자기 궁금해졌다. 그때 파머 선생님이 말했다.

"그분들은 장학관이다."

다니엘이 손을 공중으로 번쩍 들더니 말했다.

"우리 아빠는 경찰인데 경감이에요. 그러니까 경찰 장학관이죠."

그러자 파머 선생님이 말했다.

"자랑하지 않아도 돼."

수냐는 일부러 큰 소리로 웃었다.

"장학관들은 경찰에서 오신 분들이 아니야. 학교를 살펴보고 점수를 매기는 손님이란다. 최우수, 우수, 양호, 불량."

선생님 얼굴은 점점 더 창백해졌다. 심지어 선생님의 흐리멍덩한 눈까지 빛바래는 것 같았다.

"다음 주에 장학관들이 수업을 참관할 거야. 장학관에게 너희가 얼마나 잘하는지 보여 주는 게 무척 중요해. 반드시 착한 아이들처럼 행동해야 한다. 그분들이 너희한테 질문할지도 몰라. 예의 바르고 똑똑하게 굴어야 한다. 우리 수업에 대해 좋게 대답하는 게 무척 중요해."

수냐가 이를 드러내고 활짝 웃었다. 나는 수냐가 무슨 생각을 하고 있는지 너무도 잘 알았다. 나는 미소로 답해 주고 싶었지만 그만두었다.

쉬는 시간에 나는 화장실에서 12분을 보냈다. 아빠를 공경하면서 말이다. 나는 건조기 아래 손을 넣고, 그게 불을 뿜어 대는 괴물인 것처럼 상상했다. 손이 불타고, 불꽃은 뜨거웠지만, 나는 그걸 견딜 만큼 강한 사람이다. 난 비명도 지르지 않았다. 그건 재밌는 게임이었지만, 벤치에 앉아 있거나 수냐와 함께 비밀의 문 안으로 들어가는 것만큼은 재밌지 않았다. 하지만 난 더 이상 그렇게 할 수 없었다. 로즈 누나의 영혼이 천국이란 곳에 혼자 갇혀 있을지도 모르니까. 하느님은 나도 천국에 들여보내 줘야 한다. 그러려면 내가 십계명을 잘 지켜야 했다. 다섯 번째 계명을 포함한 십계명 전부 말이다.

수녀와 말을 하지 않은 지 이틀이 지났다. 아빠가 고기를 구워 음식을 차린 이후, 아빠는 매일 우리를 학교에 태워다 주고 차를 끓여 주었다. 그러니까 난 올바르게 행동하고 있는 거다. 그렇지만 힘들었다. 게다가 서랍 속에 있는 블루택 반지를 보는 순간, 배가 아파졌다. 이제 수녀와 나는 친구가 아니라는 것에 익숙해져야 한다. 하지만 수녀가 나한테 "무슨 일이니?", "왜 그렇게 별나게 구는 거야?"라고 연신 물을 때가 훨씬 더 좋았다. 그러면 적어도 수녀 목소리는 들을 수 있으니까.

나는 영화에 나오는 마약 중독자가 된 것 같은 느낌이 들었다. 그 사람들은 아무것도 하지 않고 그저 약만 생각한다. 약을 적게 하면 할수록 약을 더 원한다. 그러다 마침내 미쳐 버리고, 슈퍼마켓을 털어 돈을 빼앗는다. 내가 학교 매점이나 뭐 그런 곳을 털 것 같다는 말이 아니다. 설령 내가 수녀에게 수요일과 금요일 쉬는 시간에만 문을 여는 학교 매점에서 진열대에 있는 초콜릿을 몽땅 사 준다 해도, 수녀는 내 친구가 되지 않을 거다.

레오 형이 오늘 밤 차를 마시러 왔다. 아빠는 피자를 만들었다.

가게에서 사 온 피자지만, 아빠는 햄을 자르고, 파인애플 조각을 그 위에 올려 트로피컬 피자를 만들었다. 엄마가 그렇게 하곤 했었다. 하지만 식탁에서 대화가 그리 많이 오가지는 않았다. 아빠는 레오 형과 눈을 마주치지 않았고 레오 형은 긴장한 표정이 역력했다. 재스민 누나도 어색해하는 것을 난 눈치챌 수 있었다. 재스민 누나는 내게 연신 질문을 퍼부었다. 저번에 누나가 나한테 했던 질문들이었다.

"그래, 축구는 어떻게 되어 가니?"

분명히 내가 크리스마스 전까지는 시합이 없다고 지난주에 말해 줬는데도 말이다. 그러고 나서 누나가 말했다.

"네 교장 선생님은 어떤 분이니?"

그건 누나가 나보다 더 잘 안다. 누나는 교장 선생님과 전화로 이야기까지 나누었으니까. 그래도 나는 성심성의껏 답해 주었다. 누나는 나이프가 접시에 부딪히는 소리 말고 다른 소리를 간절히 바랐다. 아빠는 레오 형의 초록색 머리를 보고는 한숨을 푹 내쉬었다.

차를 마시고 나서, 레오 형이 말했다.

"초대해 주셔서 감사합니다. 정말 맛있었어요. 정말요."

레오 형은 슈퍼마켓에서 사 온 피자 대신 대단한 잔치 음식을 먹기라도 한 것 같았다. 아빠가 뭐라고 툴툴거렸는데, 난 무슨 말인지 알아들을 수 없어서 짜증이 났다. 문득 "예의범절 차리는 데는 돈이 들지 않지."라고 할머니가 말했던 게 생각났다.

재스민 누나가 레오 형 손을 잡고 계단 위로 이끌자, 아빠 눈이 툭 튀어나왔다.

"여기가 좋겠구나."

아빠는 그렇게 말하면서 거실을 가리켰다.

재스민 누나의 얼굴은 스페인에서 영국식 아침 식사를 먹을 때 봤던 익힌 토마토 같았다. 나는 누나가 불쌍했다. 하지만 나는 아빠를 공경해야 하니까 한마디도 하지 않고 그냥 아빠를 도와 설거지를 했다. 아빠는 그릇을 너무 빡빡 문질러서, 거품이 싱크대 위로 흘러넘쳤다. 아빠한테 왜 그렇게 화가 났느냐고 물어보고 싶었지만 감히 말을 꺼낼 수가 없었다. 그래서 대신 모세와 십계명이 새겨진 돌에 대한 이야기를 했다. 하지만 내가 말을 끝마치기도 전에 아빠는 저쪽으로 걸어가 맥주를 꺼냈다.

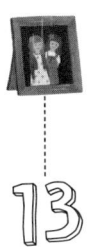

13

　지난밤에 수녀 꿈을 꿨다. 머리카락을 보여 달라고 조르면서 히 잡을 만지려고 했지만 수녀는 고개를 푹 숙이고 히잡을 머리 쪽으 로 꽉 잡아당겼다. 나는 다시 조르고 졸랐다. 애원하고, 애원하고, 더욱더 조바심을 쳤다. 하지만 내가 조를 때마다 히잡은 더욱 단단 히 조여지고, 수녀 얼굴은 더욱 작아졌다. 마침내 히잡이 한쪽 눈 만 빼놓고 전부 다 가려 버렸다. 수녀의 눈은 반짝반짝 빛나지도 않았고, 그저 바라보고 바라볼 뿐이었다. 그러더니 수녀의 눈은 입 술로 바뀌었다. 입술이 말했다.

　"런던으로 돌아가."

　잠에서 깨어났을 때, 내 몸은 땀으로 흠뻑 젖어서 머리카락까지 끈적끈적했다. 나는 수녀가 너무 보고 싶어 가슴이 아팠다.

　"안 돼."

학교로 가는 차 안에서 아빠가 말했다. 재스민 누나는 부루퉁해 있었다. 누나는 계속 졸라 댔다.

"하지만 아빠가 괜찮다고 했잖아요?"

"남자 친구 사귀는 게 괜찮다고 했지, 데이트 가는 게 괜찮다고 하지는 않았다."

"그냥 영화 보러 가려는 거라고요."

"레오는 머리칼이 초록색이야."

그러자 누나가 물었다.

"그게 어때서요?"

"그건 평범한 게 아니야."

"그건 이상한 것도 아니에요."

나도 그 말에 동의했지만 계속 입을 다물고 있었다.

아빠가 말했다.

"머리를 염색하는 사내 녀석들은 약간 ……."

그러더니 말을 멈추었다. 재스민 누나가 아빠를 노려봤다.

"약간 뭐요?"

누나가 소리쳤다. 나는 하느님에게 기도했다. 또 다른 모세의 돌을 아래로 던져서 아빠가 말을 멈추게 해 달라고. 아빠가 말했다.

"그런 녀석들은 좀 계집애 같아."

그러자 누나가 말했다.

"게이라는 뜻이에요?"

아빠가 대답했다.

"네가 한 말이다. 난 그런 말 안 했다."

이윽고 둘 다 침묵을 지켰다. 그 상태가 이어졌다. 그러다 마침내 재스민 누나가 말했다.

"차 세워 줘요."

그러자 아빠가 말했다.

"바보처럼 굴지 마라."

재스민 누나가 비명을 질렀다.

"빌어먹을 차 좀 세워 달라고요!"

아빠가 차를 세우자 뒤에서 누군가 빵빵 경적을 울려 댔다. 재스민 누나가 차에서 내렸다. 누나는 문을 쾅 닫고 눈물을 터뜨렸다. 아빠가 고함을 질렀다. 창문에 이내 김이 서렸다. 누군가 다시 빵빵 경적을 울려 댔다. 아빠는 백미러로 쳐다보고 말했다.

"내 나라에서 나한테 이래라저래라 하지 마!"

나는 창문을 닦고 뒤를 바라보았다. 누나가 자기 엄마랑 같이 차에 있는 게 보였다. 아빠는 재스민 누나를 빗속에 내버려 두고 차를 전속력으로 몰았다. 그러고는 연신 파키스탄 사람들에 대해 뭐라고 중얼거렸다. 일은 하지 않고, 그저 온종일 집에 앉아서 정부에서 나오는 돈이나 받아 쓴다고. 그러다가 자기들을 살게 보살펴 준 나라에 폭탄이나 날린다고.

길가에서 풀을 뜯어 먹고 있는 양 한 마리를 지나칠 때, 내 머릿속에 아홉 번째 계명이 울려 퍼졌다.

'네 이웃에 대해 거짓말하지 마라.'

나는 자리에서 고쳐 앉았다.

'이웃에 대해서 거짓말하지 마세요.'

심장이 더욱더 빨리 뛰었다. 라디오에서 흘러나오는 음악이 시끄러웠다. 하지만 내 귀에는 아빠의 거짓말만 들렸다.

"모슬렘은 죄다 살인자들이야. 게을러서 영어도 배우지 않아. 침실에서 폭탄이나 만들지."

심장이 갑자기 딱 멎었다. 아빠는 잘못된 거짓말을 하고 있었다. 수냐는 고작 3킬로미터 떨어진 곳에 살고 있다. 그러니까 아빠는 계명을 어긴 거다. 계명에는 분명 '네 옆집 사람에 대해 거짓말하지 마라.'가 아닌, '네 이웃에 대해 거짓말하지 마라.'고 되어 있으니까. 이것은 분명 다른 걸 거다.

자동차가 교문 밖에 멈추자 아빠가 말했다.

"다 왔다."

나는 고개를 끄덕였지만 몸이 움직이지 않았다. 아빠는 거짓 증언을 하고 있었다.

"서두르렴."

아빠가 툭 내뱉었다. 앞 유리창 와이퍼가 빗줄기를 이쪽에서 저쪽으로 닦아 내는 걸 지켜보면서 나는 안전벨트를 풀고 자동차에서 내렸다. 아빠는 내게 작별 인사도 없이 차를 몰고 사라졌다. 자동차가 좁은 길에서 속도를 늦추자, 나는 하늘을 향해 가운뎃손가락을 들어 올렸다. 가운뎃손가락에는 반지가 하나가 아니라 두 개 끼어 있었다. 하얀 보석과 갈색 보석이 거의 맞닿았다. 나는 하느님을 욕하고, 모세를 욕했다. 그러고 나서 손가락을 기울여 아빠를 욕하고, 다섯 번째 계명을 어겼다. 그랬더니 기분이 좋아졌다.

자동차가 모퉁이를 돌아 사라지자, 나는 학교로 뛰어 들어가 수녀를 찾았다.

파머 선생님이 말했다.

"이제 곧 크리스마스니까 예수님 탄생에 대해 공부해야 해."

모두가 투덜거렸다. 이 학교도 옛날 학교와 똑같았다. 런던에서 우리는 12월마다 예수님 탄생에 대해 배웠다. 그리고 학부모들을 위해 마구간 뭐 그런 것을 공연했다. 부모님들은 해마다 같은 연극을 보는 게 분명 지겨울 거다. 나는 지금껏 양이나 당나귀 엉덩이, 베들레헴의 별을 해 본 적은 있지만, 사람 역할을 해 본 적은 한 번도 없었다. 파머 선생님이 말했다.

"크리스마스의 진정한 의미를 이해하는 게 중요해."

나는 조용히 노래했다.

"우리는 레스터 스퀘어의 세 명의 왕이라네, 숙녀용 속옷을 팔지. 정말 환상적이야. 신축성도 있지. 한 벌 사는 게 어때?"

수녀는 미소조차 짓지 않았다.

파머 선생님이 말했다.

"우리는 예수님 탄생에 대한 이야기를 작문할 거야. 예수님의 관점에서."

마리아의 배 속에서 예수님이 본 건 수많은 밀짚과 마구간을 들여다보는 양치기들의 털이 숭숭 나 있는 콧구멍뿐이었을 거다. 그때 파머 선생님이 말했다.

"이번 작문은 너희들이 1년 동안 한 것 중에서 가장 중요해. 너희들이 최선을 다하면 좋겠구나. 그래야 내가 좋은 점수를 주고, 너희는 그걸 학부모의 밤에 너희 부모님께 보여 드릴 수 있을 테니 말이다."

나는 파머 선생님이 "연필 내려놓아라."라고 말하기 전까지 4페이지를 썼다. 엄마는 이걸 좋아할 거다. 특히 마리아의 배 속이 가브리엘 천사의 불빛으로 밝게 빛나는 이야기를 좋아할 거다. 나는 아빠가 학부모의 밤에 이걸 읽을 경우를 대비해서 가브리엘 천사를 여자로 만들어 놨다. 아빠는 초록색 머리를 한 사내아이들도 게이라고 생각하니까, 날개를 단 남자에 대해서도 뭐라고 말할지 모르기 때문이다.

나는 스케치북에서 종이 한 장을 뜯어내 수녀에게 쪽지를 휘갈겨 썼다.

쉬는 시간에 창고에서 만나자.

그리고 난 내가 아끼는 색연필로 미소 짓는 얼굴을 그려 넣었다.
그 얼굴에는 악마의 뿔이 달려 있었다. 수냐는 쪽지를 읽었지만 얼
굴 하나 까딱하지 않았다. 밖으로 나가는 시간이 되자, 나는 허겁
지겁 매점으로 달려갔다. 하지만 매점 아줌마를 인질로 잡고 총부
리를 겨누며, 초콜릿이든 뭐든 다 내놓으라고 요구하지 않았다. 나
는 할머니가 준 돈으로 크런치를 하나 사서 밖으로 쏜살같이 달려
나가 비밀의 문 안으로 사라졌다.

테니스공을 51번 튀기고 나서야 수냐가 오지 않으리라는 걸 깨
달았다. 수냐가 토라져 있는 게 괴로웠다. 크런치 포장을 뜯어 한
입 크게 베어 먹으려는 순간, 나는 우뚝 멈추었다. 내 입에서는 침
이 미친 듯이 질질 흘렀지만, 초콜릿을 다시 싸서 그걸 내 양말 속
에 넣었다. 바지에는 주머니가 없었기 때문이다. 수학 시간에 나는
수냐에게 다른 쪽지를 또 썼고 점심시간에 창고에서 만나자고 부
탁했다. 이번에는 수냐가 오게 하기 위해 '제발'이라는 단어와 '추
신: 깜짝 놀랄 게 있어.'라는 말도 적어 넣었다.

나는 축구공 위에 앉아 빵을 먹었다. 축구공이 자꾸 이리저리
움직여서 균형을 잡기가 어려웠다. 바닥에 빵 조각 하나를 떨어뜨
렸다. 삐걱거리는 소리가 날 때마다 그리고 아무 소리도 나지 않을
때도, 심장은 터지고, 오른쪽 다리는 쥐가 나고, 입은 바싹 말라

173

빵을 삼킬 수가 없었다. 내 눈동자는 문 옆, 빛이 들어오는 갈라진 틈에 고정되었다. 나는 계속 바랐다. 그것이 사각형으로 넓어져 수녀가 태양을 등진 채 실루엣으로 등장하기를……. 하지만 손잡이는 돌아가지 않았고, 문은 닫힌 그대로였다.

나는 테니스 라켓을 움켜쥔 채 벽에 공을 계속 탁탁 던졌다. 더빠르고 더 세게 다시 하고 또다시 하고 또, 또, 다시 했다. 등에서 땀이 흘렀다. 호흡이 가빴다. 그때, 누군가 내 어깨를 톡톡 두드렸다. 그 바람에 공을 놓쳤다. 공이 내 얼굴에 맞았다. 수녀가 말했다.

"괜찮아?"

아팠다. 하지만 수녀를 보게 되어 행복하다는 거 말고 어떤 것도 느끼지 못했다.

나는 고개를 끄덕이고 수녀의 반지를 내 가운뎃손가락에서 뺐다. 내가 그 반지를 내밀자 수녀가 반지를 바라보고 또 바라봤지만, 수백 년 동안으로 느껴질 만큼 아무런 말도 하지 않았다. 그래서 내가 말했다.

"반지 껴."

그러자 수녀가 물었다.

"이게 깜짝 놀랄 만한 거야? 이게 뭐?"

수녀가 고개를 젓더니 저만큼 걸어갔다. 수녀가 문에 다가갔을 즈음 나는 외쳤다.

"가지 마."

"왜?"

내가 말했다.

"깜짝 선물이 있어."

나는 양말을 내려 수냐에게 크런치를 내밀었다.

수냐의 표정은 로저가 내게 죽은 토끼를 주었을 때의 내 표정하고 조금도 다르지 않았다. 수냐는 콧대를 하늘로 들어 올리더니 폭풍처럼 창고를 뛰어나가 내 코앞에서 문을 쾅 닫아 버렸다. 벽이 흔들리고 주위가 어두워졌다. 나는 손을 내려다봤다. 크런치는 모두 짓눌려 끈적거렸다. 녹아내린 초콜릿에는 하얀 솜털 같은 게 삐죽 나와 있었다.

나는 수냐에게 뭐 줄 만한 게 있는지 창고를 둘러보았다. 흥미로워 보이는 거라고는 투창할 때 쓰는 창밖에 없었는데, 그 창은 너무 커서 학교 식당 아주머니 눈에 띄지 않게 몰래 가지고 나갈 수 없을 것 같았다. 창고에 나 혼자 있으니 아무 재미가 없었다. 그래서 나는 비가 내리고 있는 밖으로 나왔다. 노란색 물체가 내 눈을 사로잡았다. 내게 좋은 생각이 떠올랐다.

이제 점심시간은 10분 남았다. 나는 새로운 깜짝 선물을 내 등 뒤에 숨긴 채 운동장 주위를 걸어 다니며 수냐를 찾았다. 수냐가 다니엘과 함께 있는 게 보였다. 천 분의 1초 동안 나는 질투심을 느꼈지만, 이윽고 두 사람이 말다툼하고 있다는 걸 깨달았다. 나는 뒤로 물러나 있었다. 두들겨 맞고 싶지 않았으니까. 하지만 나는 다니엘이 달아나며 "세균 덩어리.", "역겨워."라고 말하는 걸 들었다. 나는 수녀에게 걸어갔다. 손바닥은 땀으로 온통 축축하고, 심장은 고동쳐 갈비뼈에 부딪혔다.

"짠!"

나는 막 꺾은 꽃을 내밀었다. 민들레 꽃이었지만, 정말 근사해 보였다. 그런데 수녀가 울음을 터뜨려 난 깜짝 놀랐다.

수녀는 강하고, 수녀는 엠걸이고, 수녀는 햇살이자 미소 천사이고, 불꽃이다. 하지만 지금 수녀는 뭔가 달라 보였다. 내 가슴속 강아지는 슬픈 꼬리를 축 늘어뜨리고 있었다.

"왜 그래?"

수녀는 그냥 고개를 가로저을 뿐이었다. 수녀의 뺨에 눈물이 주룩주룩 흘러내렸다. 코를 훌쩍거리며, 입술이 살짝 떨렸다. 내가 말했다.

"그러면 이거 맘에 들어?"

그 말이 너무 크게 튀어나왔다. 마치 내가 수녀나 무언가에 무척 화가 나기라도 한 것처럼. 그때 나는 정말로 다니엘에게 화가 났다. 수녀를 울리고 내 깜짝 선물을 망쳐 놓았으니까. 수녀는 내 손에서 꽃을 낚아채더니 바닥에 내동댕이쳤다. 그러고는 있는 힘껏 꽃을 발로 쿵쿵 밟고 북북 문질러 댔다. 그러자 꽃잎이 운동장 사방으로 짓이겨졌다. 수녀가 소리쳤다.

"난 네 그 거지 같은 꽃, 그 바보 같은 초콜릿 싫어."

난 충격을 받았다. 그거 말고는 수녀에게 줄 다른 건 생각해 낼 수가 없었으니까. 그래서 내가 말했다.

"알았어, 그럼 네가 원하는 게 뭐야?"

그러자 수녀가 고함쳤다.

"네가 '미안해.'라고 말하는 거."

나는 수녀를 쳐다봤다. 수녀는 정말로 상처 입은 표정으로 나를 노려보았다. 갑자기 내 눈에 내가 했던 그 모든 나쁜 짓이 보였다. 그리고 내가 했던 그 모든 고약한 말을 들을 수 있었다. 나는 수녀가 내게 반지를 내밀었을 때 달아났던 걸 기억해 냈다. 또 내가 교장실 밖에서 "그냥 나 좀 내버려 둬."라고 말했던 걸 기억해 냈다. 핼러윈 날 그냥 가 버린 것, 축구 시합 끝나고 입 닥치라고 말했던 거 그리고 수녀의 집에 갔다 온 뒤로 아무 이유 없이 수녀를 모른 체했던 걸 떠올렸다. 그럴 이유가 없었던 건 아니다. 나는 그때 천국에 들어가고 싶어 했다. 하지만 그건 그럴듯한 변명이 아니었다.

내가 수녀의 손을 잡자 다니엘이 소리쳤다.

"스파이더맨 계집애가 세균 덩어리 손잡았데요."

하지만 난 그 말을 무시했다. 그리고 말했다.

"미안해."

나는 정말 미안했다. 수녀는 고개를 끄덕였지만 미소 짓지는 않았다.

수냐에게 집까지 걸어가겠느냐고 물었다. 하지만 수냐는 "아니 됐어."라고 대답했다. 수냐는 다시 내 친구가 되었다. 수냐가 내가 아끼는 색연필을 빌려 지리 시간에 지도를 그렸으니까. 하지만 그 건 옛날과 같은 느낌이 아니었다. 나는 농담을 세 번 했는데, 거기 에는 그 어느 때보다도 최고로 웃긴 최신 유행어도 포함되어 있었 지만 수냐는 웃지 않았다. 역사 시간에 내가 수냐에게 블루택 반 지를 주자, 수냐는 그걸 손가락에 끼지 않고 그냥 자기 필통에 넣 어버렸다.

집으로 걸어가는 데 시간이 오래 걸렸다. 다리와 가방이 평소보 다 훨씬 더 무겁게 느껴졌다. 우리 집에서 2분 정도 떨어진 곳에 다다랐을 즈음, 로저가 덤불에서 뛰어나왔다.

"미안."

나는 로저에게 말했다. 사냥은 고양이들이 하는 일이니, 로저가 무언가를 죽였을 때 내가 화를 내면 안 되는 거였다. 로저는 나를 따라 집으로 왔다. 우리는 오랫동안 현관 앞에 앉아 있었다. 나는 문에 등을 기대고 로저는 바닥에 등을 기댔다. 로저의 연갈색 발이 허공으로 툭 삐져나왔다. 내가 신발 끈을 달랑달랑 내보이자, 로저가 그걸 가지고 놀았다. 그러면서 야옹거렸다. 마치 우리의 싸움을 까맣게 잊어버렸다는 듯이. 여자아이들도 고양이처럼 이렇게 단순하면 얼마나 좋을까 생각했다.

안으로 들어서는데 집안 분위기가 뭔가 다르게 느껴졌다. 텅 비어 있고, 어두웠다. 비가 창문으로 들이치고 있었고, 라디에이터는 싸늘했다. 부엌에는 따뜻한 음식도 없었다. 아빠는 "오늘은 어떻게 보냈니?"라고 물어보지도 않았다. 비록 그런 날이 몇 번 되지는 않았다 해도, 나는 점점 익숙해지기 시작했었다. 그래서 이러한 회색 침묵이 두려웠다. "아빠!" 하고 소리치고 싶었지만, 아무 소리도 못 들을까 두려웠다. 그래서 나는 휘파람을 불며 불을 켰다. 부엌 식탁 위에 쪽지가 있지는 않을까 걱정스러웠다.

"더 이상은 안 되겠어."라고 적힌…….

쪽지는 없었다. 하지만 아빠 역시 어디에도 보이지 않았다.

순간 지하실 문이 눈에 들어왔다. 문이 열려 있었다. 그 아래쪽은 어두웠다. 나는 전등 스위치를 탁 하고 켰다. 아무 일도 일어나지 않았다. 나는 계속 캔디맨을 생각했다. 만약을 대비해 부엌 서

랍에서 나무 숟가락을 꺼냈다. 순간 나무 숟가락은 갈고리를 상대하는 데는 별 쓸모가 없으리라는 생각이 들었다. 그래서 와인 코르크 따개로 바꾸어 들었다. 나는 첫 번째 계단을 내려갔다. 차가운 콘크리트에 닿은 발가락이 콕콕 쑤셨다.

"아빠!"

나는 속삭였다. 아무런 대답이 없었다. 두 번째 계단을 내려갔다. 손전등에서 나오는 노란색 빛이 지하실 바닥에 보였다.

"아빠! 거기 아래 계세요?"

나는 다시 외쳤다. 누군가 거칠게 숨을 몰아쉬고 있었다. 나는 계단에 조심조심 발을 내려놓았다. 하지만 그렇게 조심해서는 속도가 나지 않아 앞으로 돌진했다.

강도를 당한 것 같았다. 그것 말고는 달리 설명한 길이 없었다. 심지어 지하실 바닥조차 보이지 않았다. 거기에 수많은 물건이 널려 있었으니까. 사진, 책, 옷, 장난감 그리고 커다란 상자 밖에 대롱대롱 매달려 있는 아빠의 다리……

"거기 어떻게 들어갔어요?"

내가 마지막 계단에서 균형을 잡으며 물었다. 발을 디딜 곳조차 없었다. 박살 난 창문은 눈에 들어오지도 않았다.

"누가 이런 거예요?"

내가 상자 옆면에 적힌 '신성한'이라는 단어를 발견했을 때, 아빠는 상자 안쪽으로 똑바로 몸을 뻗었다. 아빠의 팔이 이리저리 움직이고, 손으로 무언가를 찾았다. 그러고는 그것을 머리 위로 흔들더니 밖으로 내던져 바닥에 떨어뜨렸다.

"아빠가 그랬구나."

내가 자그마한 목소리로 말했다.

아빠가 상자 안에서 튀어나왔다. 손전등 불빛으로 보니 아빠 얼굴은 창백하고, 검정 머리는 위로 삐죽삐죽 뻗어 있었다. 지저분한 셔츠에는 '나는 오늘 7살'이라고 적힌 배지가 매달려 있었다.

"찾았다."

아빠가 허공에 그림을 흔들면서 말했다.

"멋지지, 그렇지 않니?"

그건 그림도 아니었다. 그저 꾸깃꾸깃한 종잇장 위에 다섯 개의 얼룩이 있을 뿐이었다. 하지만 나는 입을 다물고 고개를 끄덕였다.

"이렇게 작구나, 제임스. 얼마나 작은지 한번 보렴."

나는 장식 달린 플랫 슈즈 하나, 자그마한 꽃무늬 원피스 하나 그리고 낡은 생일 카드 하나를 넘어 아빠에게 다가갔다. 생일 카드에는 배지가 사라지고 없었다. 나는 몸을 가까이 기울였다. 얼룩은 사실 핸드프린팅이었다. 거기에는 엄마와 아빠라고 적힌 커다란 핸드프린팅 두 개, 재스민과 로즈라고 적힌 작은 것 두 개 그리고 내 이름이 적힌 아주 자그마한 것 하나가 있었다. 핸드프린팅은 하트 모양 주위에 둥글게 찍혀 있었다. 그리고 하트 모양 안에는 누군가 '행복한 아버지 날'이라고 적어 놨다. 분명 엄마일 거다. 왜냐하면 아주 깔끔한 글씨였으니까.

그건 멋진 그림이었지만, 거기에 키스하는 건 좀 지나쳐 보였다. 아빠는 재스민 누나의 손, 그다음에 로즈 누나의 손, 그러고는 다시 재스민 누나의 손에 입을 맞추었다.

"아름다운 이름들이야."

아빠는 떨리는 목소리로 말했다. 신경이 거슬렸다.

"재스민과 로즈."

아빠는 쌍둥이들의 옛 핸드프린팅을 쓰다듬었다.

"이게 내가 기억하는 그 아이들이야."

나는 좀 혼란스러웠다.

"재스민 누나는 여전히 살아 있어요."

하지만 아빠는 내 말을 듣지 않았다. 아빠가 두 손으로 머리를 감쌌다. 아빠 어깨가 흔들렸다. 나는 정말 웃음이 났다. 아빠가 큰 소리로 심하게 딸꾹질을 했으니까. 하지만 난 웃음을 꾹 참고, 전쟁이라든가 아무것도 먹지 못했는데도 배가 불룩하게 튀어나온 아프리카의 아이들 같은 슬픈 것들을 떠올리려 애썼다.

아빠는 뭐라고 말하고 있었지만, 전부 콧물과 눈물에 섞여 '언제나'와 '내 어린 딸들'이란 말만 알아들을 수 있었다. 재스민 누나는 크고 예쁜데다 분홍색 머리에 피어싱을 하고 있다. 만약 아빠가 재스민 누나가 여전히 열 살이기를 바라고 있다면, 아빠는 분명 무언가를 잊고 있는 거다.

할머니가 말했다.

"사람들은 언제나 자기가 가질 수 없는 걸 원하지."

나는 그 말이 사실이라고 생각한다. 아빠는 로즈 누나가 살아 있기를, 재스민 누나가 열 살이기를 원하지만, 사실은 내가 열 살이다. 내가 정확히 그 나이지만 난 딸이 아니라 아들이다. 재스민 누나는 딸이지만, 열 살이 아니다. 로즈 누나는 딱 그 나이인데다 딸이 맞다. 하지만 로즈 누나는 죽었다.

"어떤 사람들은 절대 만족해하는 법이 없지."

이것 또한 할머니가 한 말이다.

재스민 누나는 열한 시가 다 되도록 집에 들어오지 않았다. 그래서 누나가 평소에 하던 일을 내가 해야 했다. 나는 아빠가 토하고 난 뒤 화장실을 청소하고, 아빠를 침대에 뉘였다. 아빠는 '아버지의 날' 그림을 침대보 아래 쑤셔 넣었는데, 내 배 속에서는 뭔가 고통스러운 것이 부글부글 끓어올랐다. 아빠는 이내 잠들었다. 코를 골 때 아빠의 얼굴이 마구 씰룩거렸다. 나는 혹시 몰라 아빠한테 물 한 잔을 가져다주었다. 1분 정도 아빠를 지켜본 뒤 내 방으로 가서 '영국 최고의 탤런트 쇼' 안내장을 들고 창턱에 앉았다. 로저는 아주 큰 소리로 가르랑거렸다. 내 발가락에 닿은 로저의 목은 포근하고, 목에서는 기분 좋은 소리가 났다.

안내장 맨 위에는 "맨체스터에 와서 당신 삶을 바꾸세요." 라고 적혀 있었다. 나와 재스민 누나가 극장 무대로 걸어 올라가 심사 위원들을 앞에 두고 수많은 텔레비전 카메라 앞에 서서 노래 부르는 장면을 떠올렸다. 객석에 엄마 얼굴이 보였다. 엄마는 아빠 옆에 앉아 있고, 두 분은 다정하게 손을 맞잡고 있다. 엄마 아빠는 우리가 자랑스러워서 다른 건 다 잊을 거다. 둘이 부부 싸움을 했던 거랑 로즈 누나에 대해서도 잊고 재스민 누나의 머리 스타일도 더 이상 문제 삼지 않는다. 오디션이 끝나고, 엄마는 나이젤 아저씨한테 전화를 걸어 "난 당신을 떠날 거예요."라고 말한다. 엄마는 심지어 나이젤 아저씨를 나쁜 놈이라고 부른다. 우리는 모두 깔깔 웃음을 터뜨린다. 그리고 함께 차를 타고, 집으로 돌아온다. 아빠는 술을 끊는다. 엄마가 내게 말한다.

"티셔츠 입은 모습이 멋진데."

나는 마침내 티셔츠를 벗고 잠옷을 입고 침대에 눕는다. 엄마가 내게 이불을 덮어 준다. 100일하고도 68일 전에 치유 모임에서 만난 남자와 눈이 맞아 집을 나가기 전에 늘 그랬던 것처럼······.

파머 선생님은 몸에 꽉 끼는 검은색 정장을 입고 교실에 들어왔다. 선생님 배가 바지 위로 불룩 튀어나온 그 모습이 창백하고 질 퍽질퍽해 보였다. 꼭 밀가루 반죽 같았다. 선생님이 말했다.

"여러분, 안녕?"

선생님 목소리가 너무 부드럽고 친근해서 평소와 다르게 들렸다.

"우리 정신을 깨웁시다."

우리는 일어나서 팔을 이상하게 허우적거렸다. 그렇게 하면 우리 뇌의 각기 다른 부분이 진짜 열심히 돌아간다나 뭐라나. 나는 파머 선생님 뇌가 너무 열심히 돌아서 미쳐 버리지나 않을지 정말 걱정스러웠다. 그때 클립보드를 든 남자 하나가 교실로 걸어 들어왔다. 파머 선생님이 말했다.

"이분은 프라이스 선생님입니다. 교육청에서 오셨어요."

파머 선생님은 '수업 주제'로 뭔가를 칠판에 적었다. 그러고는 그날 아침 우리의 목표에 대해 말하고 또 말했다. 나는 파머 선생님이 연신 프라이스 씨를 흘끔거리는 모습을 보고 프라이스 씨에게 좋은 인상을 심어 주려 한다는 걸 알 수 있었다. 하지만 프라이스 씨는 절대 미소를 짓지 않았다. 프라이스 씨는 손가락도 길고, 턱도 길고, 코도 길었는데, 안경을 코에 걸치고 있었다. 우리는 다시 예수님 탄생에 대해 공부하고 있어서 짝을 지어 찰흙으로 예수님 탄생 장면을 만들어야 했다. 한 사람은 사람과 구유를 만들고, 다른 사람은 마구간과 동물들을 만들어야 했다.

수냐는 소와 양 그리고 진짜로 뚱뚱한 동물 하나를 만들었는데, 뿔이 나 있는 것만 빼고 꼭 돼지처럼 생겼다. 파머 선생님은 그 옆을 지나가며, 두 번씩 흘끗 쳐다보고는 자그맣게 물었다.

"도대체 그건 뭐니?"

그러자 수냐가 대답했다.

"코뿔소예요."

파머 선생님은 프라이스 씨가 보고 있지는 않은지 어깨너머로 흘끗 쳐다보고는 주먹으로 그 찰흙 동물을 납작하게 만들어 버렸다. 코뿔소가 책상 위에서 사방으로 튀고 수냐의 눈동자가 무시무시하게 불타올랐다.

"우리 예수님은 동물원에서 태어난 게 아니야."

파머 선생님이 꾸짖듯 말하자 수냐는 말했다.

"선생님이 어떻게 알아요?"

장학관이 우리 자리로 걸어와 물었다.

"학생은 뭘 만들고 있지?"

수냐는 입을 열었지만 파머 선생님이 수냐가 미처 대답하기도 전에 소리쳤다.

"양이에요."

"오, 양을 만들고 있구나, 그렇지?"

수냐는 아무 말 하지 않고, 찰흙을 굴려 끝이 뾰족한 소시지를 만들었다. 그건 분명 뿔처럼 보였다.

파머 선생님이 자리를 뜨더니, 조를 이룬 아이들 곁에 걸어가 말했다.

"잘 돼 가니?"

난 그게 희한하다고 생각했다. 왜냐하면 선생님은 보통 그냥 자기 자리에 앉아 커피를 마시니까. 프라이스 씨는 다니엘이랑 라이언과 이야기를 나누었다. 그 아이들은 완벽한 마구간과 완벽한 동물들과 완벽한 아기 예수를 만들고 있었다. 다니엘은 파머 선생님이 좋은 선생님이라고 연신 말했다. 파머 선생님은 못 들은 체했지만, 기분이 좋아서 얼굴이 발그레해졌다. 다니엘은 고개를 들어 칭찬판을 바라보았다. 마치 자신의 포스트잇이 곧 두 번째 구름으로 올라갈 걸 알고 있기라도 하듯⋯⋯. 수냐는 찰흙을 험악하게 굴려 뿔을 다섯 개나 더 만들었다.

수업이 거의 끝나갈 즈음, 파머 선생님은 재킷을 벗었다. 팔 아래 양쪽 겨드랑이가 땀으로 흠뻑 젖어 있었다. 선생님이 말했다.

"얘들아, 아주 잘했다. 너희들이 만든 마구간을 앞쪽 테이블에 올려놓아라. 선생님이 쉬는 시간에 오븐에 구울 테니까⋯⋯."

프라이스 씨가 말했다.

"다시 와서 완성된 작품을 보고 싶군요."

파머 선생님이 눈을 깜빡이며 말했다.

"정말 근사할 거예요."

장학관이 교실을 빠져나가자, 파머 선생님은 의자에 털썩 주저앉으며 말했다.

"쓰레기 좀 치우자."

선생님 목소리는 평상시로 돌아왔다.

수냐는 우리 마구간을 앞으로 가져가고서는 다른 아이들의 작품을 자세히 살펴보았다. 수녀는 나한테 뒷정리를 남긴 채 그곳에 오랫동안 있었다. 만약 내가 착하게 굴려고 열심히 노력하는 중이 아니었다면, 아마도 화를 냈을 거다. 교실을 말끔히 치우고 나서 우리는 밖으로 나가도 된다는 허락을 받았다. 하지만 수녀는 여자 화장실로 들어가더니 밖으로 나오지 않았다. 곧 뚱뚱한 학교 식당 아주머니가 호루라기를 불었다.

예수님이 오븐에서 구워지는 동안, 우리는 영어 수업을 했다. 파머 선생님 눈은 문쪽에 딱 붙어 있었다. 장학관이 언제라도 들어올 것처럼. 우리는 '마법과도 같은 나의 크리스마스'라는 제목의 시를 썼다. 우리가 바라는 그 모든 멋진 것들이 시 안에 들어가야 했다. 하지만 나는 하나도 생각나지 않았다. 우리 가족에게 크리스마스는 언제나 슬펐다. 작년에 아빠는 유골함 옆에 양말을 걸어 두고는 엄마에게 고함쳤다. 엄마가 그 안에 선물을 넣지 않았기 때문이었다. 그리고 올해는 그 어느 때보다 더 나쁠 거다. 엄마는 여기 없다. 그래서 엄마가 만들어 준 크리스마스 만찬 요리도 먹을 수 없을 테니까. 엄마의 요리는 크리스마스 휴가에 일어난 모든 일 중에 최고로 좋은 거였다. 비록 그것이 새싹 같은 채소를 먹는 걸 의미한다 할지라도 말이다.

파머 선생님이 말했다.

"서둘러, 제임스."

그래서 나는 마구 휘갈겨 쓰기 시작했다. 나는 최고의 크리스마스를 상상해 내어, 그것을 써 내려갔다. 따끈한 칠면조 냄새와 땡땡 울리는 교회 종에 대해 썼다. 나는 행복하고 예쁜 쌍둥이들에게 걸맞은 해맑은 웃음에 대해서도 썼다. 나는 산타라는 단어를 '환타'라는 단어와 연관 짓지 않고는 아무것도 생각해 낼 수 없었다. 환타는 내가 시 2연에서 썼던 것처럼 내가 좋아하는 음료는 아니다. 하지만 시 자체가 모두 엄청나게 커다란 거짓말을 하고 있기 때문에, 나는 그런 거짓말은 그다지 중요하지 않다고 생각했다.

처음으로 수녀가 허둥거렸다. 수녀는 딱 네 줄만 썼다. 나는 속삭였다.

"무슨 일이야?"

수녀가 말했다.

"우리는 크리스마스를 기념하지 않아."

나는 뭐라고 대답해야 할지 몰랐다. 나는 크리스마스 없는 겨울을 상상할 수 없었다. 영화 〈나니아 연대기〉를 빼면 말이다. 그 영화에서 백색마녀는 산타클로스가 말하는 비버들에게 선물을 전달하지 못하게 했다. 수녀가 말했다.

"난 내가 평범하면 좋겠어."

그때 프라이스 씨가 들어왔다.

우리가 만든 찰흙이 다 구워져서 파머 선생님은 그걸 오븐에서 꺼냈다. 우리가 우르르 그 주변에 몰려들자 선생님이 말했다.

"조심해라, 뜨겁다."

프라이스 씨의 코는 클립보드 꼭대기 위로 툭 튀어나와 있었다. 우리가 만든 마구간은 근사해 보였다. 마리아는 요셉보다 컸다. 그런데 예수님의 팔과 오른발은 떨어지고 없었다. 꼭 올챙이처럼 보였다. 그것만 빼놓고는 완벽했다. 뿔이 있는 동물은 없었다. 나는 수녀가 뾰족한 소시지를 어디에 붙여놨을까 그저 궁금했다. 그때 프라이스 씨가 무언가에 놀라 헉헉거렸다. 나는 프라이스 씨의 눈을 쫓아 다니엘의 마구간을 보았다. 마구간 안 동물이란 동물 모두가 이마 한가운데 뭔가 툭 튀어나온 게 있었다. 동물만 그런 게 아니었다. 마리아, 요셉, 심지어 아기 예수도 소시지 모양의 물건이 눈썹 사이에 툭 튀어나와 있었다. 나는 수녀를 쳐다봤다. 수녀는 온순한 표정이었지만, 눈만은 석탄처럼 이글이글 불탔다. 끝이 뾰족한 소시지들은 전혀 뿔처럼 보이지 않았다. 그건 자그마한 고추처럼 보였다. 나는 입을 손으로 막고 웃음을 꾹 참으려 했다. 다니엘이 나한테 뭐라고 할까 봐 감히 다니엘을 쳐다보지도 못했다. 하지만 나는 생각했다.

'지금은 누가 바보지?'

프라이스 씨는 교실을 빠져나갔다. 뺨은 자줏빛이고, 기다란 손이 클립보드에 뭔가 나쁜 걸 적느라 마구 흔들렸다. 다니엘이 곤경에 처하지는 않았다. 파머 선생님은 그게 다니엘 짓이라는 아무런 증거도 대지 못했으니까. 하지만 그건 문제가 되지 않았다. 어쨌든 우리는 복수한 거다. 점심시간 내내 우리 반 전체가 교실 안에 있어야 했다. 누구도 '하느님의 아들을 욕되게 한' 죄를 인정하지 않았기 때문이다. 그게 무엇을 의미하든 말이다. 모두 짜증이 났다. 하늘에서 하얀 눈송이가 내리기 시작해서 다른 반 아이들은 전부 운동장에서 눈싸움을 하며 신 나게 놀고 있었으니까. 하지만 난 상관없었다. 나는 이렇게 수녀랑 같이 점심시간을 보내고 있으니까 그걸로 됐다. 수녀가 여자 화장실에서 나오길 기다리지 않아도 되니까 말이다.

재스민 누나가 다이어트를 하기 전, 누나는 보통 돼지고기로 만든 소시지와 으깬 감자를 좋아했다. 누나는 소시지를 조각조각 잘라서 그것을 으깬 감자 안에 숨겼다. 수업이 끝나자 그 생각이 났다. 몹시 배가 고프기도 했고, 이 세상이 마치 재스민 누나의 돼지고기 소시지와 으깬 감자가 담긴 거대한 접시처럼 보였기 때문이다. 모든 것이 큼지막한 하얀 눈 속에 덮여 있었다.

파머 선생님이 아이들한테 눈앞에서 사라지라고 말하자 수녀는 지체하지 않았다. 수녀는 학교에서 달려 나가 최대한 빨리 길을 걸어 내려갔다. 나는 수녀를 따라잡으려다 미끄러졌다. 내가 수녀의 이름을 외쳤을 때, 수녀는 멈추어서 뒤돌아섰다. 눈송이 아래에서 수녀의 표정이 어두웠다. 수녀는 정말 예뻐 보였다. 그래서 내가 무슨 말을 하려고 했는지도 까먹었다.

"왜 그러는데, 제임스?"

수녀는 화난 목소리가 아니었다. 그저 피곤하고 짜증 나는 목소리였다. 어쩌면 지겨워진 걸지도 몰랐다. 그건 그 어떤 것보다 더 안 좋은 거였다. 나는 몹시 추웠고, 눈을 가지고는 할 게 없었다. 나는 뭔가 정말로 재미난 말을 해서 수녀의 눈이 빛나도록 하고 싶었지만, 아무것도 생각이 나지 않았다. 눈이 우리 옆을 스쳐 내릴 때 나는 그저 바라보고 또 바라볼 뿐이었다. 아주 오래 그렇게 있다가 내가 말했다.

"넌 오늘 몇 명이나 구했어, 엠걸?"

수녀는 잠시 생각에 빠졌다.

내가 말했다.

"난 천 명하고도 4명을 구했어, 하지만 오늘은 아주 조용한 날이었어."

수녀는 팔짱을 끼고는 짜증스럽게 한숨을 쉬었다. 히잡이 눈송이로 얼룩지며, 바람에 나풀거렸다. 수녀는 괴로운 표정이었다. 내가 말했다.

"고마워."

"뭐가?"

나는 한 발 더 가까이 다가갔다.

"예수님한테 고추를 줘서, 다니엘한테 복수해 줘서."

그리고 난 머릿속으로 덧붙였다.

"모든 게 다 고마워."

수녀는 어깨를 으쓱해 보였다.

"널 위해 그런 건 아니야. 날 위해 그런 거야."

그러고는 뒤돌아서 걸어갔다. 수녀의 발이 눈 속에 깊은 발자국을 남겼다.

아빠한테 내일 3시 15분까지 학교에 와야 한다고 일주일 내내 말했었다. 아빠가 술을 마시지 않았으면 좋겠다. 아빠가 나랑 엄마를 난처하게 만들지 않았으면 좋겠다. 엄마는 내 편지에 아무 답장이 없다. 그래도 난 엄마가 내일 올 거라는 걸 안다. 나는 엄마가 꼭 올 거라고 생각한다. 정말 그러면 좋겠다. 나는 어제 1시간 13분 동안 손가락을 십자가 모양으로 꼰 채 소원을 빌었다. 엄마가 꼭 오게 하고 싶었으니까.

재스민 누나가 말했다.

"괜히 기대하지 마."

하지만 나는 말했다.

"엄마는 학부모의 밤에 꼭 오고 싶을 거야."

예수님의 관점에서 내가 쓴 작문은 A를 받았다. 그래서 이제 내 천사는 일곱 번째 구름 위에 올라가 있다. 빨리 엄마가 그걸 봤으면 좋겠다.

학교에서 곧장 집으로 와 보니 자동 응답기 불빛이 반짝반짝 빛나고 있었다. 엄마가 내일 모임에 관해 메시지를 남겼을지도 모른다. 그래서 무슨 내용인지 들을 채비를 했다. 아빠는 쿠션 위에 유골함을 올려놓고 소파에서 자고 있었는데, 아빠의 턱 아래 아버지날 그림이 끼워져 있어서, 숨을 쉴 때마다 그림이 파들파들 떨렸다. 나는 문을 닫고 로저에게 먹이를 주고, 이를 닦고, 고양이 세수를 하고, 손가락으로 머리를 빗었다. 몇 달 동안 엄마 목소리를 듣지 못했다. 그래서 엄마 목소리를 듣기 위해 깔끔하게 단장하고 싶었다. 스파이더맨 티셔츠는 꾸깃꾸깃하고 지저분했다. 그래서 나는 수건에 물을 묻혀 셔츠를 북북 문지르고 데오도란트를 뿌렸다.

준비를 마치고, 전화기 옆에 의자를 바짝 끌어다 앉았다. 긴장되었다. 나는 손가락을 뻗었다. 내 손이 자동 응답기의 불빛을 받아 붉게 번쩍였다. 손이 재생 버튼 위에서 멈칫했다. 엄마 목소리가 너무 듣고 싶었지만 갑자기 무서움이 몰려왔다. 엄마가 못 온다고 전화를 했을지도 몰랐다. 나는 30까지 세려고 했지만, 17까지 세기도 전에 내 손가락이 버튼을 꾹 눌러 버렸다.

여자 목소리.

"아, 여보세요."

그렇게 말했다. 자동 응답기에 대고 말하는 게 당황스러운 듯했다. 엄마 목소리처럼 들리지 않았다. 그 여자는 전화기에 대고 목소리를 가다듬고 말했다. 나는 손가락을 꼬아 십자가 모양을 만들었다.

> 안녕하세요? 저는 재스민의 담임 선생님, 루이스입니다.
> 재스민이 지난 금요일부터 학교에 나오지 않고 있습니다. 재스민이 아파서 한동안 학교에 나오지 않은 것인지, 재스민이 집에 있는지 알고 싶어서 전화 드렸어요. 재스민이 어디 있는지, 어떻게 지내는지 오늘 오후에 전화해 주시면 감사하겠습니다. 재스민이 아파서 못 나온 거라면 재스민이 빨리 낫기를 바라고요. 재스민을 빠른 시일 내에 다시 볼 수 있기를 바랍니다.
> 감사합니다.

처음 든 생각은 '엄마가 아니야. 엄마가 아니야. 엄마가 아니야.'였다. 나는 루이스라는 여자가 하는 말에 집중할 수 없었다. 그래서 나는 반복 버튼을 누르고 다시 들었다. 녹음을 들으며 입이 점점 벌어졌다. 재스민 누나는 아프지 않았다. 재스민 누나는 분명 그날 아침에도 교복을 입고 학교에 갔다.

난 그 자리에 꼼짝 않고 앉아 있었다. 너무 놀라 움직일 수가 없었다. 로저가 내 무릎으로 뛰어올랐다. 로저의 꼬리가 허공에서 흔들렸다. 로저의 꼬리는 마치 아프리카나 〈알라딘〉 영화에 나오는 먼지 폴폴 나는 나라에서 보던 매력적인 뱀 같았다. 나는 어찌할 바를 몰랐다. 학교를 빼먹는 건 심각한 거니까.

"어디 갔다 왔어?"

손잡이가 돌아가고 재스민 누나가 현관에 들어서자 내가 물었다. 재스민 누나는 나를 멍하니 바라보고는 말했다.

"학교."

거짓말이 내 얼굴을 찰싹 때렸다. 내 뺨이 자동 응답기가 된 것 같았다. 번쩍번쩍 빨갛게 빛났다.

"사실대로 말해."

내가 말하자 누나는 비아냥거리는 투로 말했다.

"꼬치꼬치 캐묻지 마."

"루이스라는 사람이 메시지를 남겼어."

그러자 재스민 누나의 눈이 자동 응답기를 쏘아보더니 이윽고 손을 들어 올려 입으로 가져갔다. 누나가 물었다.

"아빠가……."

"아니."

그러자 다시 누나가 물었다.

"네가……."

"물론 아빠한테는 말하지 않을 거야."

누나는 고개를 끄덕이고는 차를 한 잔 끓였다. 나한테 뜨거운 리베나 주스를 한 잔 줄까 하고 물었다. 그건 내가 좋아하는 음료지만 크리스마스랑은 뭔가 어울리지 않았다. 나는 "그래."라고 했지만 더는 말을 붙이지 않았다. 나는 누나가 거짓말을 한 것 그리고 나를 끼워 주지 않고 모험을 한 것에 대해 단단히 화가 났다. 누나가 부엌 식탁에 앉아 말했다.

"미안해."

"뭐, 괜찮아."

난 그렇게 말했지만 그건 진짜가 아니었다. 마치 사소한 한마디가 그 모든 걱정거리를 사라지게 하는 것인 양 누나가 안도하는 모습을 보니 괴로웠다. 나는 수냐를 생각했다. 처음으로 나는 왜 수냐가 블루택 반지를 끼지 않으려고 했는지 이해했다. 수냐는 나를 용서하지 않았던 거다. 왜냐하면 나는 딱 한 번 사과했고, 그것은 충분하지 않았으니까.

나는 부엌에서 빠져나가 곧장 길을 내려가 언덕을 올라 수냐의 집에 가고 싶었다. 수냐의 창문 밖에 서서 "미안해. 미안해. 미안해." 하고 외치고 싶었다. 수냐가 반짝이는 눈으로 창밖을 내려보며 진심으로 "괜찮아."라고 말할 때까지……. 하지만 나는 그럴 수 없었다. 그래서 하지 않았다. 그냥 식탁에 앉아 재스민 누나가 이야기하기를 기다렸다.

"난 사랑에 빠졌어."

그런 말을 기대한 건 아니었다. 기침을 하는 바람에 티셔츠에 리베나 주스를 흘리고 말았다. 재스민 누나가 내 등을 두드려 주었다. 다시 숨을 쉴 수 있게 되자, 내가 말했다.

"레오 형이랑?"

"응."

누나는 손톱을 깨물며 자리에서 안절부절못했다.

"아빠가 한 말."

누나가 이야기를 시작했다. 눈에는 눈물이 고였다. 나는 누나한 테 티슈를 가져다주러 일어섰지만, 티슈가 보이지 않았다. 그래서 대신 행주를 건네주었다. 그러자 누나가 웃었다. 하지만 그다지 기분 좋아 보이지는 않았다.

"아빠가 차에서 한 말들 있잖아. 레오가 계집애 같다고 한 거, 게이 같다는 거. 나는 절대 아빠를 용서하지 않을 거야."

나는 말했다.

"누나는 아빠를 용서해야 해."

그러자 누나가 콧방귀를 뀌며 "왜?"라고 물었다. 그래서 내가 "우리 아빠니까."라고 말하자 누나가 "그래서 어쨌다는 건데?"라고 되물었다. 나는 뭐라고 말해야 할지 몰랐다.

"우리 아빠니까."

나는 반복했다. 그것 말고 뭐라고 말해야 할지 몰랐다.

그러자 재스민 누나가 말했다.

"그리고 우리는 아빠의 자식들이니까."

나는 그 말이 무슨 뜻인지 이해하지 못했다. 그래서 누나의 손을 꼭 잡아 주었다. 차갑고 뼈만 앙상한 손이었다.

"그날 아빠가 나를 빗속에 남겨 두고 갔을 때, 난 학교에 갈 수 없었어."

재스민 누나는 이야기하는 내내 식탁 위의 얼룩을 응시했다.

"레오한테 전화를 걸었더니, 수업을 빼먹고 나를 데리러 왔어. 우리는 같이 시간을 보냈는데, 그날은 내 생애 최고로 행복한 시간이었어. 그리고 나니 학교는 그다지 중요하지 않아 보였어."

나는 좀 더 가까이 다가가, 고개를 저으며 말했다.

"학교는 중요해. 정말 중요해. 엄마가 말했어. 좋은 성적을 받아야 우리가 원하는 걸 할 수 있다고 했어. 엄마는 공부가……"

재스민 누나는 식탁 위의 얼룩에서 눈을 떼고는 내 눈을 똑바로 응시했다.

"엄마는 여기 없어, 제임스."

나는 누나한테 다시 한 번 '학부모의 밤'에 대해 말하려 했다. 엄마가 나를 보러 올 생각에 들떠서 바로 지금 이 순간 가방을 싸고 있을 게 분명하다고. 나는 말하고 싶었다.

'엄마가 오고 있어. 엄마가 학교 문밖에 서 있을 거야. 내일 오후 3시 15분에 우리 학교 앞에 서 있을 거라고. 나이젤 아저씨 없이 혼자서 말야.'

하지만 난 말하지 않았다. 단 한마디도 하지 않았다. 그리고 나는 처음으로 뭔가 의심이 들어 두려웠다.

"내일 학교에 가면 돼. 아빠가 쓴 것처럼 해서 쪽지를 가져가면 돼. 그러면 아무 문제 없어."

재스민 누나가 말했다.

내가 말했다.

"약속할 수 있어?"

그러자 누나가 말했다.

"가슴에 손을 얹고……."

하지만 그러다 말을 끊었다. 우리 둘 다 벽난로 선반 위에 있는 죽은 누나에 대해 생각했다. 그러고 나서 재스민 누나가 일어서서 부엌 싱크대에 있는 컵을 닦았다.

"미안해. 거짓말한 거, 학교 빼먹은 거. 전부 다."

누나가 다시 말했다. 액체 세제가 거품을 일으켰다. 그 거품이 눈, 바다 거품, 환타 거품처럼 보였다.

내가 말했다.

"괜찮아."

이번엔 진심이었다.

"정말 힘들어. 다른 무언가를 생각한다는 거. 아빠에게서 벗어나는 거. 너도 언젠가 이해하게 될 거야."

누나가 컵을 문질러 씻으며 말했다.

나는 아무 말도 하지 않았다. 하지만 나는 내가 아주 잘 이해하고 있다고 생각했다.

나는 수녀에게 300번 이상 사과했다. 파머 선생님이 이야기를 멈출 때마다 숨도 쉬지 않고 말했다.

"미안해, 미안해, 미안해, 미안해, 미안해, 미안해, 미안해."

웬일인지 그건 효과가 없었다. 수녀는 계속 조용했고 왠지 슬퍼 보였다. 점심시간에 우리가 벤치에 앉아 있는데 다니엘이 소리쳤다.

"너는 크리스마스에 카레 먹지? 세균 덩어리."

그러고는 수녀의 머리에 눈덩이를 던졌다. 나는 무슨 말을 하고 싶었지만 하지 않았다. 수녀는 여자 화장실로 뛰어 들어가 나머지 점심시간 내내 거기에 있었다. 다니엘은 자기 마구간 안에 고추를 붙여 놓은 게 수녀라는 걸 알고 있는 게 분명했다. 왜냐하면 다니엘이 이전보다 훨씬 더 고약하게 굴었으니까.

온종일 집중이 되지 않았다. 엄마가 여기로 오고 있으니까. 나는 지도를 제대로 그릴 수도, 빅토리아 여왕 시대를 공부할 수도, 문장을 깔끔하게 쓸 수도 없었다. 그냥 작문 연습장을 뚫어져라 바라보며 아무것도 쓰지 않았다. 파머 선생님이 나를 야단치고, 엄마한테 내가 게으른 아이라고 말하지 않도록 내내 연필을 손에 쥐고 있었다. 수업이 모두 끝나고 나니 무척이나 피곤했다. 3시 15분이 될 때까지 마치 백만 년 동안 눈을 뜨고 기다리기라도 한 것 같았다.

제일 먼저 내가 면담을 하게 되었다. 파머 선생님이 말했다.

"가서 너희 부모님을 만나렴. 5분 뒤에 보자."

밖으로 나가니 아빠 차가 있었다. 아빠가 창문을 내리고 그다지 취하지 않은 목소리로 "제임스"라고 말할 때 내 마음이 놓였다. 아빠가 말했다.

"무슨 일 있니?"

나는 계속 머리를 두리번거리고 있었다. 심장은 쿵쾅거리고, 무릎은 흔들리고, 입은 바싹 말랐다. 주차장에 자동차가 많았다. 하지만 엄마 차는 없었다.

아빠가 화장실에 가야겠다고 말해서 우리는 안으로 들어갔다. 아빠가 화장실에 간 사이, 나는 문밖 진입로로 뛰어가서 표지판을 다시 한 번 확인했다. 거기엔 분명 '앰블사이드 초등학교'라고 적혀 있었다. 그러니 엄마가 학교를 못 보고 그냥 지나쳐 갈 수는 없었다. 내 스파이더맨 티셔츠는 눈에 흠뻑 젖었다. 티셔츠는 살갗에 착 달라붙어 이상하게 보였다. 소매가 그 어느 때보다 더 헐렁하게 느껴졌다.

나는 기다리고, 기다리고, 또 기다렸다. 눈이 엄청나게 내렸다. 눈송이가 내 속눈썹을 찔렀다. 차가운 바람이 휙 하고 불어, 나는 팔로 가슴을 감쌌다. 이윽고 자동차 소리가 들렸다.

여자가 운전하고 있었다. 엄마처럼 긴 머리의 여자였다. 나는 그 여자를 향해 달려가 손을 흔들었다. 그러다 눈밭에 미끄러져서 넘어져 무릎을 다쳤다. 경비 아저씨가 모래를 뿌려 놓은 곳에 연한 갈색 얼룩이 생겼다. 자동차는 진입로 안으로 방향 지시등을 켰다.

"엄마!"

내가 소리쳤다. 엄마가 왔다. 나는 너무 행복해서 움직일 수조차 없었다. 비록 내가 눈 속에 손과 무릎이 파묻혀 있었지만 말이다.

"엄마!"

여자는 앞으로 천천히 차를 몰았는데, 핸들 위로 몸을 기울이고 있었다. 눈이 유리창으로 계속 떨어져 앞 유리창 와이퍼가 쉴 새 없이 움직였다. 나는 다시 손을 흔들고 자동차 안을 들여다봤다. 여자도 나를 바라봤다. 그 여자는 안경 속에서 눈을 찡그렸다. 무척 당황스러운 표정이었다.

엄마는 안경을 쓰지 않는다.

나는 다시 바라보았다. 엄마는 갈색 머리가 아니다. 여자는, 다른 누군가의 엄마는, 도로를 가리켰다. 그 여자는 내가 길에서 비키기를 바랐다. 하지만 나는 일어날 수 없었다. 내가 일어나지 못한 이유는 좋아서가 아니라 훨씬 더 무서운 무엇 때문이었다. 그 여자는 세 번 빵빵거렸다. 나는 길옆으로 기어갔다.

아빠는 내가 담벼락 옆에 있는 걸 발견했다.

"도대체 뭘 하고 있는 거야?"

아빠는 내 어깨를 움켜잡으며 말했다. 아빠가 나를 일으켜 세웠다. 어떻게 해서 우리가 그곳에 있는지 나는 몰랐다. 내 마음은 500킬로미터 떨어진 런던에 있었으니까. 하지만 어느 순간 나는 파머 선생님 앞에 앉아 있었다. 선생님은 내가 예수님의 탄생에 대한 글짓기에서 A를 받았다고 말하고 있었다.

엄마는 또 거짓말을 했다. 엄마는 좋은 성적을 받으면 내가 원하는 것을 할 수 있게 된다고 말했다. 하지만 내가 원했던 건 엄마가 '학부모의 밤'에 오는 거였고, 엄마는 오지 않았다.

아빠는 감동한 표정으로 말했다.

"그걸 볼 수 있을까요?"

아빠는 그걸 쓱 읽어 보는 척하며 말했다.

"잘했다."

하지만 나는 아무런 느낌이 없었다. 내 몸이 마비된 거다. 펄펄 내리는 눈 때문이 아니다. 파머 선생님 책상 아래에는 자그마한 히터가 있어서, 덕분에 내 다리도 금세 따뜻해졌다. 파머 선생님이 뭐라고 말하고, 아빠도 뭐라고 말하고, 파머 선생님이 또 뭐라고 하고 나서 나를 쳐다봤다. 마치 대답을 기다리고 있는 것처럼. 그래서 나는 "네."라고 말했다. 내가 질문을 듣지 못한 건 신경도 쓰지 않았다. 파머 선생님이 웃는 걸 보니 내가 제대로 대답을 한 것 같았다. 그러고 나서 선생님이 물었다.

"내년에 중학교는 어디로 보낼 생각이세요?"

아빠가 "그래스미어로 보내려고요."라고 말했다. 그러자 파머 선생님이 "거기가 쌍둥이들이 다니는 곳인가요?"라고 물었다. 그러자 아빠가 "뭐라고 하셨어요?"라고 물었다. 나는 대화에 집중했다.

"거기가 쌍둥이들이 다니는 곳인가요?"

파머 선생님이 다시 물었다. 아빠가 손으로 턱을 문질렀는데, 구레나룻 긁는 소리가 났다.

"쌍둥이들이라고요?"

아빠가 마치 뭔 말인지 도통 모르겠다는 것처럼 말했다. 그러자 파머 선생님이 당혹스러운 표정으로 말했다.

"로즈랑 다른 한 아이 이름이 뭐지요?"

아빠는 말하지 않았다. 나도 말하지 않았다. 밖에서는 바람이 윙윙거렸다.

"재스민은 그래스미어에 다니지요."

마침내 아빠가 말했다. 나는 파머 선생님 정강이를 발로 걷어차 선생님 입을 다물게 하고 싶었지만 그런 행동은 책 속에서나 가능했다.

"그럼 로즈는 어디에 다니나요?"

선생님이 물었다.

"로즈는 더 좋은 곳으로 갔습니다."

그러자 파머 선생님이 물었다.

"사립 학교인가요?"

아빠는 침을 꿀꺽 삼켰지만 대답하지는 않았다. 파머 선생님은 얼굴이 벌게지며 말했다.

"글쎄요, 어쨌든요."

그러고는 내 과제물 파일을 집어 들고는 휙휙 넘기기 시작했다.

"제임스는 가족에 대해 멋진 글을 썼어요."

선생님은 내 작문 연습장을 꺼냈다. 나는 "안……돼." 하고 외치고 싶었다. 하지만 파머 선생님은 이미 그걸 아빠에게 건넸다. 아빠는 '멋진 여름 방학', '멋진 우리 식구', '마법과도 같은 나의 크리스마스'를 읽었다. 작문 연습장이 아빠 손에서 흔들렸다. 파머 선생님은 아빠가 "잘했다."고 말하기를 기다렸다. 선생님은 나를 물끄러미 바라보았다. 내가 아빠를 바라보는 것처럼. 아빠는 내가 로즈 누나에 대해 쓴 거짓말을 바라보았다.

문밖에서 소리가 들렸다. 다음 차례 부모님이 도착했다. 파머 선생님은 목소리를 가다듬고는 말했다.

"요점을 말씀드리면, 제임스는 똑똑하고, 또 공부도 곧잘 합니다. 몽상에 잠기는 경향이 있지만 말입니다. 저는 제임스가 다른 아이들과 사교적으로 좀 더 잘 어울렸으면 합니다. 하지만 제임스는 수냐라는 여자아이하고만 특히 가깝게 지내는 것 같습니다."

문 두드리는 소리가 났다.

"소냐라는 여자아이요?"

아빠가 묻자, 파머 선생님이 말했다.

"들어오세요. 소냐가 아니라 수냐입니다, 아버님."

손잡이에서 찰칵 소리가 났다. 문이 열렸다.

"아, 여기 수냐가 왔네요."

파머 선생님이 듣기 좋은 목소리로 알려 주었다. 나는 의자에서 몸을 휙 돌렸다. 스파이더맨 티셔츠는 땀에 젖어 등짝에 딱 달라붙어 있었다.

"안녕, 제임스. 다시 만나 반갑다."

수녀 엄마가 그 특유의 억양으로 말했다.

16

하얀 히잡 두 개가 교실 불빛을 받아 빛났다. 아빠가 벌떡 일어서자 까무잡잡한 두 얼굴이 깜짝 놀란 것처럼 보였다.

"당신이 우리 아들을 어떻게 아쇼?"

아빠가 파머 선생님 책상 위로 손을 쾅 내리치며 고함쳤다. 쌓여 있던 책들이 무너지며, 커피잔이 뭔가 중요해 보이는 서류에 부딪혔다. 파머 선생님은 깜짝 놀란 강아지마냥 뭐라 뭐라 중얼거리며 나를 바라보았다. 마치 그것이 내 실수라도 되는 듯. 수녀 엄마는 머뭇거렸다. 나는 고개를 살짝 저었다. 그러자 수녀 엄마가 말했다.

"저는 저 아이 모르는데요."

나는 눈을 감았다가 천천히 떴다. 나는 그게 '감사합니다.'라는 뜻이라는 걸 수녀 엄마가 알아차렸으면 했다.

"이제 가요."

내가 아빠한테 작은 소리로 말했다. 하지만 아빠는 소리쳤다.

"다시 만나 반갑다. 다시. 당신이 그렇게 말했잖소?"

아빠는 수녀 엄마 쪽으로 걸어갔다. 수녀 엄마는 한 발짝 뒤로 물러서며 수녀의 어깨를 움켜잡았다. 파머 선생님은 가슴에 손을 얹으며 자리에서 일어섰다.

"매튜 씨, 진정하세요."

선생님이 울음 섞인 소리를 냈다. 아빠는 다시 소리쳤다.

"어디서 보았다는 말이오? 언제 내 아들을 만났소?"

수녀 엄마는 한 발 더 물러서며 수녀를 꼭 끌어안았다.

수녀는 자기 엄마 손을 물리치며 말했다.

"학교 축구 경기에서요."

수녀의 목소리는 차분하고, 얼굴은 천진했다. 지금껏 내가 들은 최고의 거짓말이었다.

"닥쳐."

아빠가 소리치자 수녀 엄마가 갑작스레 폭발했다.

"어떻게 감히 이럴 수가? 어떻게 감히 내 딸한테 그렇게 말할 수 있어요?"

하얀 히잡 아래로 수녀 엄마의 눈썹이 사라졌다. 아빠는 웃었지만 그 소리는 사악하게 들렸다. 마치 영화 속에서 눈이 시뻘겋게 충혈된 악당이 두 손을 모아 비비며 입으로 하하하하하 소리 낼 때처럼……

"내 나라니까 내가 하고 싶은 말을 할 수 있소."

아빠가 대꾸했다.

"여기는 수냐의 나라이기도 해요!"라고 나는 외치고 싶었다. 하지만 아빠는 제정신이 아닌 것 같았다. 파머 선생님이 어쩔 줄 몰라 했다.

"교장 선생님 모셔 올게요."

그러고는 교실을 급히 빠져나가며 문을 쾅 닫았다.

"모슬렘이 내 딸을 죽였단 말이야."

아빠가 자기 가슴을 가리키며 말했다. 나는 아빠한테 달려가 팔을 잡으려 했지만, 아빠는 나를 밀쳐 냈다.

"그놈들이 내 딸을 죽였단 말이야."

아빠가 다시 말했다. 아빠는 그 말을 하면서 자기 가슴을 마구 쳤다.

"어이가 없군요."

수냐 엄마가 대꾸했다. 하지만 목소리는 떨렸다. 수냐 엄마가 겁을 먹은 것 같았다. 나는 수냐 엄마가 초콜릿 밀크셰이크에 꽂아 주었던 꼬불꼬불한 빨대가 생각났다. 수냐 엄마를 놀라게 한 아빠가 미웠다.

"진정한 모슬렘은 어떤 누구도 절대 해치지 않아요. 사람들이 그렇게 말하는 것뿐이에요."

수냐 엄마가 말을 시작했지만 아빠가 소리쳤다.

"닥쳐!"

아빠는 이제 몸을 부들부들 떨고, 얼굴은 시뻘겋게 변해 있었다. 관자놀이에서 땀이 뚝뚝 떨어져 뺨으로 흘러내렸다. 아빠는 '테러리스트'에 대해 무어라고 그리고 "전부 똑같아." 뭐 그런 말을 계속 외쳤다. 그러자 수냐 엄마가 마치 뺨이라도 한 대 얻어맞기라도 한 것처럼 고개를 돌렸다.

수냐는 크리스마스 장식 앞에 서 있었는데, 불끈 쥔 주먹 위로 손가락이 뒤틀렸다. 수냐 뒤에 있는 벽에서 은빛 종이로 잘라 만든 눈송이가 반짝였다. 왼쪽에는 천사들이, 오른쪽에는 산타클로스가 있었는데, 산타클로스의 배가 빨간 재킷 밖으로 툭 튀어나오고, 검정 양말에는 선물이 불룩 튀어나왔다. 장식 한가운데에는 푸른 판지를 잘라 만든 마리아, 갈색 판지를 잘라 만든 요셉 그리고 너무도 선명한 분홍색이어서 피부색처럼 보이지 않는 판지로 만든 아기 예수가 있었다. 이 모든 크리스마스 장식 옆에 수냐가 서 있는 모습이 나는 너무 슬펐다. 수냐가 믿지도 않고 즐길 수도 없는 것들이니까……. 나는 수냐가 쓴 시를 생각했다. 그리고 수냐가 왜 4줄밖에 쓰지 못했는지를 생각했다. 12월에는 수냐가 기대할 마법과도 같은 일이 없기 때문이었다. 바람이 창문을 마구 흔들고, 책상에서는 커피가 똑 똑 떨어져 바닥에 물웅덩이를 만드는 데다, 아빠가 계속 소리치고 있어도 내 귀에는 수냐가 하는 말밖에 들리지 않았다.

"난 내가 평범했으면 좋겠어."

나는 수녀에게 걸어가, 수녀의 주먹을 내 손으로 잡고, 손가락에 반지를 끼워 주며 "네가 평범하지 않아서 좋아."라고 말하고 싶었다.

수녀의 왼쪽 눈에 눈물이 반짝였다. 눈물이 은빛으로 차올라 굵은 빗방울처럼 흘러내렸다. 그즈음 아빠가 수녀네 가족을 "악마"라고 불렀다.

나는 "우리 아빠 말 듣지 마."라고 소리치는 걸 상상했다. 나는 "너는 그저 너일 뿐이야, 그리고 아름다워."라고 말하는 걸 상상했다. 나는 수녀를 울리는 아빠 얼굴을 한 대 후려갈기는 모습을 상상했다. 그리고 천 분의 1초 동안 생각했다. 정말로 내가 그렇게 할 수 있으면 좋겠다고. 하지만 난 나 같은 애한테는 너무 큰 스파이더맨 티셔츠를 입고 심장을 벌렁대며 교실 한복판에서 벌벌 떨며 서 있을 뿐이었다.

교장 선생님이 교실로 들어왔다. 반짝반짝 빛나는 신발이 교실 바닥 위에서 톡톡 소리를 냈다. 교장 선생님이 말했다.

"무슨 문제라도 있습니까?"

수녀 엄마는 아무 말도 하지 않았다. 수녀 엄마가 바닥을 내려다보는 동안 나는 수녀 엄마의 히잡 꼭대기만 바라보고 있었다. 수녀 엄마가 고개를 들 때 내가 눈물을 흘리며 "죄송해요."라고 말할 수 있기를 바랐다. 하지만 수녀 엄마는 꼼짝하지 않았다.

"아뇨, 아무 문제 없습니다."

아빠가 말했다. 그러고는 내 손을 움켜쥐고 나를 문쪽으로 이끌며 교장 선생님을 향해 고개를 까딱였다. 마치 지난 5분 동안 전혀 아무 일도 없었던 것처럼……. 나쁜 일이 모두 끝났기를 나는 바랐다. 복도를 걸어가는 동안, 아빠의 손톱이 내 손바닥을 파고들어 너무 아팠다.

차 안에서 우리는 아무 말도 하지 않았다. 타이어가 눈 위에서 빙빙 헛바퀴를 돌았고, 사방에 하얀 눈이 튀었다. 우리 집 진입로에 들어서자마자, 아빠가 "안으로 들어가라."라고 작은 소리로 말했다. 나는 차에서 내려 얼음 위를 미끄러지듯 현관문으로 냅다 달려 거실로 뛰어갔다. 재스민 누나와 레오 형이 소파에 누워 있었는데, 둘의 얼굴은 온통 시뻘겋고, 검은색 옷은 꾸겨져 있었다. 재스민 누나가 말했다.

"학부모의 밤에 간 거 아니었어?"

내가 말했다.

"끝났어."

그러고는 밖을 가리키며 "아빠."라고 말했다. 재스민 누나는 비명을 지르며 레오 형을 소파 밖으로 밀쳐 냈다.

아빠가 현관으로 성큼성큼 들어왔다.

"서둘러."

내가 재스민 누나 손을 끌어당기며 말했다. 레오 형은 혀에 꽂은 피어싱을 입술로 깨물었다. 발소리가 멎었다. 아빠가 거실로 들어오는 순간, 레오 형은 재빨리 소파 뒤로 숨었다.

나는 숨바꼭질을 그다지 잘하지 못한다. 좁고 어두운 공간을 좋아하지 않는다. 그런 곳에 가면 땅속에 묻히는 기분이 들어서다. 그래서 결국엔 문 뒤 같은 시시한 곳에 허둥지둥 몸을 숨기게 된다. 그럼에도 내가 레오 형보다는 잘 숨는 것 같다. 레오 형은 소파 뒤에 몸을 숨기기에는 덩치가 너무 컸다. 초록색 뾰족 머리가 팔걸이 위로 툭 튀어나오고, 검정 신발은 카펫 밖으로 삐져나왔다.

아빠가 레오 형을 발견했을 때, 아빠 얼굴은 자줏빛에서 흙빛으로 바뀌었다. 아빠가 소리쳤다.

"일어서!"

레오 형은 아빠가 무슨 말을 했는지 알아들은 것 같지 않았다. 레오 형은 숨죽인 채, 눈을 감고서 그냥 한참 동안 그대로 머물러 있었으니까. 마치 아무도 자기를 못 찾은 것처럼. 하지만 아빠는 소파 위로 걸어가 레오 형의 티셔츠 뒷자락을 낚아채어 힘껏 잡아당겼다.

"우리 집에서 당장 나가!"

아빠가 소리치자 레오 형이 허둥지둥 일어났다.

"레오한테 그런 식으로 말하지 마세요."

재스민 누나가 외쳤다. 그러자 아빠가 말했다.

"빌어먹을. 뭐가 됐든 난 지금 우리 집 지붕 아래에 있는 녀석과 얘기 좀 해야겠다."

아빠는 손가락을 부들부들 떨며 천장을 가리켰다.

레오 형이 후다닥 달아나자 아빠가 소리쳤다.

"넌 우리 집 출입 금지야. 두 번 다시 재스민하고 만나지 마."

아빠는 거실 문을 쾅 닫아 버렸다. 낡은 가족사진이 벽에서 떨어지며 쿵 소리가 났다.

"이럴 순 없어요."

재스민 누나가 흥분한 채 쏘아붙였다. 이글이글 불같이 성을 내며 허공에 손을 마구 휘저으며 말했다.

"아빠는 우릴 만나지 못하게 할 수 없어요."

아빠가 말했다.

"만나지 말라고 했지!"

그러고는 나를 향해 돌아서며 물었다.

"넌 로즈를 사랑하지?"

나는 곧바로 "네."라고 대답했다. 아빠가 한 발 앞으로 다가왔다.

"네 누나가 어떻게 죽었는지 기억하니?"

아빠 목소리는 낮고 조용하고 무시무시했다. 나는 침을 꼴깍 삼켰지만 내 입은 바짝 타들어 갔다. 나는 고개를 끄덕였다. 아빠는 눈을 감고는 무언가를 꾹 참으려고 하는 것 같았다. 하지만 역부족이었다. 아빠는 고함치며 발로 소파를 걷어차기 시작했다.

"거짓말쟁이. 넌 거짓말쟁이야, 제임스."

나는 벽에 바짝 붙어 섰다. 아빠가 쿠션을 던져 전등갓에 부딪혔다. 전등갓이 흔들리며 덜컹거렸다.

"난 거짓말쟁이가 아니에요."

아빠가 카펫을 가로질러 달려오자 나는 털썩 주저앉으며 대답했다. 벽난로 선반 위 유골함이 덜컹거렸다.

"그런데 네가 어떻게 그럴 수 있어?"

아빠가 고함쳤다. 아빠 목소리가 내 귀에서는 굉음처럼 들렸다. 마치 아이패드를 크게 틀어 놓은 것 같았다.

"그게 진심이라면, 어떻게 그 계집애랑 친구가 될 수 있느냐고?"

재스민 누나가 말했다.

"제임스를 그냥 내버려 둬요."

그러고는 내 옆으로 살금살금 다가왔다. 누나는 울고 있었다. 내 어깨를 감싸는 누나의 팔이 떨렸다.

"너도 알고 있었어?"

아빠는 씩씩거리며 재스민 누나에게 몸을 기울이더니 누나 얼굴에 대고 소리쳤다.

"제임스의 여자 친구가 모슬렘이라는 걸 너도 알았느냐고?"

재스민 누나는 나를 바라보았지만, 누나는 실망하거나 화내지 않았다. 그저 호기심 가득한 표정이었다. 어깨를 잡은 누나의 손에 힘이 들어갔다. 그건 '난 상관 안 해.'라는 뜻이었다.

"빌어먹을 테러리스트."

아빠가 침을 튀겨 가며 고함쳤다. 나는 아빠가 틀렸다고 말하고 싶었다. 내가 텔레비전에서 본 테러리스트들은 열한 살도 안 된 여자들이 아니라 모두 스무 살이 넘은 남자들이었으니까. 하지만 아빠가 내 머리 위 벽을 세게 내리쳐서 나는 몸을 피해야 했다.

나는 얼굴을 무릎에 묻고 있었다. 그래도 아빠가 우는 소리는 들을 수 있었다. 아빠는 코를 훌쩍거렸다. 콧구멍의 코가 목으로 들어가서 목소리가 굵고 탁했다.

"넌 로즈 때문에 운 적이 한 번도 없잖아."

아빠가 말했다. 나는 죄책감이 들었다. 우리 가족에게 생긴 그 모든 일이 모두 내 잘못인 것 같았다. 일부러 눈물을 내려고 손가락으로 눈을 찔렀다.

"넌 로즈를 사랑할 리가 없어."

아빠가 말했다. 갑자기 목소리가 착 가라앉았다. 아빠는 벽난로 선반 쪽으로 걸어가 유골함을 바라봤다.

"5년 전에 죽은 로즈가 여전히 살아 있다고 하면서 온통 거짓말을 해 댄 네가 어떻게 로즈를 사랑할 수가 있지? 모슬렘하고 친구로 지내면서 어떻게 로즈를 사랑할 수가 있어!"

아빠는 벽난로 선반 위에 놓인 유골함을 잡았다. 유골함이 아빠 손에서 흔들리고, 아빠의 땀투성이 손이 반짝반짝 빛나는 금빛 유골함에 자국을 남겼다.

"그놈들이 로즈한테 한 짓을 봐라, 제임스. 모슬렘들이 네 누나한테 무슨 짓을 했는지 똑똑히 보라고!"

218

아빠가 유골함을 들어 올리며 말했다. 아빠는 더 이상 화난 것처럼 보이지 않았다. 그냥 세상에서 가장 슬픈 사람 같았다. 지금 생각나는 세상에서 가장 슬픈 사람은, 밴 아저씨가 죽었을 때의 스파이더맨이다. 재스민 누나는 더 소리 높여 울었다. 나도 저렇게 울수 있으면 좋겠다.

모든 것이 조용해졌다. 이제 다 끝났다. 하지만 다시 말을 해도되는지 어떤지 몰랐다. 그래서 등을 벽에 기댄 채 그냥 앉아 있었다. 손바닥도 아프고 머리도 아팠다. 나는 시곗바늘이 째깍째깍 둥글게 돌아가는 걸 바라보았다. 3분하고 31초 뒤, 아빠는 유골함을 벽난로 선반 위에 올려놓고, 눈가를 훔치고, 거실을 나갔다. 유리잔이 딸그락거리는 소리, '딱' 하고 맥주 캔 따는 소리가 들렸다. 재스민 누나는 날 일으켜 세우며 말했다.

"네 방으로 가자."

우리는 창턱에 앉아 별을 바라보았다. 쌍둥이자리가 떠 있고, 사자자리도 떠 있었다. 하늘에 있는 은사자가 눈으로 뒤덮인 세상 위를 비추었고, 풀밭은 보석처럼 빛났다.

"내 별자리 운세가 오늘 끔찍할 거라고 했어. 그래도 이 정도로나쁠 거라고는 생각 못 했는데……."

재스민 누나가 말했다. 누나가 숨을 쉬니까 유리창 위에 둥그렇게 김이 서렸다. 누나는 그 위에 커다랗게 대문자 J를 쓰더니 자기이름을 썼다. 그리고 같은 J를 사용해 내 이름을 썼다. 글자들이 전부 방울져 흘러내렸는데, 근사해 보였다. 누나가 물었다.

"괜찮아?"

나는 대답했다.

"응."

"엄마 보고 싶어."

재스민 누나가 불쑥 말했다. 이상했다. 왜냐하면 나도 막 똑같은 생각을 하고 있었으니까.

"엄마가 지금 여기 있으면 좋겠어."

난 바닥을 바라봤다.

"엄마는 학부모의 밤에 안 왔어."

나는 풀죽은 목소리로 말했다. 재스민 누나는 창문에 기대며 말했다.

"엄마가 올 거라고 생각 안 했어."

나는 발가락으로 카펫을 문지르며 말했다.

"하지만 엄마는 차가 막혀서 고속도로에 갇혔을지도 몰라."

"차가 막혔으면, 엄마는 그냥 포기하고 집으로 갔을걸. 엄마가 어떤지 너도 잘 알잖아. 어쩌면 그랬을지도 몰라."

재스민 누나는 분홍색 머리카락 한 가닥을 만지작거리며 말했다.

"그랬을지도 모르지."

하지만 우리는 서로 바라보지 않았다. 의심이 되살아났다. 불어서 끌 수 없는 마법의 생일 초처럼. 나는 그 기분을 알지 못했지만,

그게 무엇이든 무서웠다.

우리는 잠시 아무 말도 하지 않았다. 로저가 살금살금 정원을 가로질러 가고 있었다. 연갈색 다리가 하얀 눈에 자국을 남기고 있었다. 로저는 얼어붙은 연못을 물끄러미 바라보았다. 문득 궁금했다. 온통 얼어붙은 연못 안 어딘가에 내 물고기가 살아 있는지. 재스민 누나가 한숨을 쉬었다.

"레오 괜찮겠지."

나는 쿠션에서 실밥을 뜯으며 말했다.

"수냐도 괜찮겠지."

이윽고 나는 미소 지었다. 웃기는 일은 아니지만…….

"아빠는 진짜 우리를 미워할 거야."

"그래……. 그리고 엄마도."

재스민 누나가 이마를 찌푸리며 말했다.

난 그걸 그저 농담이라 생각했다. 그래서 그렇게 말하려고 했다. 순간 재스민 누나가 턱을 무릎에 괴었다. 생각에 잠긴 듯 진지했다.

"내가 어렸을 때, 나한테 테디 인형 다섯 개가 있었어. 에드워드, 롤랜드, 베사, 존 그리고 버트."

난 누나가 왜 자기 장난감 이야기를 하는지 이해가 되지 않았다.

"내 곰은 바니였어."

내가 천천히 대답했다. 재스민 누나는 유리창에 서린 김에 동그라미 다섯 개를 그렸다. 누나가 손톱을 물어뜯는 바람에 광택이

나는 검은색 매니큐어가 벗겨졌다.

"난 그 인형들을 정말 좋아했어. 특히 버트를. 버트는 눈이 없었지. 그런데 어느 날 버트를 잃어버렸어. 버트를 스코틀랜드 버스에 놓고 온 거야. 그때 우리는 할머니 집에 갔다 왔었거든. 그리고 다시는 버트를 보지 못했어."

로저가 덤불 속으로 사라졌다. 사냥을 하고 있었다. 나는 창문을 쾅 두드려 로저가 그 짓을 하지 못하게 했다. 누나는 계속 말했다.

"나는 너무 화가 났어. 몇 시간이고 울었지. 하지만 런던에서 나머지 곰 인형을 보니까 마음이 좀 나아졌어."

누나는 유리창의 동그라미 하나를 지우고 다른 네 개를 바라보았다.

"난 그것들을 예전보다 더 사랑하게 됐어. 왜냐하면 하나가 없었으니까."

그건 아무 의미도 없는 이야기였다. 그래서 나는 뭐라고 말할지 몰랐다. 나는 그저 잠자코 기다렸다. 누나가 말했다.

"엄마 아빠도 그렇게 느끼시겠지, 언젠가는. 고통이 모두 사라지고 나면……."

나는 누나가 곰을 이야기하는지, 엄마를 이야기하는지, 아빠를 이야기하는지 몰랐다. 오늘따라 누나가 어려 보였다. 누나가 누나 같지 않았다. 나는 누나 기분을 풀어 주고 싶었다. 그래서 그저 이렇게 말했다.

"엄마 아빠도 그럴 거야."

재스민 누나는 자기 무릎을 가슴께로 끌어당겼다.

"정말 그렇게 생각하지?"

누나가 물었다. 나는 고개를 끄덕였다. 누나는 어색하게 미소 짓고는 급히 말했다.

"그러면 엄마 아빠는 우리를 우리 그 자체로 사랑해 줄 거야. 로즈에 대해서는 생각하지 않고. 그러면 엄마도 집에 오고, 모든 게 잘될 거야."

"우리가 엄마를 집에 오게 할 수 있어."

내가 창턱에서 뛰어내리며 불쑥 말했다.

"우리가 엄마를 집에 오게 할 수 있어. 전부 다 괜찮아질 거야."

나는 베개 아래 숨겨 놓은 꾸깃꾸깃한 봉투를 누나에게 건넸다. 누나는 봉투를 열었다. '맨체스터에 와서 당신 삶을 바꾸세요.'라고 쓰인 편지를 누나가 읽었다. 누나는 "허튼소리야." 같은 말은 하지 않았다. 누나는 내 계획을 귀담아들었다. 나는 모든 걸 말했다. 우리가 극장에 가서 노래 부르면 엄마 아빠가 우리를 자랑스러워하면서 서로 손을 잡을 거라고……. 누나는 "그럴 일은 절대 없을 거야."라고 말하지 않았다. 누나는 작은 소리로 말했다.

"두 분 사이가 좋아지면 더 이상 바랄 게 없겠어."

그러고는 눈을 감았다. 두 분이 처음으로 포옹하는 모습을 상상하면서…….

"그러면 하자. 오디션 3주 남았어. 준비할 시간은 충분해."

내가 신 나서 말했다. 재스민 누나의 눈꺼풀은 검은색 파우더로 뒤범벅되어 있었다. 그러다 갑자기 구겨졌다. 마치 고통스럽다는 듯이.

"난 더 이상 아빠한테 맞설 수 없어. 어떤 것이든……."

누나가 주저하며 심호흡을 했다.

"술에 취하는 거."

우리 둘 중 누가 그 단어를 말한 건 그때가 처음이었다. 그건 뜨거운 리베나 주스 같은 걸 말하는 게 아니라 진짜 술과 구토와 실망을 의미하는 단어였다. 나는 재스민 누나가 눈을 감고 있는 게 기뻤다. 왜냐하면 어떤 표정을 지어야 할지 손은 어디다 두어야 할지 무엇보다 우리 아빠가 알코올 중독자라는 사실을 어떻게 대해야 할지 난 몰랐으니까.

"난 고작 열다섯 살이라고."

누나가 갑자기 눈을 뜨더니 험악한 표정으로 소리쳤다.

"너 정말 그 바보 같은 대회에 나가고 싶은 거야?"

나는 고개를 끄덕였다. 잠시 뒤, 누나가 말했다.

"좋아."

마지막 주는 정말 거지 같았다. 수냐는 내게 말도 걸지 않았다. 다니엘이 내 얼굴에 눈덩이를 던지고 스파이더맨 티셔츠 속에 얼음을 집어넣었다. 그리고 나만 빼놓고 모두가 크리스마스카드를 받았다. 도서관에 있는 우편함에 카드를 넣으면 집에 갈 시간이 되었을 때, 교실로 배달된다. 교장 선생님이 산타 모자를 쓰고 카드 배달을 하는데, 우리 교실에 들어와서 호호호 웃었다.

그리고는 손에 들린 카드 위에 적힌 이름을 큰 소리로 불렀다. 항상 라이언과 다니엘의 이름이 제일 많았고, 수냐의 이름이 간혹 있었다. 처음에는 이것이 당황스러웠다. 왜냐하면 수냐는 늘 운동장에 혼자 서 있었으니까. 수냐가 그렇게 인기 있다니 나는 깜짝 놀랐다. 하지만 나는 보고 말았다. 수냐가 받은 카드는 몽땅 A4 용지 위에 펠트펜으로 그린 것이라는 걸, 수냐의 손 글씨로 슈퍼영웅의 이름이 쓰여 있다는 걸. 수녀는 배트맨으로부터 한 장, 슈렉으로부터 한 장, 그린 고블린으로부터 한 장을 받았다. 그린 고블린은 슈퍼맨의 최대 맞수라는 걸 누구나 안다. 수녀가 그 카드를 필통 옆에 놓아서 난 그걸 볼 수가 있었다.

우리는 '학부모의 밤' 이후로 한마디도 하지 않았다. 수녀는 내가 아끼는 색연필을 더 이상 사용하지 않았다. '영국 최고의 탤런트 쇼'에 관해서 엄마한테 편지를 보내고, 아빠한테는 쪽지를 남겨 1월 5일 맨체스터 팰리스 씨어터에 오라고 하겠다는 우리의 계획에 대해 수녀에게 이야기하고 싶은 말이 너무 많았다. 나는 수녀에게 우리 노래와 춤을 보여 주고, 그것이 모든 걸 해결해 줄 거라 말하고 싶었다. 엄마가 돌아오고 나서 아빠가 더 이상 술을 마시지 않고 두 분이 로즈 누나에 대해 모든 것을 잊게 되면, 아빠는 너무 행복해서 수녀를 증오하지 않을 거다. 그래도 아빠는 우리가 친구로 지내는 건 좋아하지 않을 거다. 하지만 엄마는 말하겠지.

"그냥 내버려 둬요."

수녀는 차를 마시러 우리 집에 들를 거다. 우리는 트로피컬 피자를 먹을 거고, 두 분은 수녀가 모슬렘이라는 사실을 까맣게 잊겠지.

이틀 있으면 크리스마스이브다. 나는 우편물이 12월 24일이나 25일, 26일에 올 거라고 생각하지 않는다. 더 일찍 도착할 거다. 하지만 오늘 아침에 아무 우편물도 없었다. 자선 단체에서 보낸 슬픈 편지 한 장을 빼고는. 칠면조 고기를 먹으면서 아프리카에서 굶주리는 사람들을 생각해 보라고 적혀 있었다. 크리스마스 저녁 식사를 할 때 떠올려 봐야겠다. 재스민 누나가 준비하고 있는 걸 보니 올해는 아마 치킨 샌드위치를 먹을 것 같다. 내가 저녁을 먹으면서 '굶어 죽어가는 사람들을 생각하는 시간'을 갖는 한, 자선 단체 사람들은 내가 무엇을 먹는지 신경 쓰지는 않을 거다.

아직 크리스마스 우편물이 없다. 그렇다면 내일 엄마 선물이 도착할 거다. 나는 즐거워지려고 노력했다. 현관 옆 발판 위에 놓인 빵빵한 우편물을 연신 상상했다. 하지만 '행복한 크리스마스 보내라, 아들'이라고 커다란 푸른색 글씨로 적힌 카드를 생각할 때마다, 이상하게도 의심이 일었다. 나는 무서웠다. 이제 그 의심은 절대 사라지지 않았다.

나는 파머 선생님한테 물어봤다. 선생님이 만약 하루를 쉬어야 한다면, 교장 선생님한테 몇 번이나 말해야 하느냐고. 선생님은 내가 물어보는 것이 귀찮다는 표정이었다. 그러면서 책상 위의 칭찬판을 연신 흘끔거렸다. 마치 천사 위에 생긴 커피 자국이 전부 다 내 잘못이라도 되는 것처럼. 어쨌거나 선생님이 말했다.

"아주 중요한 일이라면, 선생님은 즉시 휴가를 받을 수 있어. 바보 같은 질문은 그만하고 이제 밖에 나가 놀아라."

'그건 아주 중요한 문제예요.'

나는 차마 입 밖으로 그 말을 꺼낼 수가 없었다. 그 말이 내 머릿속에서 맴돌아서 머리가 어지러웠다. 작문 시간에 내 연필은 종이에 닿지도 않았다. 수학 시간에는 대충대충 숫자만 적었다. 미술 시간에는 새끼 양을 목동보다 더 크게 그렸다. 집중이 안 됐다. 마치 사나운 양 떼가 여물통을 밟아 뭉개려는 것처럼 그려졌다.

크리스마스 연극으로 우리는 마구간 장면을 연기했는데, 놀랍게도 나는 생전 처음으로 사람 역할을 맡게 되었다. 내가 맡은 역은 "여인숙에는 방이 없습니다."라고 말하는 사람이었다. 하지만 연극을 보러 올 사람은 아무도 없었기에, 그건 중요하지 않았다. 재스민 누나는 학교에서 시간에 맞춰 올 수 없었고, 아빠는 학부모의 밤 이후로 침대에서 한 발짝도 나오지 않았다. 수냐는 처음에는 마리아 역할을 했는데, 여인숙에 들어설 때 소리치면서 마치 아이를 낳는 것처럼 계속 자기 배를 움켜잡았다. 마지막 연습 때, 파머 선생님은 수냐를 무대 한가운데 있는 의자에서 잡아 끌어냈다. 그러고는 수냐는 이제 황소 역할을 맡을 거라면서, 마구간 뒤에 가 있으라고 했다.

크리스마스 방학 전날, 나는 정말로 수냐에게 말하고 싶었다. 하지만 어떻게 말을 꺼내야 할지 좀처럼 떠오르지 않았다. 수냐가 보지 않을 때, 나는 연필을 수냐 의자 밑에 휙 던져 놓고 연필 좀 집어 달라고 부탁하려 했다. 그런데 그때 파머 선생님이 뾰족한 물건을 교실에 내던졌다면서 나를 밖으로 쫓아냈다. 선생님이 말했다.

"사람 눈이 찔릴 수도 있어."

228

그건 거짓말이었다. 연필은 뭉뚝하고 게다가 난 그걸 높게 던지지도 않았다. 그 근처를 걸어 다니는 눈에 보이지 않는 난쟁이가 있지 않은 이상, 연필은 사람 눈 근처에도 가지 않았다. 다시 교실로 들어가도 된다는 허락을 받았을 때, 연필은 아직 수녀의 발치에 있었지만 난 감히 연필을 집어 달라고 부탁할 수 없었다. 파머 선생님이 내가 연필을 일부러 거기에 던진 것으로 만들어 버렸으니까. 나는 펜으로 그래프를 그려야 했다. 그래프가 모두 엉망이었는데 지울 수도 없었다. 점수가 나쁘겠지만 그건 상관없다. 점수를 잘 받는 데에 더 이상 관심이 없었으니까. 재스민 누나가 학교에 대해 했던 말이 맞다. 학교는 정말 그다지 중요하지 않다.

집에 갈 시간이 되자 파머 선생님이 말했다.

"메리 크리스마스. 새해 복 많이 받아라. 학교는 1월 7일에 오면 돼. 그때 모두 다시 만나자."

친구를 사귈 시간은 다 날아갔다. 모두 집으로 돌아갔다. 나는 교실에 남아 수녀가 가방 싸는 걸 지켜봤다. 그건 한참 걸렸다. 수녀는 책을 깔끔하게 넣고, 펠트펜 뚜껑이 제대로 닫혔는지, 색깔 순서대로 잘 넣어 두었는지 확인했다. 나는 수녀가 내가 말 걸어 주기를 기다리고 있다는 걸 알았다. 하지만 수녀는 크게 콧노래를 부르고 있었다. 할머니는 언제나 말씀하시곤 했다.

"남을 방해하는 건 예의에 어긋나는 거야."

머리카락 다섯 가닥이 수녀 얼굴 위로 흘러나와 있었는데, 수녀는 계속 그걸 쓸어 올렸다. '완벽해', '눈부시다', '아름다워'와 같은 단어들이 내 머릿속에서 맴돌았지만, 내가 무슨 말을 꺼내기도 전에, 수녀는 밖으로 걸어 나갔다. 수녀가 코트를 입기에 나도 따라 입었고, 수녀가 복도를 달려가기에 나도 따라 달렸다. 수녀는 문밖으로 불쑥 나서더니 도로로 나갔다. 하지만 내가 "저기." 하고 소리치자 수녀가 걸음을 멈췄다.

그건 내가 말할 수 있는 가장 멋진 말은 아니었지만, 수녀의 관심을 끄는 데엔 성공했다. 수녀는 뒤돌아섰다. 아이들은 벌써 돌아갔고, 날은 이미 어둑어둑했다. 하지만 수녀의 히잡은 주황색 가로등 아래서 불꽃처럼 빛났다. 나는 "크리스마스 잘 보내."라고 말하고 싶었지만, 수녀는 크리스마스를 기념하지 않는다. 그래서 대신 나는 "겨울 방학 잘 보내."라고 말했다. 수녀는 약간 당혹스러운 표정이었다. 나는 수녀가 딱히 겨울을 남다르게 보내지 않을지도 모른다는 생각에 허둥거렸다. 수녀는 몸을 돌려 걷기 시작했다. 그렇게 점점 멀어져갔다. 수녀가 어둠 속으로 사라지지 않았으면 좋겠다. 그래서 머릿속에 제일 먼저 떠오르는 말을 외쳤다.

"해피 라마단."

수녀는 걸음을 멈추었다. 나는 수녀에게 달려가 손을 내밀고 그 말을 다시 했다.

"해피 라마단."

차가운 공기 속에서 그 말은 뜨거워서, 한 마디 한 마디 할 때마다 김이 나왔다. 수녀는 한참 동안 나를 노려봤다. 나는 희망을 품고 웃어 보였다. 어쨌거나 수녀가 말했다.

"라마단은 9월이야."

수녀를 기분 상하게 한 건 아닐까 겁이 났다. 하지만 그때 수녀의 눈이 반짝반짝 빛나기 시작하면서 입술 옆의 주근깨가 실룩 움직였다. 마치 웃으려고 하는 것처럼……. 팔찌가 찰랑거렸다. 수녀는 팔을 들어 올렸다. 수녀의 손이 내 쪽으로 다가올 때 내 손이 떨렸다. 20센티미터, 10센티미터, 5센티미터……

누군가 경적을 울려 대자, 수녀는 헐레벌떡 뛰어갔다.

"엄마."

수녀는 모래투성이 길을 달려가 차에 올라탔다. 차 문이 쾅 하고 닫혔다. 차가 출발했다. 반짝이는 눈동자 두 개가 차 앞 유리창으로 나를 바라보았다. 자동차가 어두운 길 저쪽으로 사라질 때까지도 내 손은 떨고 있었다.

재스민 누나는 내게 자그마한 크리스마스 선물을 여러 개 줬다. 맨체스터 유나이티드 지우개와 자 하나, 데오도란트 하나. 있던 건 이미 다 썼기 때문이다. 누나는 선물을 모두 포장해서, 내 축구 양말 한 짝에 넣어두었다. 양말이 꼭 스타킹처럼 보였다. 나는 판지로 액자를 만들어 우리 둘이 찍은 사진을 넣어 누나한테 선물했다. 그 사진은 내가 알기에 우리 둘이 찍은 유일한 사진이었다. 사진에는 엄마도 없다. 아빠도 없다. 로즈 누나도 없다. 그냥 나하고 재스민 누나뿐. 나는 사진 테두리를 검은색과 분홍색 꽃으로 장식했다. 누나는 여자이고, 누나는 검은색과 분홍색을 제일 좋아하니까. 그리고 누나가 좋아하는 초콜릿을 한 상자 선물했다. 누나가 뭔가를 좀 먹게 말이다. 누나는 너무 말랐으니까.

우리는 치킨 샌드위치를 만들었다. 샌드위치 속을 채우고, 전자레인지에 감자튀김을 돌린 다음, 〈스파이더맨〉 영화를 보며 먹었다. 그건 내 생일에 봤던 것만큼 재미있지는 않았다. 그래도 재미있었다. 특히 스파이더맨이 그린 고블린을 물리치는 장면이 재미있었다. 로저는 내 샌드위치를 조금 뜯어 먹었지만 재스민 누나는 자기 것에는 손도 대지 않았다.

"초콜릿 먹을 배를 남겨 둬야지."

누나가 말했다. 나중에 누나는 초콜릿 세 개를 먹었다. 그걸 보니까 기분이 좋았다. 누나는 연신 창밖을 흘끔거렸다. 얼굴에는 슬픈 표정이 역력했다. 하지만 내가 누나를 흘깃 쳐다볼 때마다, 누나는 미소를 지어 보였다.

엄마는 아무런 선물도 보내지 않았고, 아빠는 무슨 날인지 알지도 못했다. 그저 침대에 누워, 술을 마시고, 코를 골고, 술을 마시고, 코를 골았다. 아빠 역시 우리한테 아무 선물도 주지 않았다. 아빠가 크리스마스에 한 것이라고는 우리가 크리스마스 캐럴을 목청 껏 부를 때 침실 바닥을 쾅 차며 "그 노래 좀 집어치워!"라고 소리 친 것밖에 없었다.

아홉 시에 창문 두드리는 소리가 났다. 재스민 누나는 나를 흘 끔 바라보고 나도 누나를 흘끔 바라봤다. 우리 둘 다 커튼으로 살 금살금 다가갔다. 천 분의 1초 동안 나는 분명 엄마가 유리창을 두드리는 거라고 생각했다. 하지만 그게 엄마가 아니라는 걸 알았 을 때, 심장이 너무 쿵쿵 뛰어서 괴로웠다. 우리는 커튼을 열었다. 재스민 누나의 숨이 내 귀를 간질였다. 아무것도 보이지 않았다. 그 저 앞마당에 쌓인 눈뿐이었다. 내 눈이 어둠에 익숙해졌을 때, 하 얀 눈 속에 적혀 있는 문장이 보였다. 사랑해. 재스민 누나는 어쩔 줄 몰라 했다. 마치 그 말이 자기를 위한 것이라도 되는 양. 난 실 망감을 느꼈다. 그건 나를 위한 게 아니었으니까.

누나는 아빠의 부츠를 꺼내 신고 살금살금 밖으로 걸어 나갔다. 분홍색 머리에 초록색 잠옷을 입고, 눈 속에서 힘겹게 움직이는 모습은 우스꽝스러워 보였다. 나는 얼굴을 창문에 바짝 대고 누나 가 레오 형이 마당에 남겨 놓은 카드를 발견하는 장면을 지켜보았 다. 누나는 빛나는 눈으로 활짝 웃어 보였다. 학교 요리 실습 시간 에 오래된 오븐에서 케이크가 부풀어 올랐던 것처럼 나는 누나의 가슴에서 심장이 부풀어 오르는 걸 바라보았다. 누나는 카드에 입 을 맞추었다. 이 세상 최고의 것이라도 되는 것처럼. 그걸 보고 나도 번뜩 아이디어가 떠올랐다.

내가 아끼는 색연필로, 수많은 눈송이와 나처럼 생긴 눈사람 하나 그리고 수녀처럼 생긴 눈사람 하나를 그리는 데만 두 시간이 걸렸다. 그리고 그 모든 것 위에 반짝이를 발랐다. 방바닥에서 내가 그림을 그리는 동안, 로저는 내 옆에 앉아 계속 끼어들려고 했다. 로저의 꼬리가 은빛으로 반짝였다. 카드에 쓰는 게 수녀 앞에서 직접 말하는 것보다 훨씬 쉬웠다. 그래서 나는 처음부터 내가 말하고 싶었던 걸 몽땅 적었다. 이런 것들 말이다.

> 내 친구가 되어 주어서 고마워.
>
> 네 주근깨는 보기 좋아.
>
> 아빠는 나쁜 사람이야. 하지만 난 아빠하고 달라.
>
> 그러니 제발 블루택 반지 껴 줘.

나는 오디션에 대한 이야기를 모두 적었다. 일단 엄마가 집에 돌아와 아빠와의 문제가 해결되면 모든 게 완벽해질 거라고. 1월 5일 이후에 우리가 다시 친구가 될 수 있을 거라고도 썼다. 쓸 자리가 없었지만, 맨체스터 팰리스 씨어터에 와서 탤런트 쇼를 보라고 수녀를 초대했다. 그러면 재스민 누나의 노래에 깜짝 놀라고, 내 춤 실력에 감동할 거라고도 썼다. 그리고 마지막으로 수녀에게 카드를 보내지 않은 유일한 슈퍼영웅의 이름으로 카드에 서명했다. 그건 바로 스파이더맨이었다.

재스민 누나가 잠들 때까지 기다려야 했다. 그래야 집에서 몰래 빠져나가 카드를 보낼 수 있으니까. 누나가 완전히 잠들었는지 확인하려고 누나 방으로 살금살금 기어서 들어갔을 때, 누나는 휴대전화에 대고 속삭이고 있었다. 누나는 말했다.

"몰래 염탐이나 하는 이 꼬마 악당, 당장 꺼져."

하지만 두 번째로 확인했을 때는, 손을 침대 아래로 늘어뜨린 채 잠에 빠져 있었다. 입을 벌린 채, 베개 위 분홍색 머리는 산발을 하고 있었다. 살며시 문을 닫자 풍경이 딸랑거렸다.

내가 부츠를 신었을 때는 11시였다. 로저는 연갈색 털을 빨간색 부츠에 비비댔다. 마치 우리가 모험을 할 거라는 사실을 알고 있기라도 하는 것 같았다. 현관문을 향해 살금살금 걸어갈 때 로저의 초록색 눈이 평소보다 더 커 보였다.

"쉿!"

로저가 가르랑거리기 시작해서 내가 말했다. 조용한 집 안에서 로저가 가르랑거리니 트럭 엔진 소리만큼이나 크게 들렸다. 문을 열자 삐거덕 소리가 났고 눈을 밟으니 뽀드득 소리가 났다. 다행히 아무도 듣지 못했다. 나는 살금살금 진입로로 걸어 나갔다.

크리스마스 밤에 밖에 있으니 뭔가 몹시 나쁜 짓을 하는 것 같은 느낌이었다. 경찰 사이렌이 울려 대고, 푸른빛이 깜빡이고, 누군가 "넌 체포됐다."고 소리치지는 않을까 두려웠다.

하지만 아무 일도 일어나지 않았다. 모든 것이 조용했다. 하얗게 눈 덮인 시커먼 산 정상에 걸린 달만 보였다. 나는 자유로웠다.

들뜬 마음에 웃음이 터져 나왔다. 로저가 어리둥절한 표정으로 나를 바라봤다. 이 세상을 통틀어 나하고 내 고양이 말고는 아무도 없는 것 같았다. 우리가 원하는 거면 무엇이든 할 수 있을 것 같았다. 무엇이든······. 나는 그 자리에서 춤을 추었다. 손을 허공에 흔들며 궁둥이를 씰룩거렸다. 아무도 보지 않았다. 나는 그 자리에서 빙글빙글 돌았다. 빨리 더 빨리. 하얀 눈이 내 눈을 스치듯 지나가 흐릿했다. 나는 도로로 뛰어내려 길을 건넜다. 결승골을 기록한 이후로, 그 어느 때보다 더 크게 웃고 있었다. 카드가 산들바람에 팔락거렸다. 수나가 그걸 읽는 모습을 상상했다. 어쩌면 내가 스파이더맨이라고 쓴 그곳에 입을 맞출지도 몰랐다.

그 생각을 하니 하늘을 훨훨 나는 기분이었다. 그래서 나는 담장 가장자리로 뛰어올라 팔을 날개처럼 펄럭거렸다. 천 분의 1초 동안 나는 진짜로 눈 위를 날았다. 그러다 한쪽 발로 땅에 착륙했다. 내 피는 파티장의 콜라처럼 기운차게 톡톡 쏘는 기분이었다. 몸이 들썩거렸다. 그 어느 때보다 기운이 넘쳤다. 로저는 "야옹" 소리를 냈다. 내가 말했다.

"무슨 말 하려는지 알아."

로저에게 집에서 다시 만나자고 말했다. 로저의 축축한 코에 입 맞추자, 로저의 수염이 내 입술을 간질였다. 그러고 나서 나는 있는 힘껏 뛰어갔다. 차가운 바람이 내 뺨을 찔러 댔다.

나는 수녀네 집 울타리 문에 닿았다. 숨은 헐떡거리고, 맥박은 뛰고, 다리는 아프고, 땀이 쏟아졌다. 지금껏 이렇게 용감한 적이 없었다. 나는 문을 밀어 열고 수녀네 집으로 달려가며 이를 드러낸 채 활짝 웃었다. 울타리를 폴짝 뛰어넘었을 때는 뒷마당에 착륙하기까지 잠깐 하늘을 날았다. 나는 한 마리 새나 웨인 루니, 스파이더맨 같았다. 아니 정말로 그랬다. 아무것도 두렵지 않았다. 부엌 안에서 으르렁거리기 시작한 강아지 새미조차도 말이다.

나는 잔디밭 위에 카드를 올려놓고 돌 하나를 집어 들었다. 수녀의 창문을 향해 돌을 던졌지만, 창문 2미터 아래쪽에 맞고 말았다. 다른 돌을 집어 들었다. 이번에는 지붕 위로 날아가 버리고 말았다. 책에서는 창문을 맞추는 게 늘 식은 죽 먹기 같았는데, 난 열한 번이나 시도해야 했다. 조약돌이 창문을 톡 두드리자, 나는 멀리 달아나 덤불 뒤에 숨었다. 수녀가 카드를 발견하는 모습을 지켜보고 싶었다. 나는 100까지 셌다. 아무 일도 일어나지 않았다. 강아지 새미가 미친 듯이 짖으며 문을 긁어 대고 으르렁거렸지만 나는 신경 쓰지 않았다. 좀 더 큰 돌 하나를 찾아, 이번에는 창문을 정통으로 세게 맞추었다.

나는 다시 덤불 뒤로 잽싸게 뛰어갔다. 뺨에 가시가 찔렸다. 하지만 하나도 아프지 않았다. 이번엔 딱 열셋까지 셌다. 커튼이 불쑥 열리고, 거무스름한 얼굴이 창문에 나타났다. 불이 켜졌다.

거무스름한 얼굴은 수냐 아빠였다. 수냐 아빠는 어깨너머로 내가 볼 수 없는 누군가에게 뭐라고 말했다. 그러고는 안뜰과 나무와 잔디밭을 응시했다. 강아지 새미는 으르렁거렸다. 겁이 났다. 강아지 새미를 풀어, 덤불 속에서 나를 찾게 하지는 않을까 하고.

수냐 아빠는 카드를 보지 못했다. 도둑이 든 게 아닌가 하고 5분 동안 살펴보고 나서, 커튼을 닫고 불을 껐다. 새미는 잠시 짖었지만 그러고 나서 잠잠해졌다. 나는 감히 꼼짝할 수 없었다. 나뭇가지가 다리를 찔러 대고 오른발이 저리고 따끔거렸지만, 나는 가만히 있었다. 창문을 바라보며 눈 하나 깜빡하지 않았다. 그러느라 눈이 뻑뻑했다. 수냐가 커튼을 열었으면 좋겠다. 수냐가 카드를 받았으면 좋겠다. 나는 수냐를 행복하게 해 주고 싶었다. 수냐는 학교에서 너무 슬펐으니까. 수냐의 손과 내 손이 거의 닿을락 말락 했던 것을 생각했다. 수냐 엄마가 경적을 울려 대지 않았다면 무슨 일이 일어났을까 궁금했다.

백만 년 같은 시간이 지나, 이제 움직여도 될 것 같다는 생각이 들었다. 교회 시계가 자정을 알렸다. 덤불에서 기어 나올 때 나뭇가지에 걸려 티셔츠 소매가 찢어졌다. 카드를 집어 들어보니, 모두 흠뻑 젖어 있었다. 눈이 봉투 속으로 곧장 스며들었다. 나는 정말 어떻게 해야 할지 몰랐다. 그걸 그대로 남겨 둬야 할지, 아니면 다시 집으로 가져가야 할지, 아니면 수냐네 집 우편함에 넣어야 할지. 그때 부엌문이 열리는 소리가 났다.

나는 달아나든지, 바닥에 엎드려 눈 속에 몸을 숨기든지 해야 했다. 하지만 꼼짝도 할 수 없었다. 집을 등지고 있어 누가 나왔는지 알 수가 없었다. 축축한 혀가 내 손을 핥을 때 나는 깜짝 놀랐다. 새미가 꼬리를 살랑살랑 흔들어 댔다. 꼬리가 벌벌 떠는 내 다리에 부딪혔다. 나는 셋까지 세고 뒤돌아섰다. 거기 수녀가 있었다. 스카프는 머리에 둘려 있었지만, 평상시처럼 그렇게 꼭 여미지는 않았다. 아주 서둘러 스카프를 맨 것 같았다. 수녀는 푸른색 잠옷을 입고 있었다. 발가락이 보였다. 앙증맞은 가지런한 갈색 발이 근사해 보였다.

수녀는 나를 바라보고 나도 수녀를 바라보았지만, 수녀는 미소 짓지 않았다. 내가 "안녕."이라고 말하자, 수녀는 손가락을 입술에 대고는 조용히 하라는 시늉을 했다. 나는 수녀에게 걸어갔다. 내 팔이 너무 길고 다리는 꼴사납게 느껴져서 얼굴이 뜨겁게 달아올랐다. 내가 카드를 내밀었지만, 수녀는 재스민 누나가 행복해 했던 것처럼 행복해 보이지는 않았다. 나는 이 카드가 얼마나 특별한 건지 수녀가 깨닫지 못할까 봐 말을 꺼냈다.

"이건 특별히 너를 위해 만든 카드야. 종이하고 반짝이로 만들었어."

수녀는 "고마워." 또는 "와우."라고 말하지도, 또는 행복할 때 여자애들이 그러는 것처럼 앙앙거리지도 않았다. 그저 누가 볼까 두려운 것처럼 "쉿!" 하고 말하며 어깨너머를 바라보았다.

나는 카드를 억지로 수녀 손에 쥐여 주고 수녀가 봉투를 열길 기다렸다. 수녀는 스파이더맨 티셔츠를 입은 눈사람과 히잡을 쓴 눈사람을 보면, 재미있어하며 깔깔 웃음을 터뜨릴 거다. 하지만 수녀는 카드를 잠옷 아래 숨기고는 작은 소리로 말했다.

"어서 가."

내가 움직이지 않자, 수녀가 어깨너머를 다시 한 번 쳐다보고 말했다.

"제발, 얼른 가. 난 너랑 친구 하면 안 돼. 우리 엄마는 너를 골치 아픈 애라고 생각한단 말이야."

나는 "뭐라고?"라고 물었다. 수녀는 내 입술에 자기 손을 갖다 댔다. 내 입술은 핼러윈 때와 마찬가지로 불타올랐다. 위층 바닥에서 삐걱 소리가 났다. 수녀가 "어서 가!"라고 말하며 나를 밀고는 새미의 목덜미를 잡고 안으로 끌고 갔다. 내가 눈길을 걸어 나오자, 불빛이 흘러나왔다. 그리고 부엌문이 닫혔다. 여기 올 때와는 달리 집에 가려고 정원 울타리를 뛰어넘었을 때, 나는 날지 못하고 추락하고 말았다. 쿵 소리를 내며 차가운 바닥에 부딪혔다.

18

재스민 누나가 부엌에 들어서는 순간, 난 그만 코코팝스를 떨어뜨리고 말았다. 하마터면 누나를 못 알아볼 뻔했다.

"누나 모습이 꼭⋯⋯"

내가 뚫어져라 바라보며 말했다. 누나가 말했다.

"조용히 해. 볼펜이나 줘."

아빠한테 쪽지를 쓰기 위해 열 번이나 고쳐 썼다. 하나는 이렇게 썼다.

"제발, 제발, 제발 꼭 오세요."

하지만 너무 필사적으로 들렸다. 그래서 다음 쪽지는 이렇게 썼다.

"거기 오세요. 안 그러면⋯⋯."

그건 너무 협박처럼 들렸다. 여덟 번을 써 본 뒤에야, 마침내 완성했다.

"아빠. 아빠를 깜짝 놀라게 해 줄 게 있어요. 아빠가 오늘 오후 1시까지 맨체스터 팰리스 씨어터에 온다면 정말 좋겠어요. 꼭 오세요. 놓치면 후회할 거예요."

나는 내가 알고 있는 신경이 과민한 사람보다 더 예민해졌다. 가장 먼저 떠오르는 예민한 사람은 바로 '오즈의 마법사'에 나오는 사자다. 내 배 안에는 나비보다 훨씬 더 겁나는 무언가가 들어 있었다. 독수리나 매, 뭐 그런 거일지도 몰랐다. 아니면 도로시를 납치해서 물을 무서워하는 마녀에게 데리고 간 날개 달린 원숭이일 수도 있고. 그것이 무엇이든, 그게 내 살을 계속 물어뜯으며 기괴하게 내려앉고 있었다. 나는 가사를 다 까먹지는 않을까, 오디션을 망치지는 않을까 겁이 났다. 그래서 재스민 누나가 쪽지를 쓰는 내내, 계속 가사를 외우고 춤 동작을 연습했다. 그러다가 재스민 누나가 아빠한테 쓰는 여섯 번째 쪽지를 망쳐 버렸다. 내가 발차기를 하며 다리로 누나의 펜을 친 거다. 웬일인지 나는 그게 우스웠다. 그러나 누나는 귀찮다는 표정으로 속삭였다.

"진짜 미치겠다, 제임스."

이윽고 쪽지를 아빠 침대 옆 탁자에 놓고 알람 시계를 7시 15분에 맞추었다. 누나는 내가 시끄럽게 소리를 낼까 봐 가만히 있으라고 했다.

새벽 5시였다. 우리는 둘 다 조용조용 움직였다. 그렇게 할 필요도 없었는데 말이다. 아빠는 한낮에도 일어나지 않는다. 거실에서 텔레비전이 아무리 시끄럽게 떠들어 대도 말이다. 하지만 우리는 그래도 살금살금 걸었다. 만약 우리 중 누구 하나가 무언가를 떨어뜨리거나 큰 소리로 말한다면, 우리 심장이 터져 버릴 것만 같았다. 재스민 누나는 조마조마한 것 같았다. 레오 형이 자기 차로 우리를 데려다 주기로 했는데 아빠가 그걸 보고 화내면 곤란하니까. 나도 가슴을 졸였다. 아빠가 우리를 보고 못 나가게 막아서면, 그러면 아빠는 엄마와 절대 화해할 기회가 없을 거다. 우린 12월 28일에 엄마한테 편지를 보냈다. 편지가 엄마한테 도착할 시간은 충분했다. 워커 씨도 이번에는 엄마한테 휴가를 안 내줄 핑계를 댈 수 없을 거다. 크리스마스에는 대학도 문을 닫을 테니까. 나는 이 탤런트 쇼가 정말 중요하게 들리도록 썼다. "평생 한 번 찾아올 기회"라고 썼는데, 그건 내가 텔레비전에서 들었던 말이다. 그리고 "맨체스터에 와서 당신 삶을 바꾸세요."라고도 썼는데, 이건 안내장에서 그대로 베낀 거다. 그리고 "제발 엄마, 저는 정말 엄마를 꼭 만나야 해요."라고도 썼는데, 이건 내가 그냥 생각해 낸 말이었다.

"내가 이런 짓을 하고 있다니, 믿을 수가 없어."

거실로 돌아와 레오 형이 도착하기를 기다리는 동안, 재스민 누나가 말했다.

"별자리 운세에 오늘 모험하지 말라고 했는데……."

누나가 가슴에 손을 얹고 떨리듯 숨을 몰아쉬었다.

"한 번 더 연습해 보자."

누나 손이 떨리는 걸 보면서 내가 말했다. 우리는 작은 소리로 가사를 속삭이고 춤 동작을 연습했다. 로저가 내 다리 주변을 맴돌면서 계속 거치적거렸다. 그래서 점프 동작도, 스탬프 동작도 할 수가 없었다. 1절에서처럼 재스민 누나 주위를 돌 수도 없었다. 로저가 자꾸 거슬렸지만, 아무 말도 안 하려고 했다. 로저 바로 코앞에서 문을 쾅 닫은 게 아직도 미안했으니까. 하지만 내가 로저의 윤기나는 꼬리에 걸려 넘어졌을 때, 나는 그만 화가 났다. 나는 몸을 숙였다. 로저는 내가 쓰다듬어 주기를 기대하는 것처럼 나를 바라보았다. 하지만 나는 털을 쓰다듬는 대신, 로저를 번쩍 들어 거실 문밖으로 내동댕이쳤다. 로저는 문밖에서 연신 야옹거렸지만 나는 못 들은 체했다. 결국 로저는 지친 듯 저만치 달아나 버렸다.

"왔어!"

재스민 누나가 앙앙거렸다. 파란색 자동차가 집 밖에 멈춰 섰다. 누나는 새로운 머리 모양을 매만지며 내게 물었다.

"괜찮아 보여?"

내가 말했다.

"응."

사실 좀 이상해 보였다. 지난밤에 갈색으로 염색한 게 분명한 머리는 깔끔하게 두 가닥으로 짧게 땋았다. 이상하게도 재스민 누나가 로즈 누나처럼 보였다. 둘이 똑같이 생겼다는 걸 알지만 재스민 누나는 이제 그냥 재스민 누나처럼 보인다. 레오 형 차에 올라탔을 때, 마치 로즈 누나의 영혼이 천국의 구름에서 내려온 것 같았다. 난 재스민 누나의 피어싱, 분홍색 머리 그리고 검은색 옷이 그리웠다. 재스민 누나는 꽃무늬 원피스, 카디건, 장식 달린 플랫 슈즈를 신고 있었다. 엄마가 런던에서 마지막으로 누나한테 사 준 옷이었다. 나는 아직도 스파이더맨 티셔츠를 입고 있었다. 내가 그 옷을 입지 않고 나타나면 엄마가 실망할지 모르니까. 나는 물수건으로 티셔츠를 닦고, 소매는 옷핀으로 고정해서 최대한 단정하게 보이게 했다.

레오 형은 재스민 누나를 보고는 눈썹을 치켜세웠다. 누나는 잔뜩 긴장한 표정으로 레오 형을 바라보며 말했다.

"오늘만 이럴 거야."

레오 형은 안도한 표정이었지만 그래도 "귀여워 보여."라고 말했다. 그러자 재스민 누나가 미소를 지었다. 레오 형도 따라 웃어서 나 혼자 남겨진 기분이었다. 그래서 나도 웃었다. 이윽고 우리는 출발했다. 그리고 차를 서둘러 몰았다. 왜냐하면 안내장에 먼저 도착하는 순서대로 무대에 오를 거라고 적혀 있었으니까. 150개 팀만 무대에 설 시간이 있다고 했다. 우리는 산을 넘어 속도를 냈다. 언덕에 올라서 농장을 지나치며 시골 길을 꼬불꼬불 나아갈 때 태양이 떠올랐다. 한순간, 우리는 태양 속으로 곧장 달리는 것 같았다. 자동차도 황금빛으로 가득 차올랐다. 게다가 따뜻했다. 마치 달걀 노른자나 뭐 그런 것 안에 있는 것처럼. 모든 것이 아름다워 보이고, 모든 것이 희망차게 느껴졌다. 그리고 갑작스레 나는 빨리 무대에 서고 싶었다.

※

우리가 도착하자 클립보드를 든 여자 하나가 우리에게 다가와 말했다.

"어떤 분야지요?"

재스민 누나가 말했다.

"노래하고 춤이에요."

그 여자는 그 말이 이 세상에서 최고로 따분한 말이라도 되는 것처럼 한숨을 쉬었다. 여자는 우리에게 번호표를 주었는데, 113번이었다. 그 여자가 말했다.

"오후 5시에 공연 준비하세요. 무대에 설 시간은 3분이에요. 심사 위원들 맘에 들지 않으면 그것보다 짧을 수도 있고요."

나는 벽에 걸린 시계를 보았다. 11시 10분이었다.

대기실에는 수많은 사람이 있었다. 광대들은 과일을 저글링하고 있고, 여자아이 스무 명은 발레복을 입고, 또 다른 여자 다섯 명은 묘기 부리는 강아지들을 데리고 있고, 마법사 다섯 명은 모자에서 동물을 꺼내고, 몸에 문신한 사람은 칼을 던졌다 받더니 금니 사이로 문 칼날로 사과를 자르고 있었다. 나와 재스민 누나는 방 한

가운데 놓인 나무 의자 두 개를 찾아서 거기에 앉아 기다렸다.

　시간은 빨리 지나갔다. 우리는 한 시간에 두 번 연습했다. 구경할 사람도 너무 많고, 생각할 것도 너무 많아서, 시계를 볼 때마다 시곗바늘이 30분씩 앞으로 훌쩍 건너뛰는 것 같았다. 아빠가 침대 옆에 놓인 편지를 발견하고는 서둘러 샤워하고 쇼를 보러 오려고 단정한 복장을 고르는 모습을 난 계속 상상했다. 엄마가 예쁜 드레스를 입고, "내가 어디를 가든 당신이 상관할 바 아니야, 나이젤."이라고 말하고, 맨체스터로 오는 고속도로 주유소에서 우리에게 줄 축하 카드를 사는 모습을 계속 상상했다. 엄마 아빠는 분명 밖에서 서로를 발견하고, 이를 드러내고 웃고, 고개를 저으며 불만 반, 자부심 반 가득 찬 목소리로 "아이들이란!"이라고 말할 거다. 우리가 이렇게 깜짝 놀랄 만한 일을 꾸밀 정도로 용감하다는 게 진짜 믿기지 않는다는 듯이. 엄마 아빠는 앞쪽 자리를 잡아 아이스크림을 나눠 먹고 우리 앞의 112명의 참가자가 공연하는 모습을 볼 거다. 우리가 무대에 오르면 재스민 누나는 로즈 누나랑 똑같아 보일 거다. 아빠는 평상시로 돌아온 것에 행복해하겠지. 그리고 내가 스파이더맨 티셔츠를 입은 채 춤추기 시작하면 엄마 아빠는 모두 "와우."라고 말할 거다.

　이것이 내가 대기실에서 상상한 가장 멋진 장면이었다. 두 번째로 멋진 장면에는 내가 마지막 가사를 부르고 공중에 팔을 들어 올릴 때 유난히 반짝이는 두 개의 눈동자 그리고 어느 누구보다 더 크게 박수갈채를 보내는 두 개의 갈색 손이 들어간다.

105번째 참가자가 무대에 섰다. 재스민 누나의 다리에 쥐가 나기 시작했다. 새 옷을 입고 머리를 새로 한 누나의 모습은 창백하고 어려 보였다. 누나를 보호해 줘야겠다는 생각이 들었다. 나는 누나 어깨에 팔을 두르려 했다. 팔이 잘 닿지 않았지만 누나는 나한테 미소를 보내며 "고마워."라고 속삭였다. 누나의 뼈는 살갗 위로 툭 튀어나와 있었다. 내가 말했다.

"누나는 더 많이 먹어야 돼."

누나는 놀란 표정이었다.

"누나 너무 말랐어."

누나 눈에 눈물이 고였다. 여자들이란 참 이상하다. 우리는 손을 잡고 기다렸다.

108번. 109번. 110번. 이제 우리 앞에 딱 두 팀만 남았다. 대기실은 점점 비어갔다. 땀 냄새와 분장 냄새, 오래된 음식 냄새가 나고, 후덥지근했다. 라디에이터가 빵빵하게 나왔다. 111번 참가자를 위한 음악이 흐르기 시작했다. 나이 든 남자가 딱 다섯 소절을 불렀는데, 음악이 꺼졌다. 심사 위원들이 그 남자한테 재능이 없다고 말했다. 관객들은 소리 높여 외치기 시작했다.

"내려가, 내려가, 내려가, 내려가."

재스민 누나 얼굴이 창백하게 변했다.

"나 못 하겠어."

누나가 떨리는 손으로 배를 움켜잡으며 말했다.

"정말 나 못 할 거 같아. 내 오늘 별자리 운세에 위험을 감수하지 말라고 나와 있었어."

나이 든 남자가 무대로 이어진 문을 통해 나오더니 의자에 털썩 주저앉았다. 대머리를 감싸고는 어깨를 들썩이며 울고 있었다. 텔레비전 카메라가 무대 밖까지 따라와 아주 가까이 클로즈업하자 그 남자는 화난 목소리로 "꺼져."라고 외쳤다. 자기 꿈이 산산이 부서졌으니까 화내는 게 당연하다. 그 남자의 티셔츠는 물론 바지에도 온통 반짝이가 박혀 있었다. 그것을 꿰매느라 분명 며칠은 걸렸을 거다. 그런데도 그 남자는 딱 10초밖에 무대에 서 보지 못했다.

"나 정말 못 하겠어."

재스민 누나가 나이 든 그 남자 얼굴을 겁에 질린 표정으로 바라보며 말했다.

"내 별자리 운세가 맞아. 이건 별로 좋지 않은 생각이야. 미안해, 제임스."

누나는 정말 일어서서 걸어 나가기 시작했다. 그때까지도 나는 누나가 그냥 긴장해서 과장하는 거라고 생각했다.

"기다려."

내 목소리에 울음이 섞여 나왔다. 나는 재스민 누나가 떠나 버리면 어쩌나 두려웠다.

"제발 가지 마!"

누나는 내 말을 듣지 않았다. 누나는 땋은 머리를 출렁이며 달려서 이제는 출구라고 적힌 문 가까이에 있었다. 클립보드를 든 여자가 "112번."이라고 소리치자 마이클 잭슨처럼 차려입은 한 남자가 심호흡을 하고는 일어섰다. 재스민 누나는 문가에 있었다. 누나의 손은 손잡이를 단단히 잡았다. 나는 누나를 그냥 보낼 수 없었다. 그래서 소리쳤다.

"엄마 아빠를 생각해 봐. 그리고 레오 형을 생각해."

누나는 문을 밀어 열었다. 차가운 공기가 들어왔지만 재스민 누나는 밖으로 나가지 않았다. 나는 누나한테 달려가 손을 꽉 움켜잡았다.

"넌 그 사람들이 우리를 지켜보고 있다고 정말로 생각하니?"

누나가 나지막하게 말했다.

"그래. 레오 형은 우리를 내려 주고 약속했어……."

내가 대답하자 누나가 고개를 저었다.

"레오 말고."

누나는 입술을 꽉 깨물었다. 입술에 핏방울이 살짝 맺혔다. 누나는 손가락으로 피를 가볍게 두드렸다. 누나는 손톱에 검정 매니큐어도 지우고 연한 분홍색으로 칠했다.

"엄마."

다시 의심이 들었다. 전보다 훨씬 더 강하게. 그리고 처음으로 나는 그것이 무엇인지 정확히 알았다. 의심. 만약 질투가 붉은색이라면 의심은 검은색이다. 방은 온통 어두워졌는데, 이곳에 올 때의 달걀노른자나 뭐 그런 것 안에 있는 느낌과는 정반대였다. 모든 것이 기분 나빠 보이고 모든 것이 절망적으로 느껴졌다. 나는 '내 생일'과 '추신'과 '학부모의 밤'에 대해 생각했지만, 고개를 끄덕이며 말했다.

"엄마는 여기 와 있을 거야."

"엄마는 크리스마스 때에도 안 왔어."

재스민 누나는 아주 자그마한 목소리로 답했다. 나는 누나가 그런 목소리로 말하는 걸 들어본 적이 없었다. 마이클 잭슨의 '스릴러' 음악이 무대에서 시작되었을 때 누나의 뺨에 눈물이 똑똑 떨어졌다.

"맞아. 하지만 엄마는 어쩌면 자기가 초대받지 못했다고 생각했을 거야."

내가 말했다. 내 안에 무언가 응어리가 잡혔다. 재스민 누나는 눈물 젖은 눈으로 나를 바라보았다.

"내가 엄마 초대했었어."

누나가 자그마하게 말하자, 내 안의 응어리는 더욱 단단해졌다. 나는 누나가 크리스마스 날 연신 창밖을 흘끔거렸던 걸 기억해 냈다.

"내가 엄마한테 카드를 보내, 집에 와서 칠면조 요리를 해 달라고 부탁했어."

이제 누나는 더 크게 울었다. 누나가 뭐라고 말하는지 알아듣기 힘들었다. 배가 너무 아팠기에 집중하기도 어려웠다.

"그리고 그전에도 엄마한테 편지를 썼어. 아빠에 대한 모든 것, 우리가 얼마나 도움이 필요한지……. 아빠는 술을 너무 많이 마시고 우리를 제대로 돌보지 않았으니까. 하지만 엄마는 오지 않았어, 제임스. 엄마는 우리를 버린 거야."

텔레비전에서 내가 본 최악의 광고는 '유기견 입양 캠페인'이었다. 그 광고는 주인에게 버려진 강아지들을 전부 보여 줬다. 쓰레기통이나 상자나 외진 길가에 버려진 강아지들 말이다. 거기에는 언제나 슬픈 음악이 깔리고, 강아지 꼬리는 죄다 축 처지고, 눈은 고통으로 가득했다. 런던 억양의 남자는 그 강아지들이 그곳에 있게 된 이유에 대해, 이 세상에 그 강아지들을 돌보는 사람이 아무도 없다는 것에 대해 연신 이야기한다. 버려졌다는 건 그런 거다.

"엄마는 우리를 사랑해."

내가 말했다. 하지만 내가 머릿속에서 들을 수 있는 것이라고는 런던 억양으로 "제임스는 새로운 주인을 필요로 합니다."라는 말뿐이었다. 그리고 나는 그 말을 떨쳐 내야 했다.

"엄마는 우리를 사랑해, 엄마는 우리를 사랑해, 엄마는 우리를……."

재스민 누나가 고개를 저었다. 땋은 머리가 귓가에서 찰랑거렸다.

"그렇지 않아, 제임스."

누나가 대답했다. 누나 목소리는 더욱 가라앉았다. 눈물이 누나

뺨을 타고 줄줄 흘러내렸다.

"엄마가 어떻게 그럴 수 있어? 엄마는 우리를 떠나갔어. 그것도 내 생일에 말이야."

재스민 누나는 이 마지막 말을 할 때 소리치고 있었다. 나는 그 말을 듣지 않으려 손을 귀에 갖다 댔다. 나는 마이클 잭슨 노래를 부르기 시작했다. 나는 더 이상 듣고 싶지 않았다.

"내 생일에……."

누나가 내 손을 귀에서 잡아떼고, 자기 손으로 내 입을 막고는 다시 말했다.

"그 뒤로 우린 엄마한테 아무 소식도 받지 못했어."

나는 누나한테서 벗어나려고 버둥거렸다.

"누난 거짓말쟁이야."

나는 다리를 쾅쾅 구르며 고함쳤다. 갑자기 화가 났다. 칼 던지는 사람이 우리를 바라보고 고개를 절레절레 저었지만 나는 신경 쓰지 않았다. 불꽃이 내 몸을 타고 올라와 내 피를 부글부글 끓였다. 나는 발길질하고 두들기고 비명 지르고 소리치며 그 모든 것을 거대한 화산처럼 분출하고 싶었다.

"그건 사실이 아니야. 엄마는 나한테 선물도 보냈어. 그건 내 생애 최고의 선물이었어. 난 그 선물이 정말 마음에 들었단 말이야. 누나는 거짓말하고 있는 거야."

'스릴러' 음악이 멈췄다.

"113번."

재스민 누나는 입을 열어 무언가를 말하려 했다. 나는 숨을 헐떡이며 기다렸다. 하지만 이내 누나는 고개를 저었다. 마치 마음을 바꾼 것처럼.

"그래. 엄마는 너한테 생일 선물을 보냈어. 대단한 물건이지."

"113번."

클립보드를 든 여자가 다시 말했다. 짜증 난 목소리였다. 그 여자는 탭 슈즈를 신은 늙은 여자에서부터 앵무새를 들고 있는 꼬마 아이 그리고 나와 재스민 누나를 바라보았다.

"어디 있어요. 113번, 앞으로 나오세요."

재스민 누나는 눈물을 닦고 내 복장을 내려다보았다.

"날 봐."

누나가 꽃무늬 원피스를 매만지면서 조용히 말했다.

"그리고 널 봐."

나는 내 티셔츠 소매의 옷핀을 만졌다.

"우리가 엄마 아빠를 위해 무엇을 했는지 봐. 이게 뭐 때문인지, 제임스. 엄마는 이곳에 오려고 나이젤 아저씨를 떠나고 싶어 하지는 않아."

재스민 누나는 내 머리에 손을 얹었다. 마음이 편안해졌다. 나는 호흡을 가라앉히고 진정하려고 애썼다.

"게다가 아빠는 술에 취해서 일어나지도 못할 거야. 이건 시간

낭비야."

나는 누나 옷에 손을 얹었다.

"하지만 그렇지 않을 수도 있어."

내가 말했다. 나는 그 모든 의심과 실망과 분노를 꿀꺽 삼켰다. 하지만 분노가 너무나도 컸다. 물이랑 같이 마셔도 삼키기 어려운 비타민 알약처럼……

"제발, 누나. 제발. 엄마 아빠가 지켜보고 있을지도 모르잖아. 난 실망시키고 싶지 않아."

재스민 누나는 눈을 감았다. 생각에 잠긴 것 같았다.

"113번. 시간이 없습니다. 심사 위원들이 기다리고 있어요. 지금 당장 오지 않으면, 무대에 오를 기회는 없습니다."

여자가 클립보드에 펜을 톡톡 두드리며 소리쳤다.

나는 재스민 누나의 팔을 툭 쳤다.

"제발!"

누나는 눈을 뜨고는 나를 바라보며 고개를 절레절레 저었다.

"이건 시간 낭비야, 제임스. 엄마 아빠는 여기 없어. 난 네가 실망하는 모습 보는 거 견딜 수가 없어, 다시는!"

여자는 "113번."을 부르고 마지막으로 대기실 안을 둘러보았다. 그러더니 클립보드에 커다랗게 X표를 했다.

"좋아요. 다음 114번."

19

다리에 힘이 빠져서 나는 바닥으로 풀썩 무너져 내렸다. 머리를 손으로 감쌌다. 나이 든 여자가 무대 문으로 걸어가자 또각또각 구두 소리가 대기실 안에 울려 퍼졌다.

"잠깐만요."

재스민 누나가 고함쳤다. 심장이 멎는 것 같았다.

"기다려요. 우리가 113번이에요. 우리 여기 있어요."

나는 고개를 들었다. 재스민 누나가 내게 손을 내밀었다. 내가 누나 손을 잡자, 누나가 나를 일으켜 세웠다.

"이건 널 위해서 하는 거야."

누나가 작은 목소리로 속삭였다. 난 입이 귀에 걸릴 정도로 활짝 웃었다.

"엄마 아빠를 위해서가 아니야. 로즈를 위해서도 아니야. 너 그리고 우리를 위해서야."

나는 고개를 끄덕였다. 우리는 앞으로 뛰어갔다. 심장이 쿵쾅거리기 시작했다. 심장이 하도 세게 뛰어 내 갈비뼈에 쿡쿡 부딪혔다. 클립보드를 든 여자는 짜증스럽다는 듯이 한숨을 내쉬었다.

"너희는 못 올라가!"

말은 그렇게 냉랭하게 했지만, 결국 그 여자는 무대 문을 열어 주었다. 우리는 계단 위로 잽싸게 뛰어나갔다. 갑작스레 조명과 카메라가 보이고, 수백 개의 눈이 극장 안 어둠 속에서 빛나고 있었다.

우리는 무대 위로 올라섰다. 관객은 조용했다. 텔레비전에서 본 심사 위원 두 명이 보였다. 남자 심사 위원은 내 티셔츠를 보고는 눈을 희번덕거렸다.

"그래, 넌 누구지?"

남자가 말했다. 스파이더맨이라고 대답해야 하는지, 아니면 제임스 아론 매튜라고 해야 하는지 그냥 제임스라고 해야 하는지 어떤게 제대로 된 답인지 난 몰랐다. 그래서 그 세 가지 전부 다 말했다. 관객이 킬킬거렸다. 나는 엄마 아빠, 수나도 그렇게 킬킬거릴까 궁금했다. 재스민 누나가 내 손을 꼭 잡았다. 내 손은 땀으로 끈적끈적했다.

"그리고 너는?"

남자가 묻자 누나가 대답했다.

"재스민 레베카 매튜입니다."

남자가 꽤 빈정대는 투로 말했다.

"슈퍼걸이나 캣우먼은 아니구나."

재스민 누나의 팔이 떨리기 시작했다. 누나를 놀린 그 심사 위원을 한 대 걷어차 주고 싶었다.

"그래, 너희는 오늘 우리한테 뭘 보여 줄 거지?"

여자 심사 위원이 물었다. 나는 작은 소리로 말했다.

"노래하고 춤이요."

남자 심사 위원이 하품을 했다.

"정말 독창적이구나!"

남자가 말하자 수백 명의 관객이 웃었다. 여자 심사 위원이 그 남자의 손목을 때리며 말했다.

"그런 식으로 말씀하시면 어떻게 해요?"

그렇지만 그러고 나서 그 여자 심사 위원도 낄낄거렸다. 나도 웃기는 것처럼 억지로 같이 웃으려고 했다. 입이 너무 말라서 윗입술은 들썩이지도 않았다.

"무슨 노래 부를 거지?"

모두 잠잠해지자 여자 심사 위원이 물었다. 재스민 누나가 작은 소리로 말했다.

"'하늘을 나는 용기'예요."

심사 위원 둘 다 혀를 끌끌 찼다. 남자는 자기 머리를 책상 위에 쾅 박았고, 관객은 사방에서 다시 웃음을 터뜨렸다. 나는 누나를 올려다보았다. 누나는 용기를 내려고 노력했지만, 눈에 눈물이 고여 있었다. 기분이 좋지 않았다. 누나가 나를 위해 위험을 감수하고 있었으니까. 게다가 그건 그럴 가치가 없는 일이었다. 나는 아빠가 우리를 보호해 주든가, 아니면 엄마가 무대에 올라와 "어떻게 감히 우리 아이들한테 그럴 수 있어요?"라고 말해 주었으면 하는 기대를 반쯤 했다. 하지만 아무 일도 일어나지 않았다.

남자 심사 위원이 말했다.

"자, 그럼, 시작해 봐라."

마치 우리가 자기를 너무 지루하게 한다는 말투였다. 갑자기 나는 춤추기가 싫어졌다. 노래하고 싶지도 않았다.. 우릴 이해하지 못하는 사람들 앞에서 공연한다는 게 너무 힘들어서 할 수가 없었다. 조명 아래 서 있으니 너무 더워서 스파이더맨 티셔츠가 몸에 착 달라붙었다. 티셔츠가 그 어느 때보다 더 헐렁하게 느껴졌다. 아니, 그 어느 때보다 내가 더 작게 느껴졌는지도 모르겠다. 이 모습이 그다지 좋아 보이지 않는다는 걸 이제야 깨달았다. '엄마가 실망하겠지.' 괜히 미안해졌다. 내가 엄마를 우울하게 만든 것 같았다.

우리는 CD가 없었다. 아무도 우리한테 박자를 맞추어 주지 않았다. 그래서 언제 시작해야 할지 몰랐다. 우리는 그냥 멀뚱히 그 자리에 서 있었다. 모두가 기다렸다. 몇몇 사람들은 야유를 보냈다. 나는 엄마 아빠에게 그 야유를 듣게 하고 싶지 않았지만, 감히 노래할 엄두가 나지 않았다.

관객은 "내려가, 내려가, 내려가, 내려가." 이구동성으로 입을 맞추어 떠들기 시작했다. 재스민 누나는 이제 팔뿐만 아니라 온몸을 떨었다. 전혀 예상하지 못했던 거다. 모든 것이 잘못되어 갔고, 난 어떻게 수습해야 할지 몰랐다.

"내려가, 내려가, 내려가, 내려가."

순간 아주 심한 공포가 밀려왔다. 마치 바닷가에서의 파도처럼. 그것은 갑작스레 몰려와 모든 걸 흠뻑 적셔 버렸다.

"두 사람 내려보내요. 저 아이들은 시간 낭비예요."

남자 심사 위원이 마치 연을 저 멀리 털어내듯이 손사래를 치며 불쑥 소리쳤다.

"아니요!"

재스민 누나가 큰 소리로 말했다. 그건 외침이었다. 관객은 갑자기 쥐 죽은 듯 조용해졌다.

"아니요!"

심사 위원들은 놀란 표정으로 재스민 누나를 바라보았다. 누나는 아주 당당하고 멋있게 심사 위원들을 바라보았다. 눈물은 사라지고 이제 더 이상 떨지도 않았다. 갑작스레 그네에 올라타 하늘을 보고 미소 짓던 우리 누나로 돌아와 있었다. 마치 이 세상 그 어떤 것도 자신을 겁줄 수 없다는 듯이. 누나가 겁내지 않았기에, 나도 겁내지 않았다. 우리는 노래를 시작했다.

네 미소가 내 영혼을 하늘로 솟구치게 하네.

네 힘이 내게 하늘을 날 수 있는 용기를 주네.

연이여, 나는 하늘로 솟구쳐 올라 이제 자유롭네.

네 사랑이 내 안의…….

　우리보다 앞에 무대에 올랐던 그 나이 든 남자보다 우리는 더 오래 버텼다. 어쩌면 열다섯 또는 열여섯 소절 정도. 나는 무대 뒤에서 이리저리 춤추며 돌아다니느라 심사 위원이 "됐어요."라고 하는 말을 듣지 못했다. 나는 요정처럼, 아니 새처럼, 아니 노래 속에서 날고 있는 그 무엇처럼 팔을 흔들고 있었다. 재스민 누나가 노래를 그쳤다는 걸 깨닫고, 그제서야 팔을 내렸다. 무대 앞으로 걸어가는 게 마라톤을 하는 것보다 더 길게 느껴졌다. 파머 선생님은 마라톤이 42.195킬로미터를 뛰는 거고, 무릎 관절에 좋지 않다고 말했다.

　"난 이렇게 감동한 적이 없어요. 동시에 이렇게 지겨운 적도 없어요. 훌륭하고도 형편없었습니다. 환상적이면서도 끔찍했고요."

　남자 심사 위원이 말했다. 난 그 남자가 뭐라고 떠드는지 몰랐다. 사실 듣고 있지도 않았다. 관객석을 보며 엄마가 있나 살펴보고 있었으니까.

　"너는 참 별로였다."

　남자 심사 위원이 나를 가리키며 말했다.

　"그게 춤이라고 생각하니?"

물어보는 말이었지만, 대답이 필요 없는 것 같았다. 그래서 나는 그냥 어깨만 으쓱해 보이고 말았다. 남자 심사 위원은 싱글싱글 웃으며 팔짱을 꼈고, 관객은 웃었다.

"하지만 너. 너는 훌륭했다. 정말 최고였어. 어디서 그렇게 노래하는 걸 배웠니?"

남자 심사 위원은 재스민 누나를 가리키며 말을 이어갔다. 누나는 놀란 표정으로 말했다.

"엄마가 어릴 적에 가르쳐 줬어요. 하지만 전 5년 동안 노래한 적이 없어요."

남자 심사 위원은 손으로 입을 가린 채 여자 심사 위원한테 뭐라고 속닥였다. 카메라가 심사 위원들을 가까이 비추더니 다시 우리를 가까이 비췄다. 관객은 숨을 죽였다.

"네, 저도 동의해요."

여자 심사 위원이 말했다. 남자 심사 위원은 미소를 머금고 우리를 향해 말했다.

"네가 다시 한 번 해 봤으면 좋겠는데."

재스민 누나가 고개를 끄덕였다. 나는 팔을 흔들며 첫 소절을 부를 준비를 했다.

"춤 동작은 빼고. 네 동생은 빼고."

재스민 누나는 나를 바라보았다. 어찌해야 좋을지 모르겠다는 표정이었다. 하지만 나는 엄지손가락을 들어 올렸다. 우리 둘 다

탈락하는 것보다는 누나라도 통과하는 게 더 낫다. 그리고 난 누나가 나보다 더 잘한다는 걸 안다. 그다지 놀라운 일도 아니었다. 난 노래를 그런대로 괜찮게 부르지만, 누나는 천사의 목소리를 지녔다. 아빠가 재스민 누나한테 관심을 가지면 좋겠다.

남자 심사 위원은 무대 옆, 관객석으로 이어져 있는 계단을 가리켰다. 나는 그곳으로 걸어가 앉았다. 재스민 누나가 심호흡을 했다. 무대 위 조명이 딱 하나만 남고 모두 꺼졌다. 누나는 눈이 부셔 눈을 몇 번 깜박였다. 남자 심사 위원은 팔짱을 끼고 의자에 몸을 기댔다. 여자 심사 위원은 손으로 턱을 괴었다. 재스민 누나가 앞으로 나오자 스포트라이트도 누나를 따라왔다.

"준비됐으면 시작해."

남자 심사 위원이 말하자 재스민 누나가 시작했다. 처음에는 조용히, 떨리는 목소리로. 하지만 몇 소절 지나자 누나의 어깨는 편안해지고 입 모양은 커지고 아름다운 소리가 흘러나왔다. 노래는 공중으로 날아올랐다. 세인트 비즈에서의 그 연처럼……

재스민 누나는 온 힘을 다해 노래했다. 누나는 눈과 손과 심장으로 노래했다. 누나가 고음 부분을 부를 때, 관객은 자리에서 일어서고 심사 위원들은 박수갈채를 보냈다. 모두가 환호했다. 하지만 나만큼 더 큰 소리로 환호한 사람은 아무도 없었다. 난 내가 어디 있는지도 잊었다. 수백 명의 사람과 수많은 텔레비전 카메라 그리고 어쩌면 엄마 아빠 앞에서 무대 위에 서 있다는 사실을 잊었다. 누나와 노랫말을 제외하고는 전부 다 까먹었다. 난 노랫말을 처음으로 이해했다. 그 노랫말은 내게 용기를 주었다. 하늘에 떠 있는 그 사자가 내 마음속 어딘가에 있는 느낌이었다.

노래가 끝났다. 극장 전체가 환호를 보내자 재스민 누나는 고개를 살짝 숙여 인사했다. 심사 위원들이 나를 가리키고는 무대 중앙을 가리켰다. 나는 일어섰다. 난 마치 딴사람이 된 느낌이었다. 내 어깨가 얼마나 늠름하게 뒤로 딱 벌어졌는지, 스코틀랜드 남자가 커다란 백파이프로 자부심을 불어넣은 것처럼, 내 가슴은 빵빵하게 부풀어 올랐다. 엄마가 알아볼 수 있으면 좋겠다.

"음, 그건 평범한 노래였어."

남자 심사 위원이 말을 시작했다. 관객이 우우 야유를 퍼부었다. 관객은 우리 편이었다.

"정말 끔찍한 선택이야."

나는 생긋 웃었고 재스민 누나도 생긋 웃었다. 우리는 심사 위원들이 뭐라 생각해도 상관없었다. 조금도.

"춤은 끔찍했어. 그리고 여기 꼬마 스파이더맨, 너는 슈퍼영웅일지 모르지만 노래 실력은 꽝이야."

남자 심사 위원은 계속 이어 말했다. 재스민 누나는 내 어깨에 손을 얹었다.

"하지만 꼬마 아가씨한테는 이렇게 말하고 싶구나……."

남자 심사 위원은 잠깐 멈추고는 재스민 누나의 눈을 똑바로 바라보았다.

"오늘 내가 본 최고의 무대였어."

관객은 박수갈채를 보냈다.

"다음 오디션에서 보자."

관객은 환호했다.

"물론, 네 동생 없이."

관객은 웃었다.

"다음 참가자."

남자 심사 위원이 소리쳤고 이제 떠날 시간이었다. 나는 무대 밖으로 걸어 나가기 시작했다.

"우리는 안 할 거예요."

재스민 누나가 말했다. 나는 걸음을 멈추고 돌아섰다. 심사 위원들은 눈썹을 치켜떴다.

"뭘 안 하겠다는 거지?"

남자 심사 위원이 물었다. 누나는 분명하고 또렷한 목소리로 대답했다.

"다음 오디션에서는 저를 보지 못할 거예요."

관객이 숨을 죽였다. 남자가 충격을 받은 표정으로 말했다.

"바보처럼 굴지 마. 이건 평생에 한 번 올까 말까 한 기회야. 이 오디션이 네 인생을 바꿀 수도 있어."

재스민 누나가 내 손을 움켜쥐고 힘을 꽉 주었다.

"우리가 바꾸기를 원하지 않는다면요?"

누나가 말했다. 그러고 나서 심사 위원들이 아닌, 관객석을 바라보았다. 누나는 목소리를 높였다. 나는 누나가 누구한테 말하는지 알았다.

"난 제임스 없이 혼자서는 오디션 보지 않을 거예요. 동생하고 같이 할 거예요. 가족은 함께하는 거니까요."

우리는 무대를 걸어 내려왔다. 환호가 한참 동안 이어졌다. 클립보드를 든 여자가 고개를 절레절레 저었지만 다른 참가자들은 둥글게 모여들며 말했다.

"정말 멋졌어."

"축하해."

비록 대부분의 칭찬이 재스민 누나를 향한 것이었지만, 조금은 나를 위한 거라 생각하니 기분이 좋았다. 나는 팬들에게 손을 내밀어, 모두에게 악수를 했다. 레오 형이나 웨인 루니처럼. 그러자 내 티셔츠가 몸에 딱 맞는 것 같고, 내가 부쩍 자란 느낌이 들었다. 어쨌거나 열 살이 되는 것과는 다른 기분이었다. 이윽고 우리는 자리에 앉아서 쇼가 끝나기를 기다렸다. 우리는 아무 말도 하지 않았다. 우리의 이 행복한 마음을 말로 하기에는 너무 컸으니까.

"레오를 찾아보자."

한 시간 뒤, 물구나무를 선 채 오페라를 부른 마지막 참가자의 순서가 끝나자 재스민 누나가 말했다. 우리는 대기실을 걸어 나갔다. 밖은 어둡고 눈은 아직도 내리고 있었다. 우리는 주 출입구로 걸어 들어갔다. 그곳 천장에는 반짝이는 커다란 조명들이 있었다. 꼭 대롱대롱 매달린 거대한 귀고리 같았다. 카펫은 붉고 난간은 금빛이고 극장은 달콤한 성공의 냄새가 났다. 나는 수녀를 찾고, 아빠를 찾고, 엄마를 찾고, 찾고, 또 찾아봤다. 내 얼굴에는 초승달 크기의 미소가 걸려 있었다.

우리는 군중을 뚫고 나아갔다. 모두가 무대에서 내려온 우리를 알아보고 바라보며 고개를 끄덕이고 미소 지었다. 한 남자는 허공에 손을 들어 올리며 하이파이브를 했다. 하지만 내가 놓치고 말았다. 한 나이 든 아줌마는 쉰 목소리로 말했다.

"너희가 날 울렸어."

내가 말했다.

"설마요!"

하지만 재스민 누나가 말했다.

"감사합니다."

좀 기분 나쁘게 들렸지만 그 말은 칭찬이었나 보다. 재스민 누나는 초록색 뾰족 머리를 찾고, 나는 반짝이는 갈색 머리를 찾았다. 우리는 목을 길게 빼고 눈을 날쌔게 움직였다. 성큼성큼 발을 내딛으며 고개를 이리저리 돌리다가, 이윽고 우리는 멈추었다. 우리는 동시에 봤다. 20미터 밖. 이방인처럼 서로 반대편을 응시하고 있는 두 개의 얼굴. 숨을 멈추었다. 레오 형이 아니었다. 수녀도 아니었다. 엄마와 아빠였다.

"엄마!"

나는 목청껏 큰 소리로 외쳤다. 하지만 엄마는 듣지 못했다.

"엄마!!"

너무 많은 사람이 극장 입구에 몰려 있었다. 나는 광대 분장을 한 어떤 남자 때문에 옆으로 밀렸다.

"정말 근사했어."

광대 분장을 한 남자의 아내가 까치발로 서서 그 남자의 연붉은 색 코에 입을 맞추면서 꽥꽥 고함을 쳤다. 나는 그 사람들 머리 너머로 엄마를 보려고 했다.

검정 신발.

청바지.

초록색 코트.

그리고 손.

분홍빛, 살아 있는 진짜 손. 검정 가방을 움켜쥐고, 은빛 지퍼를 만지작거리고 있었다. 저녁을 준비하고 내 아픈 머리를 쓰다듬어 주고, 추운 날 내 머리 위로 스웨터를 입혀 주던 손. 나에게 이불을 덮어 주던 손. 내게 그림을 가르쳐 준 손.

"어머나, 세상에! 엄마가 진짜 왔어."

재스민 누나가 말했다. 우리는 꼼짝 않고 서서 바라봤다. 극장은 우리 주위에서 윙윙 소리를 냈다.

엄마 몸은 햇볕에 까맣게 탔다. 눈가는 온통 주름투성이였다. 머리는 조금 잘랐다. 관자놀이 근처는 희끗희끗하고, 머리에는 금발이 몇 가닥 있었다. 엄마가 다르게 보였다. 하지만 여기 있었다. 나는 손으로 티셔츠를 매만지고 옷깃을 곧게 펴고 소매를 단정히 했다. 엄마가 사라질지 몰라서 엄마한테서 눈을 떼지 못한 채……

불현듯 엄마가 우리를 알아봤다. 재스민 누나는 혼잣말을 했다. 나는 손을 흔들었다. 엄마는 얼굴을 붉히더니 손을 들어 올렸다. 하지만 흔들지는 않았다. 엄마 손이 옆으로 내려갔다. 엄마는 아빠에게 뭔가를 말했다. 아빠는 엄마 말을 못 들은 체했다.

"가자."

재스민 누나가 내게 팔을 두르며 속삭였다. 우리가 군중 틈으로 밀고 들어갈 때, 나는 누나 갈비뼈가 오르락내리락하는 걸 느낄 수 있었다.

시간은 너무 천천히, 또 너무 빨리 갔다. 그런 게 동시에 일어나다니. 이윽고 우리는 엄마 앞에 섰고, 시리얼처럼 공기에서 바삭바삭 소리가 났다. 온갖 감정이 튀어나와 우리 사이의 공간을 가로막았다. 엄마가 나를 껴안아 주기를, 내 이마에 입 맞춰 주기를, 내 스파이더맨 티셔츠를 알아봐 주기를 기다렸다. 하지만 엄마는 그냥 미소만 지으며 바닥만 내려다보았다.

"안녕."

내가 말했다.

"안녕."

엄마가 대답했다.

"안녕."

재스민 누나가 중얼거렸다.

나는 몸을 앞으로 내밀고 팔을 벌렸다. 엄마는 움직이지 않았다. 너무 멀어서 포옹할 수 없었다. 더 앞으로 가야 했다. 나는 엄마 쪽으로 움직여 팔로 엄마를 감쌌다. 내가 거의 엄마 어깨쯤 온다는 사실을 알고 나는 깜짝 놀랐다. 예전에는 엄마 가슴에 왔었는데…….

'엄마가 줄어들었어.'

나는 생각했다. 멍청한 생각이었지만, 그건 충격이었다. 우리는 2초도 안 되는 시간 동안 포옹했다. 멋진 포옹을 바랐지만, 왠지 차갑고 불편했다. 아무리 열심히 해도 제대로 맞지 않는 퍼즐 조각이 생각났다.

"네 노래 정말 멋졌어."

엄마가 뒤로 물러서며 말했다. 엄마 말은 공허하게 들렸다. 마치 커다란 종이 위에 심이 아주 얇은 연필로 쓴 편지처럼.

"넌 재능이 많아."

내가 "고마워요."라고 말할 때, 엄마가 "정말 멋진 목소리야."라고 했다.

엄마는 내가 아니라 재스민 누나한테 말하고 있었던 거다. 난 얼굴을 붉혔다.

침묵.

나는 엄마에게 내가 넣은 결승골과 핼러윈 장난과 아빠가 저녁 식사로 준비한 시커멓게 탄 닭고기 이야기를 하고 싶었다. 나는 엄마에게 파머 선생님과 다니엘이 만든 마구간의 고추에 대해 그리고 내가 우리 별에서 가장 멋진 여자아이를 어떻게 친구로 사귀게 되었는지 말하고 싶었다. 만약 엄마가 내게 물었다면, 또는 내 쪽을 바라봤다면, 그 말은 한꺼번에 터져 나왔을 거다. 하지만 엄마는 그저 바닥만 내려다보고 있었다.

"여기서 나가자."

마침내 아빠가 말했다. 우리가 극장을 빠져나갈 때, 아빠는 전에 하지 않던 행동을 했다. 아빠는 내 어깨에 손을 얹고 힘주어 꼭 잡았다.

도로는 얼음으로 덮여 있었다. 눈송이가 가로등 아래로 휘리릭 휘날려 떨어질 때는 옅은 갈색으로 보였다. 누군가 경적을 울렸다. 레오 형이 다가왔다. 검은색 핸들 뒤로 초록색 머리가 보였다.

"저 사람은 누구니?"

엄마가 묻자 재스민 누나가 어깨를 으쓱해 보였다. 설명하기 참 어려웠다. 엄마는 우리의 너무 많은 것들을 놓쳤다. 하지만 엄마는 곧 알게 될 거다. 내가 엄마를 도와줄 거다. 우리에게는 시간이 아주 많이 남아 있으니까……

아빠는 주머니에서 자동차 열쇠를 꺼내 들고 계속 만지작거렸다.

"이제 갈까?"

아빠가 재스민 누나한테 물었다. 누나가 고개를 끄덕였다.

"제임스?"

아빠가 물었다. 나는 이를 드러내고 활짝 웃었다. 이건 내가 그토록 기대하던 그런 장면이었으니까.

나는 엄마가 나이젤 아저씨한테 전화를 걸어 이제 다 끝났다고 말하면서 나이젤 아저씨를 악당이라 부를지 정말 궁금했다. 그때 엄마가 말했다.

"모두 곧 다시 보자."

내 생각에 '곧'이란 건 '우리 집에 돌아가서' 뭐 그런 뜻 같았다. 엄마도 운전해야 했으니까. 그래서 내가 말했다.

"난 엄마랑 같이 갈래."

재스민 누나의 어깨가 귀까지 솟구쳤다. 마치 강아지 한 마리가 도로로 뛰어드는 걸 이제 막 봤는데, 그 강아지가 다치는 걸 막을 수 없는 것처럼. 아빠의 얼굴이 새하얗게 변하더니 눈을 질끈 감았다. 엄마는 코를 문질렀다. 왜 모두가 이상하게 행동하는지 나는 이해가 되지 않았다.

"내가 길 가르쳐 줄게요."

내가 말했다. 엄마는 물었다.

"런던으로 돌아가는 길을?"

그제야 이해가 되었다.

"그냥 농담이에요."

난 억지로 웃어 보였다. 하지만 '하하' 하고 웃을 때마다 목구멍이 불에 덴 듯 뜨거웠다. 엄마는 가방에서 장갑을 꺼내 분홍빛 손에 꼈다.

"자, 그럼 안녕."

엄마가 말했다.

"너희를 만나서 정말 반가웠어. 너희 모두 아주 잘했어."

아빠가 콧방귀를 뀌었다. 엄마가 주춤했다. 버스가 질척한 길 위를 지나가며 재스민 누나의 발을 흠뻑 적셔 놓았다.

"여기."

엄마가 가방에서 티슈를 꺼내며 말했다. 엄마는 티슈를 재스민 누나한테 주었다. 누나는 그걸 무표정하게 바라봤다.

"다리 닦아."

엄마가 말했다. 엄마 목소리가 갑자기 평상시로 돌아왔다. 짜증 섞이고 조금은 성급하게 들리는. 그건 이 세상 최고의 목소리였다. 재스민 누나는 엄마 말대로 했다.

"너 정말 예뻐 보여."

엄마가 말했다. 재스민 누나는 정강이를 닦았다. 나는 가슴을 앞으로 내밀었다. 내 빨갛고 파란색 옷이 엄마 코앞에 있었다. 그런데 엄마는 그걸 흘끗 쳐다보지도 않았다.

"너도 멋있고."

"가자. 눈 때문에 못 갈지도 몰라."

아빠가 재촉했다. 엄마가 고개를 끄덕였다.

"곧 보자."

엄마가 재스민 누나의 어깨를 토닥이고 내 머리를 쓰다듬으며 거짓말을 했다.

"그리고 잘했다."

엄마는 걸어갔다. 검정 부츠가 눈 속에서 첨벙거리고, 초록 코트는 획 소리를 냈다. 나는 엄마 옷을 알아보지 못했다. 새 옷이었다. 엄마는 그 옷을 언제 샀을까? 내 생일에? 아니면 축구 시합 있던 날 오후? 아니, 어쩌면 '학부모의 밤'일지도 모른다.

아주 갑작스레 나는 엄마를 뒤쫓아 달려갔다. 춤추는 사람들, 가수들 그리고 수백 개의 행복한 얼굴들 사이를 재빨리 피해서……. 모두 추위에 얼굴이 시뻘겠다.

"엄마!"

내가 목청껏 외쳤다.

"엄마!"

엄마가 뒤돌아섰다.

"왜 그러니, 우리 아가?"

엄마가 물었다. 난 소리치고 싶었다.

"날 그렇게 부르지 마요."

하지만 난 이야기할 더 중요한 게 있었다.

우리는 이탈리아 레스토랑 앞에 서 있었는데, 피자 냄새를 맡으니 배가 고파졌다. 하지만 배가 아파 음식을 먹을 수 없었다. 사람들이 웃고 웨이터들이 이야기하고 "건배!"라고 말할 때 그러는 것처럼 유리잔이 쨍그랑거리는 소리가 들렸다. 레스토랑 안엔 초가 켜져 있어 따뜻하고 아늑해 보였다. 차가운 회색 거리에서 벗어나 내가 그 안에 있었으면 좋겠다는 생각이 들었다.

"무슨 일이니?"

엄마가 다시 물었다. 나는 질문을 하고 싶지 않았다. 대답이 두려웠으니까. 하지만 재스민 누나와 노래 속 가사를 생각하며, 나는 억지로 용감해지려 했다.

"엄마, 내일 일해요?"

내가 숨을 헐떡거렸다. 엄마는 혼란스러운 표정이었다. 엄마는 코트를 바싹 여몄다.

"왜?"

엄마가 물었다. 마치 내가 엄마한테 더 오래 머물러 달라고 부탁할까 걱정하는 것처럼.

"그냥 알고 싶어서요."

내가 숨을 쉬었다. 엄마는 고개를 가로저었다.

"아니. 몇 달 전에 가르치는 거 그만두었어."

모든 것이 빙빙 돌기 시작했다. 금속 받침 위에 놓인 지구본을 빙글빙글 돌리는 손이 생각났다.

"그럼, 엄마는 워커 씨랑 일하지 않는 거야?"

내가 물었다. 엄마가 대답을 바꿀 기회를 주면서, 내 가슴 속에서 사납게 뛰는 심장을 증오하면서, 마지막 남은 한 조각 희망과 더불어……. 엄마는 다시 한 번 고개를 끄덕였다.

"그래. 엄마 일 안 해. 멀리 여행 다녀왔어. 나이젤 아저씨가 책을 써야 해서 이집트에서 자료 조사를 해야 했거든. 그래서 엄마도 같이 갔어. 새해 바로 전날 겨우 돌아왔지."

엄마가 말했다. 아, 그래서 엄마가 햇볕에 탔던 거구나.

엄마는 가방을 한 번 더 열었다. 그러고는 편지 봉투 넉 장을 꺼냈다. 편지 봉투 두 장에는 내 글씨가 있고, 나머지 두 장에는 재스민 누나의 글씨가 있었다.

"제때 못 받았어."

엄마가 침착하게 마치 사과하는 것처럼 말했다. 마치 '학부모의 밤'에 못 온 게 괜찮다고, 크리스마스에 못 온 게 괜찮다고 내가 말해 주기를 바라는 것 같았다.

"내가 제때 편지를 받았다면 왔을 거야."

엄마가 말했다. 그 말이 정말인지 모르겠다.

물어보고 싶은 게 하나 더 있는데, 이 질문은 더욱더 물어보기 어려웠다. 세상은 더 빨리 빙글빙글 돌았다. 자동차와 사람들과 건물들이 나와 엄마 둘레를 더 빨리 돌았다. 현기증이 나면서 모든 것이 흐릿하게 보였다.

"티셔츠."

내가 말을 꺼냈다. 내 눈은 도로 위 물웅덩이에 고정되었다.

"아, 그래."

엄마가 말했다.

"나도 그 말 하려고 했어. 정말 멋지다."

엄마가 미소 지었다. 아무튼 나도 웃어 보였다. 엄마는 손가락으로 내 셔츠를 매만졌다.

"정말 멋진 티셔츠구나. 어디서 났니? 정말 너한테 잘 어울리는구나, 제임스."

20

집에 돌아와 아빠가 핫 초콜릿 한 잔 줄까 물었을 때도 난 말 한 마디 하지 않았다. 무슨 이유에서인지 나는 집으로 돌아오는 내내 지진만 생각했다. 현관에 들어섰을 때, 눈에 보이는 것이라고는 중 국과 같은 저 먼 어딘가에서 땅이 흔들리고 건물이 무너져 내리 는 것뿐이었다. 나는 방글라데시에도 지진이 일어나는지 궁금해져 서 학교에 가면 수녀에게 물어보고 싶었다. 수녀는 탤런트 쇼에 오 지 않았다. 크리스마스카드로 수녀를 초대하고, 반짝이 풀로 '제발' 이라고 장식했는데도 말이다. 수녀는 아직 나한테 화가 나 있는 게 분명하다. 그러니 당분간은 나에게 자연재해에 대해 이야기하고 싶 지 않을 거다.

"핫 초콜릿 먹을래?"

재스민 누나가 살며시 물었다. 나는 그냥 고개만 끄덕이고 2층으로 올라가 로저를 찾았다. 로저는 내 방에 없었다. 나는 창턱에 앉아 창문에 비친 내 모습을 바라보았다. 스파이더맨 티셔츠는 걸레처럼 보였다.

어쩌면 엄마가 농담한 건지도 몰랐다. 엄마가 그 옷을 보낸 걸 잊었을지도 몰랐다. '그래. 그렇게 된 거야.' 나는 고개를 끄덕였다. 거울에 비친 나도 고개를 끄덕였다.

엄마는 까먹은 거다. 엄마는 늘 뭔가 잘 까먹었다. 슈퍼마켓에 가서도 뭘 사러 왔는지 기억하지 못했다. 열쇠를 어디에 두었는지 까먹고 찾지 못했다. 냉동실 안, 꽁꽁 언 완두콩 봉지 아래에서 열쇠가 나왔을 때, 엄마는 그게 왜 거기 들어가 있는지도 몰랐다. 그러니 100일하고도 32일 전에 일어난 일을 기억 못 한다고 해서 놀랄 일도 아니다.

아빠가 핫 초콜릿을 들고 내 방에 들어왔다. 파란색 컵에서 김이 모락모락 피어올랐다.

"여기 있다."

아빠가 내 침대에 걸터앉으며 말했다. 이 집으로 이사 오고 나서 아빠는 딱 한 번 내 방에 들어왔었다. 그것도 술에 취해 화장실로 착각하고 들어왔던 거다.

나는 뭐라고 말해야 할지 몰랐다. 그래서 핫 초콜릿을 홀짝 마셨다. 너무 뜨거워 혀를 뎄지만 말이다.

"괜찮니?"

아빠가 컵을 향해 고개를 끄덕이며 물었다. 괜찮지 않았지만, 어쨌든 난 괜찮다고 말했다.

아빠는 코코아 가루를 제대로 젓지 않았다. 초콜릿 가루가 진흙처럼 컵 바닥에 눌어붙었다. 하지만 아빠가 만들어 준 거라 더 따끈하고 달콤한 것 같았다. 그래서 좋았다. 아빠는 내가 마시는 모습을 지켜보며 스스로 뿌듯해했다.

"뼈에 좋은 거야. 하루에 한 잔씩 마시면 웨인 루니처럼 튼튼해질 거야. 널 위해 만들어 주마."

아빠가 말했다. 아빠가 얼굴을 붉혔다. 손으로 턱을 북북 문질렀다. 구레나룻 때문에 꽤 멋진 소리가 났다. 나는 "괜찮아요."라고 말했다. 아빠는 일어서며 내 어깨를 그날 두 번째로 힘주어 잡아 주었다.

"월요일 아침부터 아빠 일하러 간다."

아빠가 자기 다리를 바라보며 불쑥 말했다. 카펫 위에 놓인 반짝이 위를 왔다 갔다 해서 아빠 다리에 반짝거리는 게 묻어서였다.

"거기서 아직 나한테 일자리를 준다면 말이다. 나한테도 좋을 거다. 아침에 일어나 뭔가 할 일이 있다는 거니까."

아빠는 목 안에 걸린 게 아무것도 없는데 괜히 목청을 가다듬었다.

"뭔가 맨정신으로 있을 수 있는 거니까."

데오도란트를 뿌리면 자그마한 방울들이 한참 동안 공중에 머물러 있었다. '맨정신으로 있다'는 말이 그랬다. 그 말이 거기에 그대로 남아 있었다. 나는 고개를 들 수 없었다. 그 말이 아빠 주위에서 그냥 빙빙 맴도는 걸 보고 싶지 않았으니까. 컵 바닥의 가루를 바라보았다. 그게 뭔가 아주 흥미로운 것이라도 되는 것처럼……. 코코아 가루는 거의 검정에 가까운 짙은 갈색이었는데 보기 싫게 말라 가고 있었다. 재스민 누나는 자신의 별자리 운세를 읽는다. 어떤 사람들은 손금을 읽는다. 또 어떤 사람들은 찻잎으로 자신의 미래를 점친다. 나는 눈을 가늘게 뜨고 코코아 가루 덩어리를 바라보았지만, 나의 미래에 대해서는 아무것도 나타나지 않았다.

"다 마셨니?"

아빠가 묻길래 난 그렇다고 대답했다.

아빠는 내 컵을 들고 방을 나갔다.

나는 잠이 오지 않았다. 아픈 배를 웅크린 채 침대에 누웠다. 오른쪽으로 누웠다가 똑바로 누워 보고, 다시 왼쪽으로 누웠다가 똑바로 누워 보았다. 하지만 편하지가 않았다. 침대가 너무 뜨겁게 느껴져서 좀 시원한 부분을 찾아 베개를 뒤집어 보았다. 나는 계속 중얼거렸다.

"엄마는 나한테 선물을 보냈다는 걸 잊어버린 거야. 그래, 엄마는 모두 잊어버린 거야."

그렇지만 자꾸만 의심이 일면서 모든 것이 새까맣게 변했다. 머릿속에 떠오르는 말을 믿을 수가 없었다.

엄마가 몇 달 전에 일을 그만두었다. 워커 씨 같은 못된 상사하고 일하지 않는다. 내가 '학부모의 밤'에 초대했을 때, 엄마는 일할 필요가 없었다. 재스민 누나가 크리스마스에 초대했을 때에는 이 나라에 있지도 않았다.

엄마는 나이젤 아저씨랑 이집트에 있었다. 우리가 집에 앉아 엄마를 기다리는 동안…….

하지만 엄마는 극장에 왔다. 엄마는 우리가 탤런트 쇼에 나오는 걸 보기 위해 런던에서 맨체스터까지 줄곧 차를 몰고 왔다. 그건 대단한 일이긴 했다.

비틀비틀 현기증이 났다. 무엇을 믿어야 할지 몰랐다. 커다랗고, 강하고, 안전하고, 진실이라 믿었던 모든 것들이 전부 무너져 내렸다. 지진 속 건물들처럼. 지진은 중국이나 방글라데시에서만 일어나는 게 아니다. 내 방, 내 침대에서도 일어난다. 지진은 물건을 흔들고, 땅으로 내동댕이치고, 내 삶까지도 영원히 바꾸고 있었다.

할머니는 말씀하셨다.

"뭔가를 바랄 때는 신중히 기도해라. 그게 실현될 수 있으니까 말이다."

나는 언제나 그 말이 어리석다고 생각했다. 지금까지는.

당신의 삶을 바꾸고 싶다면 여기로 전화하세요.

차라리 전화를 걸지 않았으면 얼마나 좋았을까?

눈을 뜨자 햇빛이 창문으로 쏟아져 들어오고 있었다. 열두 번 눈을 깜빡이고 나서야 햇빛이 눈에 익었다. 나는 하품을 했다. 머리가 떵하고, 눈이 퉁퉁 부은 느낌이었다. 잠을 잘 자지 못했다. 침대에서 내려오며, 로저가 내 정강이에 털을 비비고, 발목을 꼬리로 감싸겠구나 생각했다. 그런데 로저가 거기 없었다. 생각해 보니 탤런트 쇼에서 돌아오고 나서부터 로저가 보이지 않았다. 나는 창밖을 눈여겨보았다. 햇빛이 정원에 반사되어 너무 눈이 부셔서 제대로 보이지 않았다. 나무와 연못과 덤불만 보였다. 로저는 없었다.

나는 부엌으로 달려갔다. 로저의 밥그릇을 살펴보았다. 입도 대지 않은 채 먹이는 그대로였다. 거실로 달려 들어갔다. 소파 뒤랑 의자 뒤를 찾아봤다. 계단으로 뛰어 올라갔다. 이상한 화학 약품 냄새가 재스민 누나 방문 밖으로 새어 나오고 있었다. 나는 손잡이를 돌려 들어갔다.

"나가! 옷 안 입었단 말이야."

누나가 소리쳤다. 분명 거짓말이다. 그래도 나는 눈을 감고 물었다.

"로저 봤어?"

내가 물었다.

"어제 아침부터 안 보이던데……. 네가 로저를 거실에서 쫓아냈잖아. 우리가 오디션 준비할 때 말이야."

누나가 대답했다.

자책감을 생물에 비유하면, 그건 끈적끈적한 수백 개의 팔로 꿈틀거리는 문어일 거다. 문어가 내 몸을 감싸고는 꽉 짓누른다.

나는 아빠 방으로 갔다. 아빠는 입을 벌린 채 코를 드르렁드르렁 골며 잠을 자고 있었다. 나는 아빠를 흔들어 깨웠다.

"왜?"

아빠는 팔로 얼굴을 감싸고, 혓바닥으로 메마른 입을 적시면서 끙끙거렸다. 아빠 입술은 핫 초콜릿처럼 보이는 갈색 물질로 덮여 있었다. 아빠는 술에 취해 알아차리지 못했다.

"로저 못 봤어요?"

내가 묻자 아빠가 대답했다.

"어제 맨체스터로 가기 전에 집 밖으로 내보내 줬어."

그러고는 다시 몸을 돌려 잠을 청했다.

나는 코트를 입고 부츠를 신은 채 집을 나섰다.

뒷마당을 찾아봤다. 로저 이름을 소리쳐 불렀지만 아무 반응도 없었다. 나는 쥐처럼 찍찍 우는 소리도 내 보고, 토끼처럼 쉭쉭 소리를 내 보기도 하면서, 로저가 부루퉁해 있지 않게끔 사냥을 하게 하려고 애썼다. 하지만 로저는 숨던 곳에서 나오지 않았다. 나무 위를 올려다보며 로저가 혹시 나뭇가지에 걸려 있지는 않은지 살펴봤다. 발자국을 찾아봤다. 하지만 눈이 새로이 쌓여, 아무런 흔적을 찾을 수가 없었다. 연못이 녹아, 물고기는 물속에서 노닐고 있었다. 마당을 떠나기 전 내가 말했다.

"다시 만나 반가워."

로저는 변덕스러운 고양이가 아니다. 그래서 이렇게 토라진 게 놀라웠다. 나는 길 쪽으로 걸어갔다. 태양을 받아 머리가 뜨거웠다. 그래도 눈 때문에 발이 시렸다. 움직이는 게 있을 때마다, 난 로저의 연갈색 얼굴이 나타나길 기대했다. 처음에는 새 한 마리, 그러고는 양 한 마리 그리고 빨간 크리스마스 나비 매듭을 목에 걸고 길을 따라 달려오는 회색 강아지 한 마리가 나타났다. 나는 그 강아지를 어루만지고는 강아지를 데리고 있던 할아버지에게 말했다.

"정말 예쁜 아이네요."

"기운이 너무 세서 감당하기 어렵단다."

할아버지가 말했다. 그 할아버지는 파이프 담배를 피우고, 머리에는 챙 없는 납작모자를 쓰고 있었다. 머리카락이 강아지 털하고 똑같은 색이었다. 인상 좋은 얼굴에 갈색 눈동자 위로 눈꺼풀이 축 처져 있었다. 꼭 졸린 것 같았다.

"혹시 고양이 한 마리 못 보셨어요?"

내가 물었다.

"황갈색 고양이니?"

할아버지가 이마를 찌푸렸다.

"네."

강아지가 뛰어오르며 차가운 발을 내 배에 올렸기에 나는 웃으며 대답했다.

"이리 와, 프레드."

할아버지가 중얼거렸다.

프레드는 꼬리를 흔들며 주인 말을 듣지 않았다.

"황갈색 고양이라……."

할아버지가 다시 말했다. 그 할아버지 얼굴이 왜 창백해졌는지, 왜 길 아래쪽을 가리키는 손이 떨렸는지 그땐 알지 못했다.

"저쪽에 있다."

"감사합니다."

나는 마음을 놓으며 말했다. 그리고 프레드를 내려놨다. 프레드는 몸을 흔들며 내 손을 핥았다.

"안됐구나."

할아버지가 말했다. 목소리가 떨리고 있었다.

"유감이다."

그때 나는 알아차렸다.

로저가 토라져서 숨어 있는 게 아니라는 걸 말이다. 난 고개를 가로저었다.

"아니요……. 아니에요."

할아버지는 파이프 끝을 잘근 씹었다.

"정말 유감이구나, 꼬마야. 내 생각에 네 고양이는……."

"아니에요."

나는 그 할아버지를 길옆으로 밀치며 고함을 쳤다.

"아니라고요!"

나는 달려갔다. 내 눈앞에 무엇이 펼쳐질지 두려웠지만 로저를 찾아서 할아버지에게 틀렸다는 걸 보여 주기 위해 죽어라 달렸다. 로저는 괜찮다고, 내 고양이는 그냥…….

아.

새하얀 눈 속에 밝은 연갈색 작은 덩어리가 있었다. 자그마한 것이 50미터 떨어진 길에 누워 있었다.

"저건 로저가 아니야."

나는 속으로 부정하려 애썼다. 하지만 내 피가 꽁꽁 얼어붙는 것 같았다. 마치 〈나니아 연대기〉 속 마녀가 세상을 크리스마스가 없는 겨울로 만들어 놓은 것처럼. 태양이 내 머리 위를 비추어 눈이 부셨지만 난 느낄 수가 없었다. 한 발짝도 더 떼고 싶지 않았다. 그렇지만 내 다리는 머리를 따르고 있었다. 게다가 빨리, 아주 빨리 움직였다. 여우일 수도 있었다. 30미터. 제발 여우이기를. 20미터. 그건 고양이였다. 10미터. 그건 피로 뒤덮여 있었다.

나는 로저를 물끄러미 바라보았다. 로저의 꼬리가 햇빛을 받아 빛나고 있었다. 난 로저가 움직이기를 5분 동안 기다렸다. 로저가 조금이라도 움직이기를 바랐다. 하지만 꼼짝하지 않았다. 로저의 꼬리가 뻣뻣해 보였다. 귀도 너무 날카로워 보였다. 눈은 흐리멍덩한 초록색 대리석 무늬였다.

나는 시체가 싫다. 그걸 보면 속이 매스껍다. 로저의 쥐. 로저의 토끼. 그리고 로저. 나는 심호흡을 했다. 하지만 도움이 되지 않았다. 문어가 내 폐를 꽉 움켜잡고 있었다. 산소가 부족했다. 충분한 공기가 절대 있을 리 없었다. 나는 숨을 헐떡이기 시작했다.

로저를 마지막으로 본 순간을 떠올렸다. 로저는 내 팔에 안겨 가르랑거렸다. 하지만 나는 로저를 현관 카펫에 내려놓고 로저의 코앞에서 문을 닫았다. 그때 로저는 그저 내가 쓰다듬어 주기를 바랐다. 하지만 나는 로저의 야옹거리는 소리를 못들은 척했다. 그리고 오디션을 보러 갈 때 작별 인사도 하지 않았다. 나는 작별 인사도 안 했다. 그리고 이제는 너무 늦어 버렸다.

로저 몸 아래, 눈이 붉었다. 갑작스레 바람이 불어와 로저의 털이 흩날렸다. 로저가 추워 보였다. 그래서 나는 앞으로 조심스레 걸어갔다. 이가 덜덜 떨렸다. 가슴으로 공기를 빨아들이려 애쓰며, 나는 어깨를 들썩였다. 이제 2미터밖에 떨어지지 않았다. 나는 무릎을 꿇고 가까이 기어갔다. 천천히. 천천히. 심장이 다시 갈비뼈에 부딪혔다.

로저의 옆구리가 찢어져 있었다. 깊고 끈적끈적해 보였다. 앞발은 이상한 각도로 꺾여 있었다. 부러졌다. 뚝 끊어졌다. 로저가 덤불로 살금살금 기어 들어가는 모습, 로저가 마당을 가로질러 달리는 모습, 로저가 내 팔에서 뛰어내려 아직 움직이는 튼튼한 발로 착륙하는 모습을 떠올렸다. 나는 견딜 수가 없었다. 로저가 갈기갈기 찢기고 차갑게 식어 있다는 생각을 견딜 수 없었다. 나는 로저를 돌려놓아야 했다.

나는 팔을 앞으로 뻗어 손을 내밀었다. 손끝으로 로저의 털을 쓰다듬었지만, 손이 뒤로 주춤했다. 마치 뭔가 뜨거운 것을 막 만지기라도 한 것처럼……. 너무 헐떡거려서 어지러울 지경이었다. 다시 손을 뻗었다. 그리고 다시, 다시, 또다시. 내가 나뭇가지로 들어올렸던 토끼를, 종이 위에 실어 나른 쥐를 그리고 무슨 이유 때문인지 로즈 누나를 생각했다. 로즈 누나는 산산조각이 났다. 목구멍이 뜨거워져 아팠다. 침을 삼키려 했지만, 목구멍 아래로 내려가지 않았다.

그렇게 여섯 번 만에, 로저에게 손을 댈 수 있었다. 손이 떨리고 손바닥은 땀으로 흥건했지만, 나는 로저의 등에 손을 얹었다. 느낌이 달랐다. 로저의 털에 내 손가락을 묻었던 그 모든 시간을 기억했다. 따뜻한 피부, 뛰는 심장 그리고 가르랑거릴 때의 갈비뼈의 떨림. 하지만 지금, 아무런 움직임도 없었다. 로저의 수염도 움직이지 않았다. 눈도 생명이 없었다. 꼬리에도 아무런 생명이 남아 있지 않았다. 난 그 모든 것이 어디로 갔는지 궁금했다.

목구멍을 태울 것 같은 열기가 뺨으로 번져 갔다. 천 분의 1초도 안 돼서 얼어붙을 듯 차갑던 것이 이제는 끓어 넘칠 정도로 뜨거워졌다. 나는 로저의 머리를 쓰다듬었다. 사랑한다고 말해 줬다. 미안하다고도 말했다. 로저는 야옹거리지 않았다. 문득 눈에 찍힌 타이어 자국이 보였다. 비스듬히 새겨진 그 자국은 깊고도 짧았다. 그곳에서 누군가 급히 브레이크를 밟으며 길에 타이어 밀린 자국을 남겨 놓은 거다.

그 모든 고통이 갑자기 분노로 바뀌었다. 너무 화가 나 소리치며 펄쩍 뛰어올라 타이어 자국을 발로 힘껏 찼다. 발로 쿵쿵 짓밟아 버렸다. 그 위에 침을 뱉었다. 내 뜨거운 손으로 눈을 움켜쥐고 그걸 하늘에 던졌다. 나는 무릎을 꿇고 주먹으로 타이어 자국을 내리쳤다. 있는 힘을 다해 힘껏 길바닥을 내리쳤다. 아프지만 시원했다. 손가락 마디 살갗이 까졌다. 나는 다시 땅바닥을 내리쳤다.

내가 탤런트 쇼에 가지 않았다면, 로저는 아직 살아 있을 거다. 지난밤 로저가 집에 없다는 걸 알아차려야 했다. 곧장 로저를 찾았어야 했다. 그러면 로저가 곧장 달려왔을 거다. 로저는 내 부츠에 자기 몸을 비비댔을 거다. 로저의 털이 달빛에 반짝였을 거다. 하지만 나는 엄마 생각만 하느라 미처 로저를 떠올리지 못했다.

나는 발로 땅을 쿵쿵 차다가 그만두었다. 자리에서 일어서는데 무릎이 후들거렸다. 나는 로저 쪽으로 걸어갔다. 이번에는 로저의 시체가 무섭지 않았다. 나는 로저를 들어 올리고 싶었다. 로저를 절대 보내고 싶지 않았다. 로저의 등을 천 번이고 쓰다듬어 주고 싶었다. 백만 번이고 안아 주고 싶었다. 로저가 내 목소리를 아직 들을 수 있을 때 내가 말해야 했던 그 모든 것을 다 말하고 싶었다. 나는 로저를 천천히 들어 올렸다. 마치 '신성한'이라고 적힌 상자라도 되듯이……. 로저의 머리가 목 뒤로 푹 꺾였다. 하지만 난 그 머리를 내 어깨로 받쳤다. 로저의 몸을 내 몸 가까이 잡아당겨 털을 쓰다듬었다. 로저의 머리를 쓰다듬으며 로저를 살살 흔들었다. 엄마가 아가에게 하는 것처럼…….

나는 로저가 그리웠다. 너무도 그리웠다. 내 목과 뺨의 열기가 눈으로 번지며 눈도 뜨거워졌다. 눈에서 촉촉한 물이 흐르기 시작했다. 아니. 눈물이 아니다. 그건 울……음이었다.

나는 울었다. 5년 만에 처음으로. 내 은빛 눈물이 로저의 연갈색 털 위로 뚝뚝 떨어졌다.

21

　나는 로저가 차가운 게 싫었다. 로저는 너무 오랫동안 밖에 있었
다. 나는 재킷의 지퍼를 내려 스파이더맨 티셔츠에 로저를 기대고
꼭 끌어안았다. 그러고는 다시 지퍼를 올려 로저를 바람과 이제 막
내리기 시작한 눈으로부터 보호해 주었다. 로저의 머리가 내 재킷
밖으로 툭 튀어나왔다. 나는 거기에 부드럽게 입을 맞추었다. 로저
의 수염이 내 입술을 간질였다.

　나는 로저를 집으로 데리고 왔다. 미끄러지지 않게 길 위의 그
모든 차가운 것들을 조심스레 피해 가며 걸었다. 눈물이 앞을 가
려 집이 보이지 않았다. 나는 진입로로 걸어가 곧장 뒷마당으로 갔
다. 로저에게 어제 일어난 모든 것들에 대해 말해 주고 있었다. 오
디션에 대해, 재스민 누나가 얼마나 멋졌는지, 내가 어떻게 처음으
로 노랫말을 이해했는지, 그것이 어떻게 나를 바꾸었는지 이야기했

다. 엄마가 나를 자랑스럽게 여기게 하고 싶었다고 로저에게 말했다. 그래서 그것이 내가 로저를 거실 밖으로 쫓아내고 문을 닫은 이유라고 설명했다. 연습하느라고, 엄마에게 감동을 주고 싶어서 그랬다고. 나는 바보였다. 그게 아무런 의미가 없다는 걸 너무 늦게 깨달았다. 나는 속삭였다.

"엄마는 거짓말쟁이야. 엄마는 우리를 버렸어. 엄마가 다시 나를 사랑하게 할 수 있는 건 아무것도 없어."

로저가 가르랑거리거나 야옹하고 울었으면 했다. 그래서 로저기 나를 용서했다는 걸 알고 싶었다. 하지만 로저는 잠자코 있을 뿐이었다.

연못가에 도착해 고양이를 어떻게 해야 할지 몰랐다. 로저를 묻고 싶지 않았다. 로저의 몸이 땅속에서 썩어 가는 걸 떠올렸다. 그러자 구역질이 날 것 같았다. 나는 로저를 바싹 껴안았다. 지금 그대로의 모습대로 로저를 지키고 싶은 마음이 간절했다. 로저를 가슴에 꼭 안으니 티셔츠로 핏물이 번졌다.

그렇지만 뭔가를 해야 했다. 로저에게 장례식을 제대로 해 줘야 했다. 난 벽난로 선반 위의 우리 누나를 생각해 냈다. 내 고양이도 거기 있으면 멋질 거다. 나는 로저의 유골이 든 연갈색 유골함을 떠올렸다. 그러면 내가 원할 때면 언제든 로저에게 이야기하고, 쓰다듬어 주고, 껴안아 줄 수 있다. 불현듯 나는 깨달았다. 그리고 이해했다. 왜 로즈 누나가 벽난로 선반 위 유골함에 있는지. 왜 아빠가 누나 유골을 바다에 뿌리는 걸 그토록 힘겨워했는지. 왜 아빠가 생일마다 누나한테 케이크를 가져다 주었는지. 왜 아빠가 누나한테 안전벨트를 매어 주었는지, 왜 크리스마스이브에 유골함 옆에 양말을 매달아 두었는지…… 그건 보내기가 너무 힘들었기 때문이다. 아빠는 로즈 누나를 너무 사랑해 작별 인사를 할 수 없었던 거다.

나는 무릎을 꿇고 로저의 털에 얼굴을 묻었다. 그리고 울었다. 숨을 쉴 수 없을 때까지. 콧물이 흐르고 머리가 아프고 얼굴은 퉁퉁 부었지만 그칠 수가 없었다. 뒤에서 창문 열리는 소리가 들렸다. 아빠가 소리쳤다.

"제임스, 안으로 들어와라. 밖이 춥구나."

난 꼼짝하지 않았다.

내가 로저를 가질 수 없다면, 로저의 유골이라도 갖고 싶었다. 나는 나뭇가지 두 개를 찾았다. 하나를 내 다리 사이에 놓고 오른손으로 부러뜨렸다. 나는 왼손으로 로저를 안은 채 귀에 대고 노래를 불렀다. 로저가 나뭇가지들이 서로 부딪히는 소리에 겁먹지 않도록. 하지만 잘되지 않았다. 나뭇가지들이 너무 축축해 불을 붙일 수 없었다.

뒷문이 열리는 소리를 듣고 나는 뒤를 돌아다봤다. 아빠였다.

"춥다."

아빠가 다시 말하려다 말고 주춤했다.

"로저!"

아빠는 나를 일으켜 세웠다. 내 기억으론 처음으로 아빠가 나를 껴안아 주었다. 아빠 가슴은 단단하고 믿음직했다. 나는 아빠 가슴에 내 얼굴을 밀어붙였다. 어깨를 들썩이고 숨을 헐떡였다. 눈물이 아빠 티셔츠를 적셨다. 아빠는 나한테 "쉿."이라고 말하지 않았다. "진정해라."라고도 말하지 않았다. 또 "어떻게 된 거니?"라고도 물어보지 않았다. 아빠는 내가 너무 아파서 차마 소리 내어 말할 수 없다는 걸 알았다.

더 이상 흘릴 눈물이 남아 있지 않자, 아빠는 내 등을 토닥여 주고 내 재킷의 지퍼를 열었다. 난 아빠를 내버려 두었다. 아빠가 내게서 로저를 떼어 내, 조심스럽게 천천히, 땅에 내려놓았다. 아빠는 로저의 눈꺼풀에 손을 올려 살며시 감겨 주었다. 대리석 무늬 눈동자가 사라졌다. 로저는 깊이 잠든 것처럼 보였다.

"저기 가서 기다려라."

아빠가 말했다. 아빠의 눈은 슬펐지만, 입술은 단호했다. 아빠는 집 안으로 사라졌다. 1분 뒤, 아빠가 삽과 자그마한 물건 하나를 가지고 왔다. 아빠는 그 자그마한 물건을 주머니에 넣었다. 내가 말했다.

"화장해요."

하지만 아빠는 말했다.

"눈 속에 불을 피울 수는 없어."

나는 로저를 들어 멀리 데리고 가려 했다. 내 고양이가 땅속에 묻히는 게 싫었다. 아빠가 내 팔을 움켜잡고 말했다.

"로저는 갔다."

아빠는 스스로 확인하듯 고개를 끄덕였다. 아빠 눈에 눈물이 고였다. 하지만 아빠는 크게 숨을 몰아쉬고 눈물을 떨쳐 냈다. 그리고 다시 고개를 끄덕였다. 마치 큰 결심이라도 한 것처럼. 그러고는 땅을 파기 시작했다. 아빠가 말했다.

"뭐든 사라지는 건 마찬가지야."

아빠 목소리는 슬픔으로 가득 찼다. 나는 그 슬픔을 이해한다고 생각했다.

시간이 오래 걸렸다. 땅이 단단했다. 아빠가 땅을 파는 내내, 나는 로저의 머리를 쓰다듬으며 사랑한다고 말하고, 말하고, 또 말했다. 눈물은 계속 고여, 얼굴을 타고 주르륵 흘러내렸다. 구덩이가 너무 깊지 않으면 좋겠다. 아빠가 언제까지나 땅을 팠으면 좋겠다. 나는 작별 인사를 할 준비가 안 되었다. 그때 재스민 누나가 나타났다. 누나가 오는 소리를 듣지도 못했다. 분명 아까까지 누나가 그곳에 없었는데, 어느 순간 내 옆에 쭈그리고 앉아 조용히 울고 있었다. 누나가 로저의 피 묻은 털을 어루만졌다. 누나의 머리는 다시 밝은 분홍색이었다.

아빠는 너무 빨리 멈추었다.

"다 됐다."

아빠가 말했다.

"너도 준비됐지?"

나는 고개를 가로저었다.

"우리 함께하자."

아빠는 그렇게 속삭이더니 주머니에서 자그마한 물건을 꺼냈다. 금빛 유골함.

"우리 함께하자."

이따금 파머 선생님은 말했다. 너무 추우면 비가 오지 않는다고. 아빠 얼굴이 바로 그렇게 보였다. 너무 슬퍼서 눈물이 나오지 않았다. 아빠는 연못으로 건너갔다. 재스민 누나는 자리에서 일어나 팔을 감아 자기 몸을 감싸 안았다. 나는 로저를 들어 올렸다. 아빠는 유골함을 열었다. 태양이 강하게 비췄다. 온종일 그랬던 것보다 더 강하게. 햇빛이 금빛 유골함에 반사되어 반짝거렸다.

나는 구덩이로 걸어갔다. 아빠는 로즈 누나의 일부를 아빠 손에 덜어 냈다. 안 돼. 로즈 누나는 안 돼. 로즈 누나는 갔다. 아빠는 유골 일부를 아빠 손 위에 얹었다. 나는 로저를 무덤에 놓았다. 아빠는 심호흡을 했다. 나는 아빠보다 더 크게 심호흡을 했다. 잠시 동안 모든 것이 고요했다. 새 한 마리가 노래하고, 바람이 벌거벗은 나무를 흔들었다. 아빠는 유골함을 비웠다. 아빠는 작별 인사도 하지 않았다. 이번에는 작별 인사도 필요하지 않았다. 로즈 누나는 아주 오래전에 떠났으니까.

첫 번째 유골은 하늘에서 내리는 눈과 뒤섞여 연못으로 훨훨 날아 떨어졌다. 유골은 물 위에 떨어지더니 이내 물속으로 가라앉았다. 물고기가 백합 근처에서 헤엄치는 게 보였다. 나는 삽을 잡고 흙을 조금 떠냈다. 금속 손잡이를 잡은 내 손은 땀에 젖어 축축했다. 나는 삽을 구덩이 위로 들어 올렸지만 그걸 뒤집을 수는 없었다. 내 고양이 위에 흙을 뿌릴 수는 없었다.

"로저는 죽었어."

나는 혼잣말을 했다.

"로저는 갔어. 저건 로저가 아니야. 뭐든 사라지는 건 마찬가지야."

하지만 조금도 도움이 되지 않았다. 로저의 검정 코와 은빛 수염과 기다란 꼬리만 눈에 들어왔다. 나는 로저를 무덤에서 꺼내고 싶었다. 난 아직 로저의 죽음을 받아들일 준비가 되지 않았다.

아빠는 유골함을 다시 기울였다. 더 많은 유골이 아빠의 손바닥에 떨어졌다. 아빠는 이를 악물고 손을 뒤집었다. 로즈 누나의 유골이 연못 속으로 떨어졌다. 아빠가 할 수 있다면, 그렇다면 나도 할 수 있다. 나는 흙으로 무덤을 덮었다.

나는 로저를 볼 수 없었다. 로저의 몸이 흙 아래로 사라지는 걸 볼 수 없었다. 나는 속삭였다.

"사랑해……. 넌 언제나 내 최고의 친구였어……. 보고 싶을 거야."

그러고는 흙을 무덤 안에 넣었다. 가능한 한 빨리. 나는 아빠가 무엇을 하는지 보려고 멈추지 않았다. 내가 천 분의 1초 동안이라도 멈춘다면 난 계속할 수 없으리라는 걸 알았으니까.

나는 무덤 위를 톡톡 두드려 깔끔하고 평평하게 했다. 그러고 나서 삽을 내동댕이쳤다. 그게 마치 병원균이나 뭐 그런 거라도 되는 것처럼. 내가 한 짓을 믿을 수가 없었다. 내 자신이 역겨웠다. 이 세상이 역겹고, 내 배와 내 심장과 내 머리가 역겨웠다. 재스민 누나는 내 어깨를 감싸고는, 우는 나를 내내 꼭 잡아 주었다. 로저는 갔다. 난 로저를 다시는 보지 못할 거다. 너무 두려워 이 생각을 하는 것조차 힘들었다. 나는 눈물을 훔치고 힘겹게 아빠를 바라봤다. 아빠는 아직 연못가에 있었다. 여전히 로즈 누나의 유골을 물속에 뿌리고 있었다. 조금씩, 조금씩.

나는 재스민 누나의 손을 잡아당겨 아빠에게 걸어갔다. 우리는 아빠의 양쪽에 나란히 서서 유골이 물속으로 떨어지는 걸 지켜봤다. 물고기는 꼬리를 행복하게 흔들며 멋지게 헤엄치고 있었다. 유골 일부가 물고기의 황금빛 피부에 떨어져 반짝 빛나는 비늘에 달라붙었다.

이제 유골은 한 줌밖에 남지 않았다. 마지막 얼마 안 되는 가루가 아빠의 손바닥 위로 떨어졌다. 아빠는 유골함을 들어 그 안을 들여다봤다. 아무것도 남아 있지 않으니 놀란 것 같았다. 아빠 손이 떨렸다.

"하지 마. 그러지 마요."

불쑥 내가 끼어들었다. 아빠의 손가락이 마지막 얼마 남지 않은 유골에서 움츠러들었다.

"뭐라고?"

아빠가 크게 숨을 쉬며 말했다. 아빠 얼굴은 우리를 둘러싸고 있는 눈보다 더 새하얗게 보였다.

"그러지 마요. 그냥 남겨 둬요."

나는 다시 외쳤다. 아빠는 고개를 저었다.

"로즈는 갔어."

아빠는 힘겹게 말했다. 아빠는 유골을 들어 올렸다.

"이건 로즈가 아니야."

나는 울음을 그쳤다.

"알아요. 하지만 누나였어요. 그건 로즈 누나였어요. 아빠가 그걸 갖고 있어야 해요. 조금이라도."

내가 말했다. 아빠가 나를 바라보았고 나도 아빠를 바라보았다. 우리 눈빛 사이로 무언가가 지나갔다. 아빠는 마지막 얼마 남지 않은 유골을 금빛 유골함 안에 다시 넣었다.

우리는 얼어붙을 것 같아 집 안으로 들어갔다. 아빠는 2분 동안 2층으로 사라졌고, 재스민 누나는 차 석 잔을 준비했다. 거실에서 차를 마시는 동안 아무도 말하지 않았다. 유골함 없는 벽난로 선반은 텅 빈 것 같았다. 나는 깨달았다. 아빠가 유골함을 자기 방에 갖다 놓은 게 분명하다고. 벽난로 위에서 사라졌다. 하지만 만약 아빠가 필요하다면, 아빠는 그걸 그곳에 올려놓을 거다. 9월 9일과 같은 너무나 슬픈 날에 말이다. 내가 살아 있는 한 로저가 1월 6일에 죽었다는 걸 결코 잊지 못할 거다. 내가 십억 마리 애완견을 키운다 할지라도 어느 것도 로저보다 좋을 수는 없을 테니까.

차를 다 마시고 나서, 우리는 그저 서로 멀뚱멀뚱 바라보았다. 그날 아침 우리한테 뭔가 큰일이 일어났다. 모든 것이 달라졌다. 배가 아프고, 심장이 아프고, 목이 아프고, 눈물을 계속 흘렸지만, 난 알았다. 변화가 모두 나쁜 건 아니라는 걸. 뭔가 좋은 일도 생겼다는 걸.

재스민 누나는 여전히 음식을 먹지 않았다. 아빠는 여전히 술을 마셨다. 하지만 우리는 함께 온종일 집에 있었다. 거실에서. 말을 하지는 않았지만 각자 방으로 가려고 하지도 않았다. 우리는 영화를 봤다. 재스민 누나가 나한테 〈스파이더맨〉 영화를 보고 싶으냐고 물었다. 난 "아니."라고 말했다. 그래서 누나가 코미디를 골랐다. 우리는 웃지 않았다. 하지만 가장 웃긴 장면들에서는 미소를 지었다. 아빠가 재스민 누나한테 말했다.

"네 머리 맘에 든다."

누나가 "고마워요."라고 말하자 아빠는 "계속 분홍색으로 해도 돼."라고 대답했다. 그리고 각자 방으로 가야 할 시간이 되었을 때, 하늘에 떠 있는 별이 어두운 길 위에 있는 수백 마리의 고양이 눈동자처럼 빛났을 때, 아빠는 두 번째로 나를 안아 주었다. 첫 번째 포옹처럼 강하고 단단하고 믿음직스러웠다. 내가 누비이불 아래 누워 로저를 그리워하며, 로저가 땅에 누워 있는 대신 내 창턱에 있기를 바라고 있을 때, 아빠가 핫 초콜릿을 들고 내 방에 들어왔다. 아빠가 핫 초콜릿을 내 손에 쥐여 주자, 모락모락 나는 김이 내 얼굴을 기분 좋게 어루만졌다. 이번엔 코코아 가루가 제대로 녹아 있었다.

22

다음 날, 다시 학교생활이 시작되었다. 침대에서 일어나면 로저가 내 정강이에 몸을 비비대기를, 코코팝스를 먹으면 내 무릎에 뛰어오르기를, 이를 닦으면 내 정강이에서 꼬리를 흔들어 대기를 내내 바랐다. 로저가 없으니까 집이 텅 빈 느낌이었다. 로저가 없으니까 내가 텅 빈 느낌이었다.

아빠는 제시간에 일어나 우리를 학교까지 데려다 줬다. 약간 술기운이 남아 있긴 했어도 그건 아무 상관없었다. 아빠는 완벽하지 않다. 그건 나도 마찬가지다. 아빠는 노력하고 있고, 그러면 더 이상 나한테 필요한 게 없다. 아빠가 항상 그런 건 아니지만, 엄마에 비하면 백만 배 잘하고 있다. 아빠는 우리를 버리지 않았다. 그냥 로즈 누나 때문에 슬픈 거다. 그리고 그건 괜찮은 거다. 로저가 죽은 건 정말 나쁜 일이다. 딸을 폭탄에 날려 보낸 것도 분명 끔찍한 일일 거다.

학교 앞에 차가 멈췄을 때, 아빠는 길에 서 있는 수녀를 봤다. 거울에 아빠 얼굴이 비쳤다. 아빠는 턱을 꽉 다물고 있었지만, "모슬렘이 내 딸을 죽였어."와 같은 그런 말은 외치지 않았다. 아빠는 나한테 수녀하고 가까이 지내지 말라고도 하지 않았다. 일 때문에 여섯 시까지는 집에 오지 못할 거라고만 말했다. 재스민 누나가 아빠 팔을 힘주어 잡았다. 그러자 아빠는 자랑스럽다는 듯이 미소 지으며 말했다.

"좋은 하루 보내라. 선생님이 널 칭찬하더라. 계속 노력해."

나는 학교로 걸어 들어갔다. 아직 스파이더맨 티셔츠를 입고 있었지만 그건 엄마를 위한 건 아니었다. 엄마가 티셔츠를 보낸 게 아니니까. 로저의 피가 옷에 묻어 있어서 그 옷을 벗고 싶지 않았다. 그것 때문에 난 아마 살인자나 뭐 그런 놈쯤으로 보일 거다. 하지만 상관없다. 난 내 고양이랑 가까이 있고 싶었다.

"저기 계집애 같은 녀석 오네."

다니엘이 복도 저만치에서 소리쳤다. 다니엘은 교실 밖에서 라이언과 함께 서 있었다. 겁이 났지만, 얼굴을 붉히거나 몸을 떨거나 달아나지 않았다. 나는 둘을 향해 걸어갔다.

"칙칙한 스파이더맨 티셔츠나 입는 계집애 같은 녀석."

둘은 킬킬 웃으며 손을 들어 허공에서 하이파이브를 했다. 나는 그 아래로 곧장 걸어갔다. 다니엘이 내 뒤쪽 다리를 찼다. 아팠다.

주먹으로 다니엘의 얼굴을 갈기고 싶었다. 하지만 또다시 얻어터지고 싶지 않았다. 다니엘은 자기가 이겼다는 듯 싱글벙글했다. 나는 윔블던에서 언제나 2등만 하는 테니스 선수를 생각했다. 웬일인지 화가 났다. 가슴 속에서 심장이 성난 강아지처럼 으르렁거렸다.

"루저 녀석."

다니엘이 소리쳤다. 교실에 있는 아이들이 모두 다 들었다. 나는 수냐 옆에 앉아 수냐가 다니엘을 노려보는지 또는 뭐라고 대꾸하는지 지켜보았다. 수냐는 자기 자리에 웅크린 채 앉아 있었다. 마치 숨으려고 하는 것 같았다. 내 쪽은 쳐다보지도 않았다. 나는 물어보고 싶었다, 내가 쓴 카드를 읽었느냐고. 자기를 닮은 눈사람과 나를 닮은 눈사람을 봤느냐고. 그걸 보고 웃었느냐고. 나는 또 물어보고 싶었다, 왜 탤런트 쇼에 오지 않았냐고. 그리고 난 수냐에게 모든 걸 다 들려주고 싶었다. 재스민 누나가 얼마나 근사했는지, 내가 무대에서 노래하고 춤을 출 만큼 얼마나 용감했는지. 하지만 그 순간, 내가 수냐네 집 마당에 있던 그날 밤, 수냐가 했던 말이 떠올랐다.

"우리 엄마는 너를 골치 아픈 애라고 생각한단 말이야."

그래서 나는 수냐에게 아무 말도 하지 않았다. 파머 선생님이 출석을 부르는 내내 난 그냥 필통만 물끄러미 바라보고 있었다.

1교시는 영어 시간이었다. 우리는 '우리들의 놀라운 크리스마스'란 주제로 작문을 해야 했다. 문단을 활용하라고 했다. 크리스마스에 놀라운 일은 아무것도 일어나지 않았지만 나는 거짓말을 꾸며 내고 싶지는 않았다. 그래서 솔직히 썼다. 재스민 누나가 나한테 사 준 물건이 몽땅 들어 있는 축구 양말에 대해 썼다. 치킨 샌드위치 와 전자레인지에 돌린 감자튀김과 우리가 먹은 초콜릿에 대해 썼 다. 우리가 크리스마스 캐럴을 목청껏 불렀을 때가 가장 멋진 순간 이라고 썼다. 그리고 마지막에 이렇게 덧붙였다.

"사실대로 말하면 놀랍거나 크게 훌륭했던 크리스마스는 아니었 지만 나는 좋았다. 왜냐하면 재스민 누나와 함께였으니까."

내가 지금껏 썼던 작문 중 최고다. 내가 소리 내어 읽자, 파머 선 생님이 말했다.

"정말 훌륭한 작문이구나."

내 무당벌레는 첫 번째 잎사귀 위로 폴짝 올라갔다. 크리스마스 가 끝났기에 천사가 무당벌레로 바뀌었다.

영어 시간 다음에 우리는 수학 공부를 했고, 수학 다음에는 조 회 시간이었다. 교장 선생님은 장학관이 학교 성적을 매겼는데, '양 호'를 받았다고 말해 주었다. 잘했지만 썩 훌륭하게 잘하지는 못했 다는 뜻이었다. 우리가 '우수'를 받을 수 있었는데 장학관을 화나 게 해서 '양호'를 받은 거라고 교장 선생님이 말했다. 파머 선생님 은 다니엘을 바라보며 고개를 절레절레 저었다. 다니엘의 턱은 무 릎까지 축 처졌다. 그때 뭔가 번쩍했다. 나는 고개를 들었다. 수나 가 내 쪽을 바라보았다. 천 분의 1초 동안 나는 수나가 낄낄거리며 웃을 거라 생각했다. 하지만 수녀는 이내 시선을 돌리며 고개를 몇 번 끄덕였다. 마치 '새해의 결심'에 대한 교장 선생님의 이야기를 귀담아듣기라도 하는 것 같았다. 교장 선생님이 말했다.

"올해 목표를 높이 잡고 스스로 도전해 보세요. 그렇고 그런 결심을 하지는 마세요. '손톱을 깨물지 않겠어', '엄지손가락을 빨지 않겠어' 같은 거 말고요."

모두 웃음을 터뜨리기 시작했다. 교장 선생님은 껄껄 웃으며 아이들이 잠잠해지기를 기다렸다.

"여러분 자신이 몰두할 수 있는 목표를 정하세요. 스스로도 흥분될 만한 목표를요."

나는 내 목표가 무엇인지 이미 알았다.

쉬는 시간에 수녀가 보이지 않았다. 나는 벤치에 앉아 기다리며 운동장을 살펴보았다. 비밀의 문으로 들어가 봤지만 수녀는 체육관 창고에도 없었다. 아마 다니엘을 피해 화장실에 있나 보다. 수녀는 겁을 먹은 거다. 내 가슴 속 강아지는 이전보다 더 크게 으르렁거렸다. 우리는 모두 안으로 들어가 역사와 지리를 공부했다. 하지만 나는 집중할 수 없었다. 블루택 반지가 거기 있을까 해서 나는 계속 수녀의 필통 속을 들여다보려고 했다. 난 내 반지를 끼고 있었는데, 수녀가 보라고 하얀 보석을 책상에 몇 차례 톡톡 두드렸다. 그렇지만 수녀는 책에서 눈을 떼지도 않았다.

점심시간에 난 서둘러 밖으로 나가지 않았다. 나 혼자 서 있는 게 싫었으니까. 로저가 너무 보고 싶어서 샌드위치를 먹을 수가 없었다. 그래서 그냥 화장실에 가서 핸드 드라이어가 불을 내뿜는 괴물이라고 생각하며 게임을 했다. 그저 불꽃을 받아들이고, 받아들였다. 나는 굳세다. 불꽃이 내 피부를 태워 뼈가 온통 시커멓게 변했을 때도 비명을 지르지 않았다.

밖에서 목소리가 들려왔다. 게임에서가 아니라 현실 세계에서……. 그건 외침이었다. 그건 악의적인 목소리였다. 그 말은 '카레 세균 덩어리'였다. 나는 창밖을 바라보았다. 다니엘이 수냐를 졸졸 따라오고 있었다. 그러면서 걸어가는 수냐 뒤에 대고 고함을 쳤다. 다니엘은 라이언, 메이지, 알렉산드라와 함께 있었다. 그 아이들은 웃으며 즐거워했다. 다니엘이 소리쳤다.

"너한테서 카레 냄새가 나. 왜 그 바보 같은 걸 머리에 쓰지?"

다니엘은 히잡을 만지고 그것을 벗기려 했다. 그 순간 내 심장이 터질 듯했다. 강아지보다 더 크게. 화장실에서 불을 뿜어 대는 괴물보다 더 크게. 심지어 하늘에 있는 은사자보다 더 크게.

그 소리는 내 머릿속에서, 내 손에서, 내 다리에서 울려 퍼졌다. 난 내가 뛰고 있다는 것조차 깨닫지 못했다. 마침내 문을 벌컥 열고, 화장실에서 나와 복도 중간쯤에 섰다. 나는 바깥쪽으로 내달리며 소리를 질렀다.

"수냐를 건드리지 마."

아이들이 킥킥 웃기 시작했다. 나는 신경 쓰지 않았다. 나는 수나를 찾아 이리저리 살펴보았다. 수녀는 운동장 한가운데 있었다. 손으로 히잡을 감싸고 다니엘이 자신만의 소중한 머리카락을 모든 아이들한테 보여 주려는 걸 애써 막으려고 했다.

"수녀를 내버려 둬."

다니엘이 뒤돌아보았다. 나를 보더니 다니엘의 입술이 뒤틀리며 웃음이 번졌다.

"이리 와서 어디 한 번 세균 덩어리를 구해 보시지!"

다니엘은 싸울 준비를 하며 소매를 걷어붙였다. 라이언은 사나워 보였다. 난 그쪽으로 쏜살같이 달려가 내 입술이 "그래, 내가 수녀를 구하러 왔다, 내 앞에서 비켜."와 같은 그 어떤 용감한 말이라도 할 수 있기를 바랐다. 하지만 아무 말도 나오지 않았다. 난 다리가 앞으로 나아가기를 기다렸다. 그래서 다니엘을 발로 뻥 차 버렸으면……. 하지만 내 다리는 얼어붙었다. 아이들이 점점 더 주위에 둥그렇게 몰려들었다. 모두의 시선이 나를 향해 있었다.

"넌 루저야."

다니엘이 말하자 모두가 맞장구쳤다.

"그래."

"계집애 같은 자식."

그 아이들이 맞다. 나는 뒤로 물러섰다. 머리를 발로 차이고 싶지 않았다. 지난번엔 정말 아팠다. 다니엘은 수녀를 향해 뒤돌았다. 다니엘은 두툼한 손으로 히잡을 움켜잡았다. 수녀는 눈물을 흘리기 시작했다. 아이들은 입을 맞추어 외쳤다.

"벗겨라, 벗겨라, 벗겨라, 벗겨라."

그 말에 무언가가 떠올랐다. 무대에 있을 때, 탤런트 쇼에서의 관객들…….

나는 더 이상 운동장에 있지 않았다. 나는 재스민 누나를 지켜보면서 극장에 있었다. 그리고 그 가사들, 누나 노래의 그 노랫말들이 내 혈관으로 큰 소리를 내며 울려 퍼졌다.

문득 운동장이 총천연색의, 엄청난 소리가 가득 찬 공간으로 바뀌었다. 수녀가 훌쩍였다. 히잡은 반쯤 벗겨졌다. 아이들은 낄낄거렸다. 다니엘도 히죽히죽 웃고 있었다. 나는 녀석을 내버려 두고 있었다.

"안 돼."

나는 목청껏 외쳤다. 비명을 내질렀다.

"안 돼."

다니엘이 깜짝 놀라 뒤돌아섰다. 내가 주먹을 뒤로 빼자 다니엘은 어안이 벙벙해 입이 떡 벌어졌다. 나는 다니엘에게 달려들었다. 지금껏 내 안에 품었던 그 모든 분노를 담아서. 다니엘의 눈동자가 두려움으로 커졌다. 내 주먹이 다니엘의 코를 내려치자 다니엘은 운동장 바닥으로 쓰러졌다. 나는 다시 다니엘을 쳤다. 더욱 세게, 내 주먹은 다니엘의 뺨에 부딪혔다. 수녀가 고개를 들어 깜짝 놀라는 표정으로 나를 바라봤다. 나는 다니엘을 세 번 발로 찼다. 내 다리가 다니엘의 뼈를 으스러뜨릴 때마다 나는 이렇게 말했다.

"수나를 그냥 내버려 둬."

라이언은 달아났다. 아이들은 겁을 먹고 뒤로 물러섰다. 다니엘은 손으로 얼굴을 가린 채 바닥에 누워 있었다. 다니엘이 울고 있었다. 나는 다니엘을 다시 발로 찰 수도 있었다. 다니엘을 짓밟아 버릴 수도 있었다. 팔꿈치로 밀칠 수도 있었다. 배를 세게 두들겨 팰 수도 있었다. 하지만 난 그러고 싶지 않았다. 그럴 필요가 없었다. 난 이미 내 윔블던에서 승리를 거두었으니까. 뚱뚱한 학교 식당 아주머니가 호루라기를 불었다.

23

파머 선생님이 나를 교장 선생님에게 보냈다. 그럴 만했다. 덕분에 나는 역사 시간을 조금 놓쳤다. 집에 갈 시간이 되어 코트를 걸치는데 아이들 4명이 내게 "안녕."이라고 말을 건넸다. 지금껏 한 번도 나한테 말을 걸어온 적이 없던 아이들이었다. 내가 "잘 가."라고 말하니까 그 아이들도 "나중에 보자."고 했다. 한 남자아이는 이렇게 물었다.

"내일 축구 연습 나올 거지?"

난 얼른 고개를 끄덕이며 말했다.

"물론이지."

내가 대답하자 그 아이가 "잘 됐다."라고 했다. 다니엘은 이 모든 걸 다 듣고도 잠자코 있기만 했다. 감히 나를 쳐다보지 못했다. 다니엘의 코에서 더 이상 피가 나지는 않았지만, 멍이 들어 있었다.

뺨도 붉었다. 오후 내내 울었으니까. 눈물이 다니엘의 분수 문제에 떨어져 답이 얼룩졌다.

나는 수학 시간에 딱 네 문제만 풀었다. 나는 거품이 뽀글뽀글 이는 경쾌한 레모네이드가 내 혈관을 타고 흐르는 걸 느꼈다. 생각 이 머릿속에서 툭툭 튀어나와 톡톡 터졌다. 다리를 계속 떠는 바 람에 수녀의 다리에 닿았다. 한 시간에 다섯 번이나. 세 번은 우연 이었다. 두 번은 일부러 그랬다. 수녀는 "그만둬." 아니면, "네 다리 는 골칫덩이야." 아니면, 뭐 그런 말도 하지 않았다. 그저 분수 문 제를 바라보며 연필 끝을 물어뜯었다. 나는 수녀가 웃음을 참으려 애쓰고 있다는 걸 알아차렸다.

나는 학교를 걸어 나갔다. 하늘은 푸른색이고, 멋진 황금빛 태 양이 빛나고 있었다. 마치 푸른 바다 위를 떠다니는 커다란 비치볼 같았다. 나는 태양이 아주 뜨거워서 곧장 땅속까지 비추었으면 했 다. 그러면 로저도 따뜻할 텐데. 로저가 무덤에서 무서워하지도, 외 롭지도 않았으면 좋겠다. 문득 가슴이 무척 아팠다. '무한 리필' 피 자집에서 피자 조각을 너무 많이 먹었을 때 소화불량에 걸렸던 것 처럼……. 나는 담장에 기대어 심장에 손을 얹고 아픈 게 가라앉기 를 기다렸다. 아픈 게 좀 덜하긴 했지만, 완전히 가시지는 않았다.

발걸음 소리와 짤랑거리는 금속 소리가 들렸다. 고개를 돌려 보 니 수녀가 나를 향해 다가오는 게 보였다.

"인사도 안 하고 가려고?"

수냐가 입술에 손을 대며 말했다. 불꽃이 되살아났다. 그건 전보다 훨씬 더 밝았다. 수냐의 히잡은 멋진 노란색이고, 이는 눈부실 정도로 하얗고, 눈은 수백만 개의 태양의 힘을 받아 빛났다. 수냐는 담장 위로 올라가 내 옆에 앉아 다리를 꼬았다. 나는 그냥 수냐를 멀뚱히 바라보기만 했다. 마치 수냐가 멋진 광경이나 멋진 그림이나 교실 벽 위의 흥미진진한 그림이라도 되는 것처럼……. 수냐가 말할 때마다 입술 위의 주근깨도 덩달아 이리저리 뛰었다.

"내가 고맙다고 말할 시간도 주지 않고 가려고?"

난 웃지 않으려고 뺨 안쪽을 깨물었다.

"뭐가 고마워?"

무슨 소리를 하는지 모르겠다는 투로 수냐에게 물었다. 수냐는 앞으로 몸을 기울여 턱을 자기 손에 올렸다. 그때 나는 수냐의 가운뎃손가락에 끼고 있는 블루택 반지를 목격했다.

질투가 붉은색이고 의심이 검은색이라면 행복은 갈색이다. 나는 자그마한 갈색 보석을, 앙증맞은 갈색 주근깨를, 커다란 갈색 눈을 바라보았다. 그때 수냐가 말했다.

"나를 구해 줘서. 다니엘을 때려 줘서……."

수냐는 블루택 반지를 끼고 있었다. 수냐는 정말로 블루택 반지를 끼고 있었다. 수냐는 내 친구였다. 난 쿨하게 보이고 싶었다.

"별거 아니야."

내가 말했다.

"대단했어."

수녀가 대답하더니 웃기 시작했다. 수녀는 정말로, 한번 웃기 시작하면 멈출 수 없다. 그리고 그건 다른 사람도 웃게 한다.

"나한테 고마워하지 마, 엠걸."

내가 말했다. 옆구리가 아팠지만, 내 미소는 바나나보다 더 컸다.

"고마워, 스파이더맨."

수녀는 자기 손을 내 어깨에 올리고 웃음을 그쳤다.

"넌 스파이더맨보다 훨씬 대단해."

수녀는 내 귀에 대고 속삭였다.

너무 뜨거웠다. 숨을 쉴 수가 없었다. 나는 땅 위에서 녹는 눈을 바라봤다.

"나 너랑 같이 걸어갈래."

수녀가 말했다. 수녀는 담장 위에서 일어나 꽤 높이 뛰어오르더니 내 옆으로 펄쩍 내려앉았다.

"너희 엄마……."

나는 주위를 둘러보면서 말했다. 혹시라도 수녀 엄마가 지켜보고 있지는 않을까 해서.

"너희 엄마가 나한테 골치 아픈 애라고 했잖아."

수녀는 내 팔을 잡고는 낄낄거렸다.

"부모님들은 뭘 잘 몰라."

집으로 오는 길에, 난 로저 이야기를 수녀에게 들려주었다.

"정말 안됐다. 정말 예쁜 고양이였는데……."

수녀가 말했다. 수녀는 로저를 본 적은 없었지만 그건 아무 상관 없다. 로저는 멋진 고양이였다. 최고로 멋진 고양이였다. 누구나 다 그걸 안다. 우리는 챙 없는 납작모자를 쓴 할아버지와 마주쳤다. 프레드는 꼬리를 살랑살랑 흔들며 내 손을 핥았다. 끈적끈적한 침 자국이 남았다. 하지만 난 상관없었다.

"괜찮니?"

할아버지가 파이프 담배를 문 채 내게 물었다. 연기에서 '불꽃 놀이' 냄새가 났다.

"기분은 어때?"

나는 어깨를 으쓱해 보였다.

"이해한다."

할아버지는 진지하게 대답했다.

"나도 오랫동안 키우던 우리 강아지 핍을 작년에 잃었단다. 그게 지금까지 마음 아프단다. 넉 달 전에 이 녀석을 얻었지."

할아버지는 프레드를 가리키며 말을 이었다.

"녀석은 정말 다루기 어려워."

프레드는 뛰어오르더니 자기 발을 내 배에 얹었다.

"근데 널 좋아하는 것 같구나."

할아버지가 파이프 끝으로 머리를 긁적이며 말했다. 마치 생각 에 잠긴 것 같았다.

"지금 좋은 생각이 막 떠올랐다, 애야. 날 좀 도와주는 건 어떻
겠니? 네가 녀석을 산책시키는 걸 도울 수 있을 것 같은데."

나는 프레드의 회색 귀를 쓰다듬었다.

"와, 진짜 좋은걸요."

할아버지가 이를 드러내고 활짝 웃었다.

"그래, 좋다. 난 저기 저 집에 산단다."

할아버지는 몇 미터 떨어진 하얀 건물을 가리켰다.

"엄마한테 가서 여쭤 보아라."

할아버지가 말했다.

"저한테는 여쭤 볼 엄마가 없어요. 하지만 아빠한테 여쭤 볼게
요."

내가 대답했다.

할아버지가 내 머리를 쓰다듬으며 말했다.

"그렇구나."

"앉아, 프레드."

프레드는 할아버지 말을 듣지 않았다. 그래서 내가 프레드 다리
를 잡고 살짝 내려놓았다. 프레드의 발은 통통하고 축축했다. 할아
버지는 프레드의 목에 목줄을 채우고는 파이프를 흔들어 작별 인
사를 하면서 저만치 걸어갔다.

"나도 새미를 데리고 갈게. 재미있겠다."

다시 발걸음을 옮기며 수녀가 말했다.

우리는 가게 앞에서 발걸음을 멈추었다. 수냐는 로저를 위해 뭔가를 사고 싶어 했다. 50페니밖에 없어서 자그마한 빨간색 꽃 한 송이를 샀다. 수냐가 계산을 마쳤을 즈음, 나는 구석에서 갈색 털 인형을 보았다. 그걸 보고 문득 떠오르는 게 있었다. 난 할머니가 생일에 준 돈을 꺼냈다.

우리 집 진입로는 텅 비어 있었다. 아빠 자동차가 진입로에 없었다. 아빠가 일하러 나갔을 때 모슬렘을 우리 집 근처에 데리고 왔으니 왠지 죄 지은 느낌이 들어야 했다. 하지만 그런 느낌은 들지 않았다. 수냐 엄마는 나를 좋아하지 않는다. 아빠는 수냐를 좋아하지 않는다. 하지만 어른이라고 해서 언제나 옳은 것은 아니다.

"여기가 로저가 묻혀 있는 곳이야. 바로 저 아래야."

내가 뒷마당에 새로 생긴 직사각형의 흙더미를 가리키며 말했다. 수냐가 무릎을 꿇고 앉아 무덤을 매만졌다.

"사랑스러운 고양이였어."

난 어금니를 꽉 깨물며 대답했다.

"최고로 사랑스러운 고양이."

수냐는 손을 내밀어 자기 가운뎃손가락의 반지를 바라보았다.

"네가 반지에 대해서 모르는 게 있어."

수냐가 나지막한 목소리로 말했다. 그 소리를 들으니 소름이 돋았다. 나는 반지에 있는 자그마한 갈색 보석을 바라보며 물었다.

"뭔데? 반지가 뭐?"

수나는 마당을 이리저리 둘러보며 듣고 있는 사람이 아무도 없는지 확인했다. 그러더니 내 티셔츠를 움켜잡고 나를 가까이 잡아당기더니 속삭였다.

"이 반지는 생명을 되살릴 수 있어."

많은 것을 묻고 싶었지만 난 아무 말도 하지 않았다.

"그렇지만 밤에만 가능해. 우리가 같이 반지를 로저의 무덤에 놓아두고 시계가 12시 종을 치면, 로저는 땅 밖으로 기어 나올 힘을 얻게 될 거야. 정원에서 쥐를 잡고 뛰어놀 수 있어."

난 웃었다.

"로저가 나를 보러 올 수 있을까?"

내가 물었다.

"물론이지."

수나가 대답했다.

"마법이란 그런 거야. 로저는 곧장 네 창문으로 뛰어올라 네 옆에 누워 야옹거릴 거야. 아주 포근하고 털도 복슬복슬할 거야. 하지만 네가 잠에서 깨면 사라져. 자기 무덤으로 되돌아가고 그리고 온종일 잠을 잘 거야. 다음 자정에 돌아다녀야 하니까 기운을 채워야 하지."

그건 사실이 아니었지만 상관없었다. 그 말을 들으니 기분이 좋았다. 수나는 자기 블루택 반지를 꺼내고, 내 반지도 손가락에서 잡아당겼다. 그러더니 내가 무덤에 자그마한 구멍을 팔 때 반지에 달린 하얀 보석과 갈색 보석을 어루만졌다. 수녀는 반지에 입 맞추었고, 나도 반지에 입 맞추었다. 그러고 나서 우리는 무덤 위에 반지를 놓았다. 흙하고 눈으로 반지를 덮고, 손으로 네 번 두들겼다. 수녀는 그 위에 빨간 꽃을 놓았다.

"로저는 이제 마법의 고양이가 되었어."

수녀가 말했다. 가슴이 조금은 덜 아파졌다.

누군가 창문 두드리는 소리가 났다. 나는 깜짝 놀라 수녀 옆에서 벌떡 일어났다. 아빠면 어쩌나 겁이 덜컥 났다. 다행스럽게도 재스민 누나였다. 학교에서 돌아왔나 보다. 분홍색 머리 옆에 밝은 초록색 머리가 있었는데 누나는 밝게 웃으며 수녀를 향해 손을 흔들었다. 수녀는 내 다리 곁에서 물끄러미 쳐다보다가 손을 흔들어 주었다. 재스민 누나는 레오 형 손을 끌어당겨 거실로 데리고 갔다. 입 맞추며 둘은 문으로 사라졌다.

갑자기 마당이 너무 자그마하게 느껴졌다. 눈길을 둘 곳이 없었다. 내 팔이 어색했다. 나는 수녀의 몸이 내 다리 근처에 있다는 걸 분명히 느꼈다.

"이제 가야겠다."

수녀가 일어섰다. 하지만 눈길을 마주치지 않고 말했다. 수녀의 손과 무릎은 온통 젖어 있었다.

"많이 늦으면 엄마가 날 가만 놔두지 않을 거야."

그날 너무 많은 일이 일어났다. 안녕이라고 말하는 게 어색하게 느껴졌다. 수냐가 가지 않았으면 좋겠다. 수냐는 허벅지에 손을 쓱 문지르고는 손을 내밀었다.

"영원한 친구?"

수냐가 물었다. 목소리는 평소보다 약간 높았다.

"영원한 친구."

내가 대답했다. 우리는 얼른 악수를 나누었다. 마주 잡은 내 손바닥이 뜨거웠다. 손을 놓을 때, 우리는 서로 흘끗 쳐다봤다. 그러고 나서 시선을 돌렸다.

나는 나뭇가지 위에 앉은 새 한 마리에 눈길을 주었다. 붉은 가슴에 갈색 날개를 가진 새가 부리를 벌려 노래하고 있었다. 마치…….

"제임스."

나는 깜짝 놀랐다. 수냐가 미소 지었다. 수냐의 손이 머리 위로 올라갔다. 갈색 손이 노란 스카프 주위에서 꼼지락댔다.

수냐가 히잡을 벗었다.

이마.

머리카락.

검정 비단 커튼처럼 어깨로 곧장 떨어진 곧고 빛나는 머리카락…….

수냐는 수줍게 눈을 깜박였다. 나는 가까이 다가갔다. 스카프가 없으니 훨씬 더 예뻤다. 나는 수냐를 바라봤다. 모든 걸 눈에 넣으려 한참이고 수냐를 바라봤다. 그러고는 앞으로 곧장 다가가 수냐의 주근깨에 입을 맞추었다. 그건 흥분되고 놀라운 일이었다. 나는 수냐를 놀라게 한 게 아닐까 걱정스러웠다. 하지만 수냐는 주근깨를 만지고는 활짝 웃었고, 내 얼굴에 키스를 해 주었다.

그러고는 숨을 몰아쉬며 뛰어갔다. 수냐의 아름다운 머리카락이 바람에 찰랑찰랑 소리를 냈다.

"내일 보자."

수냐가 마지막으로 뒤돌아 어깨너머로 외쳤다. 수냐의 눈은 다이아몬드보다 더 반짝였다. 나는 모든 걸 다 가져서 온 우주에서 가장 운이 좋은 소년 같았다.

나는 집 안으로 들어가 거울을 들여다보았다. 내 모습은 스파이더맨 티셔츠에 비해 너무 컸다. 나는 티셔츠를 머리 위로 잡아당겨 바닥에 내동댕이쳤다. 그리고 거울에 비친 내 모습을 확인했다. 슈퍼영웅은 사라졌다. 그 자리에 소년 하나가 서 있었다. 그 자리에 제임스 매튜가 서 있었다. 나는 샤워하고 파자마를 입었다.

아빠는 여섯 시에 집에 돌아왔다. 아빠가 토스트와 구운 콩을 준비했다. 우리는 텔레비전을 보며 저녁을 먹었다. 아빠는 우리한테 하루를 어떻게 보냈느냐고 물었다.

내가 "좋았어요."라고 하자 재스민 누나도 "저도요."라고 대답했다. 재스민 누나는 수녀에 대해 한마디도 하지 않았다. 나는 레오 형에 대해 한마디도 하지 않았다. 비밀이 있다는 건 근사하다. 재스민 누나는 토스트를 두 입 베어 물었을 뿐이었다. 아빠는 맥주를 세 캔 마셨다. 만약 장학관이 우리 가족을 시찰했다면, 우리가 어떤 점수를 받을지 나는 알았다. 만족스럽지만 썩 훌륭하지는 않다. 하지만 나한테 그거면 충분하다.

한참 있다가, 나는 등 뒤에 뭔가를 감추고 재스민 누나 방으로 들어갔다. 누나는 손톱을 검은색으로 칠하며 음악을 듣고 있었다. 음악 속에 수많은 기타 소리와 비명, 고함이 있었다.

"무슨 일이야?"

누나가 손톱을 말리려 공중에 손을 휘저으면서 물었다.

"누나가 티셔츠 보냈지, 그렇지?"

내가 물었다. 손을 휘젓다 말고 누나가 걱정스러운 표정을 지어 보였다.

"괜찮아. 걱정하지 마."

내가 말했다. 누나가 손가락에 후 하고 바람을 불었다.

"그래. 미안해. 나는 단지 엄마가 널 잊었다고 네가 생각하지 않았으면 했어."

나는 침대에 걸터앉았다.

"정말 좋은 선물이었어."

누나는 검은색 매니큐어 솔을 병 속에 담갔다.

"엄마 선물이 아니어도 괜찮아?"

누나가 새끼손가락을 칠하며 물었다.

"누나가 준 선물이어서 더 좋아."

내가 대답했다.

"누나 이거 가져."

나는 갈색 털이 복슬복슬한 곰 인형을 건넸다.

"버트 대신이야. 내가 눈이랑 다 떼어 냈어."

재스민 누나는 털에 매니큐어가 묻지 않도록 조심하며 새로운 버트를 자기 무릎 위에 놓았다. 침대 위 스테레오로 팔을 뻗어 음악을 껐다.

"누나한테 할 말 있어. 아주 중요한 거……."

내가 말했다. 재스민 누나가 버트의 털을 쓰다듬었다.

"누나가 무대에서 부른 노래 기억나지?"

누나가 천천히 고개를 끄덕였다.

"그게 바로 누나에 대한 내 생각이야."

재스민 누나는 눈을 깜박이며 눈물을 참았다. 누나 눈에서 눈물이 날 만큼 매니큐어가 진짜 독한가 보다.

　　네 힘이 내게 하늘을 날 수 있는 용기를 주네.

내 노래는 형편없었다. 재스민 누나가 내 옆구리를 팔꿈치로 툭 쳤다.

"내 방에서 나가, 이 악당 같은 녀석!"

누나가 말했다. 그래도 누나는 미소를 짓고 있었다.

나도 그렇게 웃었다.

재스민 이야기

이제 더 이상 필요 없는 머리핀을 손에 든 채 나는 걷고 있었다. 주머니엔 사진 한 장이 있었다. 나는 진열 상품을 살펴보는 척 쇼윈도에 비친 내 모습을 바라본다. 분홍빛 머리의 여자아이가 나를 빤히 쳐다보는 걸 알지 못했다.

10분 뒤엔 내 생일 파티가 시작될 거고 내가 늦으면 아빠가 화낼 테지만, 로즈한테 이 마지막 말은 꼭 해야 한다. 그래서 워키토키를 가방에 넣고 나는 교회로 가고 있다. 10개월 전, 로즈 방에서 이 워키토키를 찾았다. 제임스가 로즈 침대 위에서 껑충껑충 뛸 때였다. 제임스는 로즈를 기억하지 못한다. 정말로 기억하지 못한다. 그래도 로즈의 침대 위에서는 천장에 손을 닿게 하려고 스파이더맨처럼 펄쩍펄쩍 뛰면 안 된다는 것쯤은 알았다. 내가 방문을 열자 제임스는 침대에서 쿵 뛰어내려 침대 밑으로 숨었다. 내가 엄마

일까 봐 겁났던 거다. 엄마한테 말하지 않겠다고 약속하고 난 제임스를 달래 주었다. 바로 그때 옛날 장난감 상자 안에서 그걸 발견했다. 그건 원래 내 워키토키였다. 로즈가 자기 것을 부러뜨려서 내 걸 가져갔으니까. 뭐 별로 상관은 없다. 어차피 쓸모없었으니까. 어떤 물건은 꼭 짝이 있어야만 제대로 쓸모가 있는 법이다.

나는 제임스에게 숙제하라고 시켰다.

"한 시간 있다 확인할 거야."

제임스의 뒤통수에 대고 소리쳤다. 제임스는 늘 몽상에 잠겨 있다. 수학책과 역사책에는 온통 목이 잘려나간 왕의 그림이나 낙서로 뒤덮여 있다. 제임스가 방을 나가고 나서, 나는 왠지 찝찝한 마음으로 방 안을 둘러보았다. 우린 로즈 물건을 만지면 안 되니까. 이윽고 난 워키토키를 내 점퍼 아래 숨겼다.

"가만히 있어."

내 방으로 몰래 빠져나가며 로저에게 속삭였다.

나는 어색하게 말을 시작했다. 아마도 처음엔 한마디씩 말을 했었다. 그보다 많이 말하지는 못했다.

"안녕, 나 기억해? 아빠는 술을 많이 마시고 있어. 엄마는 분명 바람피우는 것 같고."

그런 식으로 서둘러 말했다. 반쯤 망가진 장난감 무전기를 가지고 죽은 내 쌍둥이 언니한테 떠드는 게 왠지 우스꽝스러웠으니까. 하지만 며칠이 지나자, 어색한 게 사라지고 밤마다 한 시간씩 로즈에게 말을 하기 시작했다. 마치 우리가 아직 어린애이고, 각자 이불 속에 숨어, 어둠 속에서 워키토키로 낄낄거리고 있는 것처럼……. 학교에서 뭔가 재미난 일이 생기면, 얼른 집으로 돌아가 로즈에게 들려주고 싶었다. 기분이 상하거나 비밀이 생길 때면, 로즈는 내가 속을 털어놓고 말할 수 있는 사람이었다. 미친 소리처럼 들리겠지만, 그러니까 그런 일이 일어날 리 없다는 걸 잘 알고 있지만, 로즈에게 말할 때마다, 혹시 로즈가 대답할까 봐 워키토키에 귀를 바짝 가져다 댔다. 나는 그렇게 말하는 거에 점점 푹 빠져 버렸다. 그게 좋지 않다는 걸 알지만 멈출 수가 없었다.

그러다 마침내 그 사진을 발견했다. 일부러 그 사진을 찾고 있었던 건 아니다. 사실대로 말하면, 아빠가 그 앨범을 사와 우리 쌍둥이 사진을 찍은 날짜의 역순으로 정리하기 시작한 뒤로 나는 로즈의 사진을 피했다. 아빠는 마치 그게 대단한 퍼즐이라도 되는 것처럼, 사진을 전부 제대로 끼워 넣으면 로즈를 되살릴 수 있는 것처럼 몰두했다. 로즈가 태어나서 처음으로 맞은 목욕 시간, 첫 크리스마스, 첫 생일……. 그런데 문제는, 로즈가 첫 번째로 맞이했던 모든 순간들이 모두 나랑 똑같다는 것이다. 나는 사진을 바라보는 게 두려웠다. 사진 속 쌍둥이는 다른 세상에 멈추어 있었다. 옷, 머리, 유행이 지나간 모든 것들을 가지고서 말이다. 반면, 내가 밤마다 말을 건네는 쌍둥이 로즈는 여기에 있다. 지금. 현재. 이 시간에도 시간이 흐르고 있다는 걸 상기시키는 물건이 싫었다. 그런 것들이 나를 상점 안 에스컬레이터처럼 앞으로 억지로 내몰며, 한 달 두 달이 일 년 이 년으로 윙윙 소리 내어 움직이고, 기억은 망각으로 미끄러지게 할 테니까. 그래서 나는 사진을 멀리했다. 그건 쉬웠다. 아빠가 딱풀을 들고 반쯤 술에 취해 거실로 비틀거리며 들어설 때마다 자리를 피하면 됐다.

하지만 지난주, 텔레비전 리모컨을 찾다가 팔꿈치로 앨범 하나를 툭 건드리고 말았다. 반쯤 채워진 페이지에서 사진 한 장이 날아와 내 무릎 옆에 뒤집힌 채 떨어졌다. 맥박이 빨라졌다. 나는 그 사진을 뒤집어 봤다. 우리의 열 번째 생일. 여자아이 둘 그리고 연갈색 고양이 얼굴 모양의 케이크 하나. 그건 로즈가 원했던 거다. 나는 강아지를 더 좋아한다. 우린 똑같은 옷을 입고 있었다. 그리고 로즈는 나보다 두 배나 더 밝게 웃고 있었다.

수많은 것들이 순식간에 떠올라 모든 기억이 앞으로 되감겼다. 사진 속에서 난 행복해 보이지 않았다. 이상했다. 왜냐하면 그날은 내 생일이었으니까. 몸을 더 바짝 기울여 사진을 자세히 살펴보았다. 탁자 위에 놓인 포장지, 뒤로 질끈 묶은 내 머리카락에 꽂은 하얀색 새 머리핀, 로즈의 덥수룩하게 자른 앞머리 뒤쪽으로 꽂은 빨간 머리핀······. 기억났다. 내가 선물을 열 때 설레던 마음과, 로즈가 설명했을 때 받은 충격, 엄마가 카메라를 들고 우리한테 케이크 옆에서 포즈를 취하라고 했을 때 내가 억지로 웃으며 숨기려고 했던 슬픔까지도.

로즈의 말이 내 귀에 울려 퍼졌다. 나는 벌떡 일어나 서둘러 거울을 보러 갔다. 사진과 거울에 비친 내 모습을 번갈아 바라보고 또 바라보았다. 똑같은 길이의 갈색 머리. 똑같이 화장기 없는 피부. 빛바랜 치마와 주름 장식이 들어간 블라우스. 사진 속처럼 똑같이 머리를 질끈 묶고 꽂은 똑같은 머리핀. 나는 그때보다 키는 더 자랐다. 발톱을 빼면, 내 키가 자랐다는 게 그때와 지금의 유일한 차이였다. 나는 발톱을 몇 달째 검은색으로 칠하고 있었다. 엄마한테 들키지 않으려고 계속 양말을 신고 있었다. 나는 사진을 내려다보았다. 두려웠다. 그건 내가 과거를 살짝 엿보는 것조차 피하려고 아빠의 앨범을 보지 않으려 노력했던 때 두려움이 들었던 이유와는 다른 거였다. 놀랍게도 사진을 찍었던 그 시간 이후로 모든 게 변한 건 아니었다. 변한 건 아무것도 없었다.

　그날 밤, 난 로즈한테 아무 말도 하지 않았다. 아무 말도 할 수 없었다. 워키토키를 집어 들 때마다, 우리가 함께했던 마지막 생일에 로즈가 한 말이 내 귀에 들리는 것 같았다. 로즈가 죽은 뒤로 내가 잊어버렸거나 아니면 일부러라도 잊고 싶었던 말. 잠들려고 할 때마다 자그마한 하얀 꽃으로 장식된 머리핀을 주면서 로즈의 입술이 움직이는 걸 난 보았다. 그 머리핀은 로즈와 똑같이 갖지 않고 나만 가지게 된 첫 번째 물건이었다. 잠을 이루지 못해 다음 날 아침 내 눈은 통통 부어 있었다. 나는 전화기를 집어 들고 미용실 예약을 했다.

오늘, 그러니까 로즈와 함께 그 사진을 찍은 지 정확히 5년 뒤인 내 열다섯 번째 생일 나는 미용실에 가서 머리를 짧게 자르고 분홍색으로 염색해 달라고 했다.

"용기가 대단하네."

내가 의자에 앉자 미용사가 웃으며 말했다.

"지금 모습과는 확 달라질 건데, 조금 더 생각해 봐요."

미용사가 염색약을 섞었다. 난 고개를 저었다.

"그래, 근데 왜 지금 바꾸려는 거예요?"

미용사가 내 가르마에 염색약을 바르면서 물었다. 나는 침을 꼴깍 삼키며 힘겹게 말했다.

"그냥 시간이 됐거든요."

마침내 길 저만치에 교회가 보였다. 나는 시계를 살짝 올려다보았다. 내 생일 파티는 5분 전에 시작되었다. 그래서 나는 속도를 냈다. 마음먹은 걸 하겠다고 결심했다. 하지만 파티에 늦는 건 두려웠다. 동물 병원을 지나칠 때 강아지 한 마리가 멍멍 짖어 댔다. 술집 밖으로 요란스러운 음악이 흘러나왔다. 카페 안에서는 감자튀김이 튀겨지느라 지글지글 소리가 났고, 위쪽 어딘가에서 어떤 남자가 휘파람을 휘익 부는 소리도 들렸다. 분명 나한테 그러는 건 아니었다. 하지만 내 생애 처음으로 언젠가 나도 그런 걸 겪게 될 거라는 생각이 들었다. 전에 없이 내 목덜미 뒤쪽 살갗이 따끔거렸다.

나는 교회 문으로 다가갔다. 문을 밀자 경첩이 끽 소리를 내며,

바싹 마른 초록색 페인트 껍질이 살짝 떨어져 내렸다. 로즈의 무덤으로 가는 길은 익숙했다. 그곳을 향해 아무 생각도 하지 않고 마음 편하게 걸었다. 장례식을 치르고 이곳에 처음 오기까지는 3년이란 시간이 걸렸다. 엄마는 나를 데려오지 않으려 했다. 엄마는 무덤에 오면 우울해진다는 걸 알았으니까. 하지만 우리가 10대가 되었을 때, 난 수업이 끝나고 로즈의 무덤에 가 보기로 마음먹었다. 도서관에서 해야 할 숙제가 있다고 엄마한테 말하고는 몰래 이곳으로 왔다. 무덤 찾기가 쉽지 않았다. 로즈의 몸 일부는 우리 집 벽난로 위에 살고 있지만, 그래도 무덤을 보는 건 겁이 났다. 그렇다고 로즈가 공포 영화 속 유령처럼 나타날 거라고 생각한 건 아니다. 그냥 로즈가 묻혀 있는 곳을 보는 게 겁이 났다. 나랑 똑같이 생긴, 우리 쌍둥이 중 한 명의 몸 일부가 땅속에 묻혀 있는 거니까. 그렇지만 막상 이곳에 오니, 괜찮았다. 아니, 괜찮은 것 같았다. 여긴 우리가 단둘이 있을 수 있는 장소였다. 그래서 그 뒤로도 여기에 오곤 했다.

로즈의 묘비에 다가가자, 오후의 햇살을 받으며 하얀 대리석이 빛났다. 묘비에는 '내 천사'라고 적혀 있었다. 말도 안 되는 소리다. 천사들도 배꼽 빠지게 웃고, 자기 성에 안 찬다고 소리를 빽빽 질러 댈 거다.

난 내 쌍둥이 로즈 옆에 무릎을 꿇고 조그맣게 속삭였다.

"나야."

내 머리 모양이 달라져서 로즈가 알아보지 못할까 봐 그렇게 말을 꺼냈다. 새 한 마리가 잎사귀가 이리저리 흩날리는 나뭇가지에 앉아 노래하고 있었다. 세상은 그렇게 살아 있다. 로즈가 죽었는데, 이건 참 불공평해 보였다. 왈칵 눈물이 솟았다. 눈물이 흐르도록 내버려 두었다. 어쩔 수 없었다.

떨리는 손으로, 가방을 열어 워키토키에 손을 뻗었다. 마지막으로 워키토키를 켜고, 하고 싶은 말을 모두 생각해 냈다. 여기 나 혼자만 있는지 주위를 둘러보고, 검은색 플라스틱을 내 입에 들어올렸다. 나는 로즈한테 말하고 싶었다. 내 분홍색 머리에 대해, 내가 왜 그렇게 했는지, 그게 어떤 의미인지 설명하고 싶었다. 미안하다고도 말하고 싶었다. 어떻게 보면 그건 배신처럼 느껴질 테니까. 하지만 막, 말을 하려는 바로 그때, 나는 그럴 필요가 없다는 걸 깨달았다. 로즈는 이해하고 있을 테니까. 그건 처음부터 로즈의 생각이었다.

로즈가 살아 있던 마지막 석 달 동안, 로즈는 엄마가 우리를 똑같이 입히는 데 싫증 나서, 다르게 해 보려고 했다. 우리 생일 이후 매일 아침 그랬던 것처럼, 로즈가 죽은 그날 아침에도, 로즈는 내 머리를 손질해 주었다. 내 방에 들어와서는 자기 머리는 그대로 내버려 둔 채 내 머리를 뒤로 질끈 묶어 주었다. 로즈는 덥수룩한 자기 앞머리에 빨간색 핀을 꽂았다. 그리고 내 머리에는 하얀색 핀을 단단히 꽂아 주었다. 우리가 달라 보이는 게 마음에 들어서 로즈는 이를 드러내며 활짝 웃었다. 나는 조금 슬펐지만 슬픔을 감춘 채 웃었다. 폭발이 있기 전 내가 마지막으로 봤던 건 로즈가 머리를 뒤로 젖히고 비둘기들 사이를 빙그르르 돌 때, 불빛처럼 빛나던 빨간색 머리핀이었다.

나는 로즈랑 똑같은 것이 좋았다. 똑같은 옷부터 전부 다. 로즈는 나보다 더 재치 있고, 나보다 더 용감했다. 사실 로즈는 나보다 2분 먼저 태어났다. 때때로 2분이 2년처럼 느껴지기도 했지만…….
나는 로즈와 똑같은 게 자랑스러웠다. 그래서 로즈가 우리 열 번째 생일에 했던 말이 내 마음에 상처가 되었던 거다. 로즈가 죽은 뒤로 나는 그 말을 잊으려고 했다.

"어서 열어 봐."

로즈가 6월 그날 나를 재촉했다. 그게 마지막 선물이었다. 그때까지 우리가 받은 것은 모두 두 개씩이었다. 똑같은 잠옷, 똑같은 필통, 똑같은 시계……. 난 신이 나서, 은빛 포장지를 뜯고 머리핀을 보았다. 그건 하얀 꽃잎이 달린 머리핀이었다.

"재스민 꽃이야. 넌 재스민이니까."

로즈가 말했다. 로즈는 붉은색 꽃잎이 달린 또 다른 머리핀을 들어 올렸다.

"그리고 나는 로즈니까 장미."

교회 시계 종이 네 번 쳤다. 새가 날개를 퍼덕이며 날아갔다. 눈물을 닦으며, 나는 워키토키를 껐다. 할 말이 아무것도 없었다. 나는 그걸 묘비 옆에 조용히 내려놓고, 주머니에서 사진을 꺼냈다. 손으로 사진을 어루만지며, 나는 로즈의 단호한 눈, 자신만만한 자세, 머리핀을 꽂은 앞머리를 보면서 미소 지었다. 여기까지 오는 데 딱 5년이 걸렸다. 나는 언제나 로즈의 몇 발짝 뒤에 있었다. 그리고 지금 어쨌든 이곳에 왔다. 나는 워키토키 옆에 사진을 내려놓고 내 머리핀도 거기에 두었다.

태양이 황금빛으로 로즈의 무덤을 환하게 비추었다. 나는 차가운 대리석을 어루만지고 뒤돌아섰다. 거리로 나와, 가게 유리창에 비친 내 모습을 한 번 더 바라보았다. 이번엔 분홍색 머리의 소녀가 나를 바라보는 걸 눈치챘다. 집을 향해 걸어가기 전, 나는 자그맣게 속삭였다.

"난 재스민이야."

옮긴이의말

상처가 완전히 아물 때는 언제일까?

즐겨 읽는 책 중 하나인 송봉모 신부님의 《상처와 용서》에 이런 내용이 나온다.

"세상에서 제일 하기 어려운 것 두 가지를 들라면, 그것은 '죄를 안 짓는 것'과 '내게 상처 준 사람을 용서하는 일'일 것이다. 죄를 짓지 않는다는 것은 얼마나 어려운가? 살면서 상처를 주지도 받지도 않을 수 있다면 좋겠지만 그러한 세상은 없다."

그런데도 사람들은 다들 자기 상처만 아프다고 아우성이다. 자기가 그 누군가에게 준 상처는 알지도 못하면서 말이다.

제임스 아버지는 살아가면서 절대 겪지 말아야 할 상처를 입었다. 자식을 가슴에 묻는 것만큼이나 아픈 상처도 없을 것이다. 모슬렘의 폭탄에 딸을 잃은 아버지는 모슬렘 전체를 미워하기 시작했다. 너무 심한 '트라우마'는 이렇게 지독한 편견을 만들기도 한다. 아버지는 자신의 상처 때문에 애꿎게도 수냐 가족에게 또 다른 상처를 입혔다. 그것이 수냐 가족에게 얼마나 큰 아픔이 되는지 알지도 못하면서 말이다.

세계에서 가장 모슬렘 인구가 많은 나라인 인도네시아에서 이 작품을 옮기게 된 것이 참 기막힌 우연이란 생각이 들었다. 언젠가 내가 가르치는 학생들에게 물어본 적이 있다.

"푸트리 씨는 모슬렘인데, 왜 질밥인도네시아에서는 히잡 대신 질밥이라는 용어를 쓴다을 안 써요?"

"아직 질밥을 쓸 준비가 안 됐어요."

"질밥을 쓰려면 준비를 해야 해요? 무슨 준비요?"

"모슬렘으로서 경건하고 신앙심 깊게 살아야 한다는 마음의 준비요."

그전까지 내가 알고 있는 히잡, 질밥은 의무이고 강요였다. 누군가의 강요에 의한 어쩔 수 없는 선택 정도로만 알고 있었다. 아마도 이슬람 최초의 선지자 무함마드는 여자의 머리카락에 현혹되었고, 그래서 남들도 그런 줄 알고 모든 여성에게 머리카락을 가리라는 지침을 내렸고, 그 지침 한 마디 때문에 지금껏 몇억 명에 이르는 여자들이 뜨거운 여름에도 머리카락을 시원하게 드러내지도 못하며 산다고 생각했다.

그런데 이곳에서 질밥은 선택 사항이었다. 물론 이슬람 국가 어디에서는 히잡이 강요이며 속박이고 또 구속을 의미하겠지만, 적어도 내가 머무르고 있는 세계 최대 모슬렘 국가 인도네시아에서는 그렇지 않다.

그러니 '모슬렘들은 죄다 집에서 폭탄이나 만들고 있을 것이다.' 라는 제임스 아버지의 편견은 지나가던 개가 들어도 코웃음을 칠 이야기이다. 그런데 이렇게 말도 안 되는 편견이 가능한 건, 바로 견디기 어려울 정도로 지독한 상처 때문일 것이다.

누구도 미워하지 않고 원망하지 않을 때, 아마 그때가 상처가 온전히 아물 때가 아닐까 생각한다. 물론 쉽지는 않을 것이다. 하지만 용서야말로 내가 살기 위해 필요한 것이다. 《상처와 용서》에는 우리가 용서해야만 하는 이유를 다음과 같이 설명하고 있다.

"용서하지 않으면 안 되는 첫째 이유는 용서는 우리 자신을 위한 것이기 때문이다. 부정적인 감정들이 가득 차게 되면 무엇보다 몸이 견디지를 못한다. 용서를 해야 하는 두 번째 이유는 다른 이들에게 피곤한 사람으로 찍히지 않기 위해서이다. 부정적인 감정이나 생각만큼 전염성이 강한 것은 없다. 한 사람의 마음이 우울하면 그 옆에 있는 사람의 마음도 어두워진다."

깊은 상처가 제임스의 가족을 붕괴시켰지만, 그래도 그 상처를 이기고 다시 일어서는 과정을 보며 결국 용서란 우리 자신을 위한 것이란 걸 새삼 느꼈다. 아마 상처가 완전히 아무는 순간, 그때가 비로소 누구도 미워하거나 원망하지 않을 때가 아닌가 싶다.

완벽한 사람도 없듯, 완벽한 가족도 없다. 제임스 아빠는 여전히 술을 마시고, 누나는 여전히 밥을 먹지 않는다. 그래도 이제 제임스 가족은 거실에 함께 모여 앉기 시작했다. 그것은 아마 화해와 이해로 가는 시작이 될 것이다.

2012년 5월
인도네시아에서 김선희

푸른봄 문학 ⑬

누나는 벽난로에 산다
(원제: MY SISTER LIVES ON THE MANTELPIECE)
애너벨 피처 **지음** | 김선희 **옮김**

초판 발행일 2013년 1월 25일 | **제2쇄 발행일** 2013년 11월 5일
펴낸이 조기룡 | **펴낸곳** 내인생의책 | **등록번호** 제10-2315호
주소 서울시 강서구 가양동 52-7 강서한강자이타워 A동 306호
전화 (02)335-0445 | **팩스** (02)6499-1165
전자우편 bookinmylife@naver.com
주간 한소원 | **편집장** 이은아 | **책임편집** 강길주
편집 김지연, 황윤진, 손유진, 박소란, 조일현
디자인 한은경, 심재원 | **마케팅** 강동균

MY SISTER LIVES ON THE MANTELPIECE
Copyright ⓒ Annabel Pitcher 2011
All rights reserved.

Korean translation copyright ⓒ 2013 by TheBookinMyLife Publishing Co.
Korean translation rights arranged with Felicity Bryan Associates Ltd.
through EYA (Eric Yang Agency)

이 책의 한국어판 저작권은 EYA(Eric Yang Agency)를 통한
Felicity Bryan Associates Ltd.와의 독점계약으로 **내인생의책**에 있습니다.
저작권법에 의해 한국 내에서 보호를 받는 저작물이므로 무단 전재와 복제를 금합니다.

ISBN 978-89-97980-16-1 43840

이 도서의 국립중앙도서관 출판시도서목록(CIP)은 e-CIP홈페이지(http://www.nl.go.kr/ecip)와
국가자료공동목록시스템(http://www.nl.go.kr/kolisnet)에서 이용하실 수 있습니다.
(CIP제어번호: CIP2012005992)

* 책값은 뒤표지에 있습니다.
* 잘못된 책은 구입처에서 바꾸어 드립니다.